彭程 著

有所思

天津出版传媒集团

百花文艺出版社

图书在版编目（CIP）数据

有所思 / 彭程著. -- 天津：百花文艺出版社，
2025. 8. -- ISBN 978-7-5306-9198-4

Ⅰ. I267

中国国家版本馆 CIP 数据核字第 2025V1Y631 号

有所思

YOUSUOSI

彭程　著

出 版 人：薛印胜
策划统筹：王　燕
责任编辑：王　燕　徐　姗
封面设计：彭　泽
出版发行：百花文艺出版社
地址：天津市和平区西康路 35 号　**邮编**：300051
电话传真：+86-22-23332651（发行部）
　　　　　　+86-22-23332656（总编室）
　　　　　　+86-22-23332478（邮购部）

网址：http://www.baihuawenyi.com
印刷：天津新华印务有限公司
开本：787 毫米×1092 毫米　　1/32
字数：200 千字
印张：12.875
版次：2025 年 8 月第 1 版
印次：2025 年 8 月第 1 次印刷
定价：68.00元

如有印装质量问题,请与天津新华印务有限公司联系调换
地址:天津东丽开发区五经路 23 号
电话:(022)58160306
邮编:300300

目录

第一辑

身边草木

远处的风声

在退休的日子越来越临近的时候，我有了一处原野之间的住所。

生命季节的递嬗缓慢而坚定，眼前渐渐呈现一片衰飒的秋景。但稠叶飘落、枝柯稀疏之后，视界中倒也有一份豁朗和澄明。自由的诱惑日益清晰可辨，便更有理由为自己寻找一个安放身心的去处。仿佛严寒降临之前，一只鼹鼠挖好洞穴，储备足够过冬的食物。

还是在头一年的深秋，一次偶然的驾车出行，在一片斑斓的秋色中，觑见了这个正在建设中的住宅楼盘。工地外围是一望无际的葡萄园，一片芦苇在风中摇曳着浅黄色的苇穗，白杨树枯黄的落叶滑过小径，发出刺刺啦啦的摩擦声。这些朴素的风景，唤醒了我内心蛰伏已久的梦想,一个小时内就做出了决定。

　　不过魅惑最充分的显现,还是在夏季。这里位于北京西北,隶属河北张家口,比京城海拔高五百米,气温要低五摄氏度左右,当地人众口一词地说不需要安装空调。的确,今年收房的日子,正值全球范围内多年罕见的炎热夏天,京城仿佛一座巨大蒸笼,坐着不动都不停地冒汗。而在这里,我却享受着穿堂风掠过的凉爽舒适,皮肤上甚至觉察不出一点儿黏涩。入夜,窗外一只蛐蛐勤勉地叫个不停。

　　除了气温更低,凉爽感的另一个来源是风。这一带风大,住处周边视野所及的区域内,远远近近,几十台风力发电机矗立在原野中,近百米高的银白色的机塔顶端,三片巨大的扇叶优雅舒缓地转动,在碧蓝的天空和远处深黛色山脉的映衬下,构成了一幅独特的风景。

　　强劲的风还带来了充足而炽烈的阳光。此地太阳能丰富,家家户户南向的阳台外壁处,都安装了深蓝色太阳能板,夏天洗澡时,一打开热水器的水龙头,流出的水温度足有四十多摄氏度。阳光也塑造了别样的生态景观。京城公园里罕见的格桑花,在这里却到处恣肆地绽放,一排排一丛丛，细细的茎秆，最高达两米多。各种颜色的艳丽花朵，仿佛扯开嗓门儿呼喊一样。看到风掠过时它们俯仰摇摆的样子，你会想到藏族女子的舞蹈，潇洒而舒展。

小区被两千多亩葡萄园环绕着。车从一条县级公路下来，拐入小区的大门，驶过足足两公里长的林荫大道，才到达住宅区。这里位于北纬四十度区域，是葡萄生长带，大道两旁种植的都是酿酒的葡萄品种，一畦畦低矮的藤架向四面八方延展，深紫色的葡萄颗粒上挂着一层白霜。小区有自己的酒庄，入住小区酒店的客人都会获赠一瓶酒庄酿制的葡萄酒。我曾经走进过地下几米深处的酒窖，酒香弥漫。

其实还有不少别的果树，看阵仗一点儿不肯示弱。尤其是海棠和山楂树，在道路两边排成长队，连绵接续。我的房间朝北的窗外，就有两棵散生的果树。窗口下面的草地边缘，是一株山楂树，果实尚未红透，树冠的形状舒缓铺展。相隔几米之外，青砖甬道旁的斜坡上，一株海棠树挺拔高擎，姿态优美。时值九月下旬，果子大多已熟透，一粒粒的鲜红色，均匀地缀挂在绿叶之间，望去煞是悦目。我踮起脚尖伸手采摘，准备带给友人自制果酱，坦然得像从自家冰箱里取出一片面包、一颗鸡蛋。

走出房间，向北步行十几分钟，穿过一大片长满各色野花的草地，便望见官厅水库浩渺的水面。自芦苇茂密的岸边，一直可以走到架设在湖面上的防水木平台上，顶端处坐着几位垂钓者。我只到过湖边两次，都是黄昏时分，夕照将水面染成绛红色，暮霭中对岸的山峦朦胧模糊。想到我将有足够的时间，去感受它的朝晖夕阴、四时风光，心头便掠过一阵惬意的悸动。

只够买京城三环内地段十多平方米的房子的钱，在这里却买到了一个带小院的底层复式。妻子欣喜不已，多次说起从小就有的梦想终于实现了。她着了魔般地安排筹划，自己设计了小花园，原本计划来年开春再侍弄花草，但终于按捺不住，购买了耐寒的忍冬、紫薇和日本红枫，分别种在墙根下面几个椭圆形的花坛里；为了陪衬，又在树根旁栽上了矾根、绣球、狼尾草等。虽说只是临时性的点缀，但的确增添了几许活气。

我则持续着自己的积习，对修补和布置的具体事务时常心不在焉，而耽于一些虚无缥缈的想法。我好几次沿着大道，走到葡萄园中间划出的一个农场菜园里，看紫苏浓密,秋葵茂盛,长长的蛇豆在拱形的棚架上累累垂垂,再迈进田垄里,采一些小西红柿和顶花带刺的黄瓜。

想到在不很遥远的将来,就可以彻底地投入这里的原野的怀抱,我有一种隐隐的喜悦。这不正是长久萦绕心间的念想吗?一只青蛙跃入池塘,一只飞鸟消失于密林,一颗熟透的果子悄然地掉落到树根旁……这些画面都是多么自然。

效仿早先住进来的小区邻居,我也在小院的拱形木门旁,钉上了一个比巴掌稍大的实木门牌。门牌是从网上定制的,名字则是自拟的,寄托了对未来日子的期望:晚晴居。

那样,我可以更好地感受这里的一切,譬如风的力度和阳光的纯度,譬如春草最早几时萌生,秋叶最晚何时落下。这些是在喧嚣匆忙中无暇顾及的,甚至都想不到去考虑。心情受制于外界,会随着环境的更换而变动,一些原本看重的会淡漠,一些长久轻忽的却变得珍贵。某种新的价值生长出来,将曾经执着的意义遮蔽。

但在如今这个时间节点上,在将住未住、乍来还返之际,我反复想到的,还是叶芝那首著名的《茵纳斯弗利岛》：

> 我就要动身走了，去茵纳斯弗利岛，
> 搭起一个小屋子，筑起泥笆房；
> 支起九行云豆架，一排蜜蜂巢，
> 独个儿住着，荫阴下听蜂群歌唱。

> 我就会得到安宁，它徐徐下降，
> 从朝雾落到蟋蟀歌唱的地方；
> 午夜是一片闪亮，正午是一片紫光，
> 傍晚到处飞舞着红雀的翅膀。

> 我就要动身走了，因为我听到
> 那水声日日夜夜轻拍着湖滨；
> 不管我站在车行道或灰暗的人行道，
> 都在我的心灵深处听见这声音。

袁可嘉老先生出色的翻译，让这首诗歌有了汉语诗的浓郁韵味。我仿佛从中听到了陶渊明的韵脚，像《归去来兮辞》中的"舟遥遥以轻飏，风飘飘而吹衣"；听到了王维的声律，像《山居秋暝》中的"竹暄归浣女，莲动下渔舟"。即将迎来的日子不复是纸上楼阁，而是一种笃定会兑现的允诺，真实确凿，让人心安。

我是如此地沉浸于这种体验，以至于在休假连续住满一周，即将返还京城时，反而产生了一种出差的感觉。当车子驶过长长的林荫大道，我仿佛感到，身后道路旁白杨树干上的疤痕，就像许多只眼睛，都在看向我。树叶不停息的喧哗聒噪，是呼唤和嘱咐，让我尽早赶回来。

我回到了城市，毕竟，尚有工作的牵挂，尚有职责的羁绊。愿望实现的延宕，让期待的滋味更为浓郁，想到了孩童时期，焦急地盼望过年，父母已经许诺给买鞭炮。

在大都市二十层高楼上的房间里，我点开手机屏幕上自动浇灌器的图标。技术的发展带来了极大的便利，我可以借助无线网络，给花木远程浇水。接下来，又点击摄像机的APP，小院此刻的场景便清晰地出现在眼前。把镜头拉近，看到插在泥土中的几个喷头正在喷水，细细的水流，仿佛一道道白线。

将镜头上下左右调整，能看到小院的各个角落。阳光极好，到处都是一片明亮，只在院子中间那片硬化过的水泥地面上，投下浅淡的影子，来自那一棵离得最近的忍冬，还有木门旁的那一架秋千。

影子在轻轻摇晃，显然有风。我把音量调大，于是听到了呼呼的风声，夹杂着挂在门框上的风铃的清脆响声。我再次转动调节旋钮，风声也变得更大，带着某种尖厉的声响。

这是一百公里外的声音，在我耳畔呼啸。

柳絮飘飞的时节

　　我被一阵声音惊动了，意识到这是家里那只老猫弄出的响声。起身走到客厅，看到它趴在阳台上通往小院的纱门旁，盯着外面看。那里，一团松软的白色正在半空中飘浮，板栗大小，是粘成一团的柳絮。它引起了猫的关注，猫用爪子用力抓挠纱门的钢丝网，发出刺刺啦啦的声音。我拉开纱门，柳絮飘进屋子，落到地板上。猫兴奋地追过去，小心地用鼻子嗅，柳絮便向前移动，它的鼻息足以吹动它不停地滑行。

　　柳絮飘飞，揭开了夏日之美的序幕

　　五月上旬的清晨六点钟，天色已足够明亮。碧蓝的天空没有一丝云，小院木栅栏围墙外面，十来米开外，三棵瘦削挺拔的槐树，被昨夜的一场急雨将叶子洗得清亮。几只麻雀落在最近那一棵树的树杈上,冲着小院摇头晃脑,叽叽喳喳,仿佛因为看法不同而争执不已。

最可能成为它们的评议对象的,是各色各样的花朵。小院不大,但种满了花。最为醒目的,非硕大饱满的绣球花莫属。绣球种了两株,一株是无尽夏,原产于美洲大陆北部的品种,栽在花盆里,苗实茂盛,粉紫色的鲜艳花朵被椭圆形绿叶簇拥着,热烈张扬;另一株是栽在地里的欧洲木绣球,株形略高而疏朗,浅绿色花朵沁出玉石般润泽的光亮。它们来自各自遥远的祖国,此刻却隔着一丛叶片碧绿肥厚的玉簪,彼此相守相望,共守一处家园。论到和谐相处,并生共存,它们在植物界堪称典范。

几株蔷薇等距离排列,柔软的枝条沿着木栅栏攀缘,密簇簇的深红色花朵缀满了栅格,有几朵钻出菱形木格伸到墙外,向过路人点头致意。最让我惊喜的,是蔷薇脚下的几株郁金香。去年初冬挖坑埋下种子时,我并没有抱什么希望。这个地方冬天漫长而寒冷,零下二十多摄氏度是常有的事情,但它却扛过严寒发芽了,三五片条状披针形叶子,托举出艳丽的花朵。它们孤独地兀立着,仿佛战场上单兵坑里的士兵,让人对其生命力的坚韧生出敬佩。

麻雀还在聒噪,应该是注意到了更多的花。两株紧邻的百合,一样的高低粗细,开出的花一棵金黄,一棵猩红,好像在彼此较劲。一排鼠尾草挺举着紫色的花穗,有一点儿风就会摇摆。毛地黄那一串绛红色的花朵,适合想象成童话中小精灵们使用的酒盅。俗名野菊花的木茼蒿知道自己低矮,为了显示存在感,便努力绽放星星点点的金色花朵。比它更低的是矾根,有着大理石般纹理的叶子紧贴在泥土上,分别是橙红色、墨绿色和古铜色,会不会也被麻雀当成了花朵?

麻雀该是得出了结论,也许另有任务,扇动翅膀飞走了,让树枝有了瞬间的颤动。只一会儿的工夫,阳光强度便增加了不少,槐树叶金黄闪光。我出门倒垃圾,走过树下的小石径。昨夜一阵毫无预兆的电闪雷鸣后,便是一场骤雨。这样的雨水总是属于夏天的,虽然来得似乎有些早。泥土经雨水浸泡,两块小石板陷落下去,连同缝隙之间的几棵芝樱。我取来铁锹,铲了一锹土填在石板下踩实,又把匍匐在泥土里的芝樱扶起来。我曾花了半天时间,蹲在这条十几米长的小径旁,种下两百多株这种微小的地被植物。它的小小花朵清丽可爱,要把脸贴近才能看清楚。植物的形态千姿百态，每一种美都积淀了亿万斯年的生长和进化，都值得被珍视。

石径的尽头有一棵杏树，低矮纷披的树冠间，已经结出不少青绿的杏子，枣子大小。想到苏东坡的那一句"花褪残红青杏小"，写的正是这个时节的模样。此刻的它和梅子又有些像，于是联想到了望梅止渴的掌故，进而又想到了另一句诗，杨万里的"梅子留酸软齿牙"，齿颊间也忽然感到了一些异样。

喜欢古诗词，读多了，便知道诗人们也并不羞于描绘这等细微幽美的景致。深邃沉郁如杜甫，每天忧虑家国社稷的安危，牵念黎民百姓的悲喜，但并不妨碍他在浣花溪旁的草堂里苦中寻乐，观赏身边寻常风景，写下这样生动的诗句："糁径杨花铺白毡，点溪荷叶叠青钱。"柳絮落满了地面，浮萍点缀着溪水，生机盎然。此刻在我脚下，方圆几平方米地面上，也落满了多种植物的花和果实，有山楂花，有榆钱，更多是海棠花的细碎花瓣。这里的海棠树成排成片，连绵不断，花事炽盛时如同一片白雪的海洋，在阳光下闪闪发亮。如今花期已尽，一地银箔似的碎屑，在提示曾经的盛大恣肆，仿佛炭火熄灭后的余烬，依然散发

14

出微热。

音乐声响起来了，是隔壁小院那个退休多年的工人大哥在拉胡琴。曲调欢快奔放，听来有几分熟悉，想起来了，是一首名为《骏马奔驰保边疆》的老歌。那正是他年轻时流行的歌曲，那时也该是他的生命的初夏季节。大哥很勤快，在小院里种了芫荽、小葱，小油菜鲜嫩得仿佛能被目光融化。他昨天在院子前面的空地上栽了一棵花椒树，并建议我也种点什么，说荒着也可惜，几十平方米呢。我有些动心，但种什么好呢？考虑再三，我打算撒上一把格桑花的种子。格桑花耐活，不用打理，适合一向疏懒的我。它细长的茎秆栉风沐雨，从天地间汲取养分，生长得茁壮茂盛，到了秋天，各种色彩的美丽花朵会竞相绽放，在这个多风的地方，起伏摇曳，花光闪烁。

从拱形的木门下走回小院，门框旁那一棵去年春天种下的紫藤，终于绽出了绿芽。此前我曾担心是不是被冻死了，这也是常有的事情。每年春天，路边那一排茂密深绿的冬青灌木丛中，总会有一些灰白干枯的枝干，把生命停留在了寒冷的冬季。美的呈现也要付出一定的代价，不动声色中有着默默的牺牲。

我仔细端详紫藤枝杈间那一簇簇初具绿叶形态的芽点,青绿中有一些嫩黄。虽然晚了些,但一天强似一天的阳光和暖风,会让它们在此后的日子里迅疾成长。我仿佛看见,一个月后,它的细弱柔韧的枝条爬上了拱门,不断分蘖延伸,彼此牵连纠缠,将拱门变成一个绿色的穹顶。

　　那时,它还会开出一串串蝴蝶形状的紫色花朵,如同一条条垂落的珠帘,淡雅的香气会吸引来蜜蜂。在小院里晒太阳打盹儿的猫,听到蜜蜂的嗡嗡声,会一个激灵醒来,兴奋得牙齿抖颤,两眼闪光,一次次徒劳地跳跃,试图捉住飞舞的蜜蜂。

风中的消息

　　我站在楼房一层的小院子里，将耳鼻眼目全面敞开，把心情和注意力调整到位，仔细感受和辨别风传递来的消息，同时也被风裹挟和缠绕。

　　这个地方风力强劲，且持续时间长。一年四季，大多数日子都在刮风，区别只在于强弱和大小。它处于华北平原向内蒙古高原过渡的区域，地势逐渐升高，两列大致平行分布的绵长山脉，夹出十几到二十几公里宽的一大片谷地，成为大风奔突驰骋的无羁通道。因风力资源丰富，周边架设了很多架风力发电机，沿着地势高低起伏地排列着。银白色的高大机身，缓缓转动的三片风叶，壮观而神奇。

　　风成为这一带大自然的突出标示，就如同大片葡萄园是这里农田原野的特征。风荡涤了雾霾，天空自然晴朗，好天气占到极大比例，仿佛一场连续不断的演出，偶尔出现的阴雨天，只是将幕布短暂地拉上一会儿，为了转换背景，或者干脆让演员进食或休息片刻。就拿仲夏时节的此刻来说，两种景观最为常见：一是碧蓝无际的天空上，没有一丝一缕云彩，是对"万里无云"的生动注解；二是以蓝天为底子，大朵棉花团一样的白云悬浮在空中，被风挪来移去，不停地改变着构图，是一种动荡的奇观。

这两种情况下，空间都被极富穿透力的阳光充塞，遍地光亮，让人不由得眯起眼睛。风吹在树叶上，叶片上阳光的斑点便有了动态，闪烁跳跃。尤其在雨后，树叶被清洗得洁净碧绿，一尘不染，湿润的叶片反射出的光点就更有力度，仿佛能够穿透肌肤，沁入脏腑深处。夏天又是多雨的时节，因此这种鲜亮洁净的感觉，往往贯穿了整个季节。

风是空气的流动，无形无色，描绘它是一桩难事，难在无从下手，只能借助可见可感之物来把握它，来使它现形。就好像身边走过一个孩子，从他的穿着上，可以推测他的母亲是邋遢还是讲究。小时候我在农村，夏天跟着奶奶在村口老槐树下乘凉，听一个小脚老太太讲过这样的话。乡下人有自己衡人论事的方式，简单而有效。

风最为直接和普遍的参照物，是树木。动与静的辩证关系，在这里得到了体现。树木摇摆的姿态和幅度，与风的脚步大小成正比例。小院木栅栏围墙外面，是一片尚未来得及修整的野地，有几棵年轻的槐树，树干高挑儿挺拔，碧绿的叶子在风中用力地摆动，喧哗聒噪，仿佛在炫耀自己的年轻，让人想到健身房里对着镜子展示双臂肌腱的年轻人。树干和枝条摇晃的影子，落在树下疯长的野草上，也落在一片裸露的地面上，那里有低矮的地被植物紧紧扒着地皮生长，细碎的小花微微摇曳。

至于那些攀缘于树干上、缠绕在篱笆上的藤蔓，也各有自己的风中姿态，或左右摇摆，或上下俯仰。譬如此刻，在木栅栏围墙的内外两侧，就发生着这样的运动。前者是墙根处一排矮株向日葵，开出了上百朵金灿灿的花朵，像是在殷勤地点头，一副努力讨好人的模样；后者是一棵栽在花坛里的欧洲木绣球，小丘般浑圆的树冠上，圆锥形的银白色花朵硕大饱满，有几分矜持地轻轻摇晃。

院子中间支起了一顶遮阳伞，撑开后能够罩住几平方米的地面,给怕晒的绣球花等做了遮挡。色织布面料的伞面也在抖动摇晃。风大的时候,铸铝支架发出吱吱嘎嘎的声音,让人担心会折断倒塌,好在每次都只是虚惊。据说它能够抗击八级的强风。

树木和花卉的摇动,都抖落掉了一些东西,仿佛一个人用力挠头发时,会有头皮屑飘落。"春风不解禁杨花,蒙蒙乱扑行人面",北宋词人晏殊写下这样的句子前,一定细心端详过杨花飘落的过程。但扑面而来的不仅仅是杨花,还有别的东西,像老去的树叶和新生的胚芽。风特别大时,偶尔还会有被吹断的树枝。它们被不同方向的风推拉撕扯,驱赶到树坑里、墙角边、低洼处,一堆堆一簇簇,松软暄腾。它们可以说是风的衍生物。

形体之外,风体现自己的另一种方式,是声音。风的声音千变万化,不可名状,仿佛一个面目模糊的陌生人。《庄子·齐物论》中,南郭子綦先生描述了天籁,也即风的各种声音,像急流,像箭矢,像叫骂,像呼吸,有的粗,有的细,有的深远,有的急切。有他精彩的描摹在先,后人最适宜做的,恐怕就是在眼前诸般物象中,一一找出对应之物了。但除此之外,他仍然可以创造自己的感受方式。譬如在这个小院里,最为醒目的测量声音的工具,便是悬挂在遮阳棚侧边铁架上的一串金属风铃。风大风小,风铃摇晃的幅度不同,声音的宏细轻重当然也不一样。

风也是通过嗅觉被人觉察到的。这一片房子位于广阔旷野中间,被树木庄稼包围着,风中捎来了种种植物的气味。人行道两旁密集种植着丁香花,春末时分,馥郁的花香一波一波地涌来,有时汹涌浓烈,有时轻淡缥缈,与风的强度和节奏有关。山楂树的花带着一点儿腥臭的味道,因为经常是孤单的,只有走到近处才能闻到。此时是夏天,大多数花朵已经凋萎,但还有个别的在开花,仿佛是接到留守命令的士兵。此刻在我的身边,有正在盛开中的木绣球花的香味,还有已是第二次绽放的金银花的香味,吸引了不少蜜蜂盘旋飞舞,嗡嗡嘤嘤。

不仅仅是花,灌木杂草也都有自己的味道。当然,它们通常更为轻淡一些,有时需要歙动鼻孔,用力一吸,才能够嗅到。野地上那一片长得比人都高的茵陈蒿,折断的茎秆发出一缕青涩的苦味,很像艾叶。门口台阶下小石径旁的那一株薄荷,已经高过膝盖,弯腰低头时,有清新的气味钻进鼻腔,让人顿然觉出几分凉爽。想起了一首流行歌曲中的歌词："推开窗看天边白色的鸟，想起你薄荷味的笑。"那些相信爱可以永远的青春时光，真是美好。

力度级别相同的风，在不同的地方，也有不同的表现。在朝南的小院里，风通常是安详舒缓的，因为小院被一圈木栅栏围墙围合了，也因为西侧砌起了一堵坚实厚重的院墙，那个方向来的风更强。躺在可以折叠的躺椅上，捧着一本书看，清风吹拂，阳光温暖，很容易犯困打盹儿。但走到北面的后花园，风陡然就增大了不少。它旁边就是纵贯小区的一条南北通道，两边都是楼房，仿佛被峰峦围着的一道峡谷，人和风都从中行走，没有什么遮挡，因此树木的摇晃更为明显。贴着地面，一排鼠尾草的花穗在抖动，几簇德国鸢尾的剑状叶子在抖动。而植株越高，抖动的幅度越是剧烈。正对着北面窗户的是一棵桑树，冠幅阔大，枝条交错纷杂，仿佛千百条手臂在胡乱摆动。

迎着这同一阵风，走到一千米外的水库边，更是一种雄浑的气象，仿佛一个人骤然间将嗓门儿提高了好几倍。水面辽阔浩渺，望去有一种置身大海边的感觉，只有对岸淡墨般朦胧的远山，提示着这片水域的属性。风在这里恣意驱驰，飘忽游移，辨不清来去的路径。岸边的浅水区，密密层层的芦苇像是一堵厚重的墙壁，茎秆彼此摩擦，沙沙声不绝如缕。紧靠水边有几棵高大的柳树，枝条细长柔韧，飞扬的姿态十分夸张，像醉酒者的舞蹈，又仿佛抽象画狂野的线条。

眼前就是一座巨大的风力发电机，坚固的基座矗立在靠岸的水中。抬头仰望，数十米高的风机被碧蓝的天空映衬，有一种剪影般的质感。顶端处，三扇叶片快速而均匀地旋转着，发出一种浑厚低沉的轰鸣声。

这时我忽然想到，它就是一只巨手，向着天空的高处，向着时间的深处，试图抓住什么。

在季节的转角

搬来这个地方,花草可能先于我有一种归属感。

原本在城里的家中萎靡不振的它们,来到此地仅仅几天,就变了个模样,虽然时令已经进入深秋,早晚间有了明显的凉意。几棵三角梅,原来只是开出零星的花朵,一副敷衍应付的样子,但在这里却是繁花缀满枝头,颜色各异,同样艳丽恣肆。两株木香,花藤一直稀疏细弱,光秃秃的,自从移植到小院里的花坛中,藤条很快变粗变长,攀上了网格状的木栅栏围墙,更是绽放出一簇簇茂盛的叶子。

变化首先应该来自这里的阳光。

这个地方地势高,阳光充沛。坐在小院里,背部被阳光烤得暖和舒适。脚底处,阳光投下的一片阴影里,偶有体形微小的生命在蠕动。仔细端详，有时是小蜘蛛，有时是七星瓢虫，有时是俗称"臭大姐"的椿象，有一次则是一条多足的蚰蜒，来自墙根下潮湿的石头缝隙。最常见的是蜜蜂，时常在头上眼前绕飞。房子装修期间，它的族群里的一支，甚至可能是它的亲属或者邻居，曾经希望成为这里的住户，在太阳能光伏板和入户门门框之间，建造了一个精致的蜂巢，被发现时已经颇具规模。我几经犹豫，还是未能克服某一天会被蜇的忧惧，将它捅掉了，但因此又生出一种愧疚感，好几天隐约浮现。

三只猫也被带过来了。它们高兴起来，就不如花草那样含蓄优雅了。阳光透过落地玻璃投在客厅木板地上，它们蹲在紧靠门口的地方，眼睛睁圆，对外面既向往又有些畏怯，小心翼翼地迈过门槛，走到台阶上，很快又退回去。我相信这种犹豫不会持续很久。不过我恐怕要担心了：一旦跑出院子迷了路，它们还能找回来吗？

有两只麻雀似乎也在想这个问题。它们飞过来，站在遮阳棚的檐角上，歪着头看，啁啾声中，好像在问我们是否习惯这里。猫望见了它们，激动得牙齿战栗，有一只直立起来，挥舞着两只爪子朝上跳跃，把窗帘纱抓出了几条抽丝。看到麻雀扑棱棱飞走了,猫只好悻悻地转身追逐蛾子,它们是从敞开的窗子里飞进屋的。

抬头望去,前方两幢楼的尽头处,高高矗立着一座风力发电机,白色的塔架在蓝天下分外醒目,电机顶部三扇叶片优雅地转动着。这里的阳光好,一大原因是风力强劲,雾霾云气无法聚集,因此风力发电也成为当地重点发展的新能源。在小区里的一个小丘上,能够望到有几十座风力发电机,远近高低地分布着,风的强弱不同,叶片的转速也快慢不一。

风车的背景是几道重叠的山脉,山脊勾勒出棱角分明的线条。山脚下是绵延无际的葡萄园,出产的葡萄颗粒饱满,味道甘甜。一条贯穿县境的公路旁,隔上不远就有一个酒庄。

但在这些天里,我品尝更多的还是海棠果。海棠树在这里到处都是,深秋果实成熟,枝叶间缀满了珠子一样的果实,树下更是落红满地。它们成为我好几次散步时的收获,因为实在太多,采摘也太方便,每次都很快就装满了一个塑料袋。完全成熟后的海棠果,酸甜中有一种糯软的口感。

而就在旁边,山楂树也在发送邀约的信号,用红果坠落在灌木丛中或草地上发出窸窣声响。它们稍稍低矮一些,但树冠更为铺展纷披。还有藤本的天目琼花,它的果实豆粒大小,虽然不能食用,但晶莹透亮实在可爱,像一颗颗鲜红的玛瑙。它们在人行道旁密布,散步走过时,时常会被其中几棵牵衣碰头。对于它们来说,我是一个罕见的检阅者。折一枝带回家,插在装满水的玻璃瓶子里,其鲜活的姿态能够保持上一周。

　　我是这里最早的住户之一。

　　这是一个开发不久的小区,尚有不少房子待售,已经售出的大多正在装修,因此白天见到的多是工人。一到夜里,除了甬道上太阳能路灯发出的柔和光亮外,一幢楼房里亮灯的也就两三户。我望得见天幕之上晶亮的星星,这样的体验多年中很少有过。还赶上过一次十五之夜,月亮银盘一样,照耀着下面的一片静谧迷蒙,再配上一只蛐蛐的叫声,有几分地老天荒的感觉。

　　但我并没有感到一点儿孤单寂寞。

　　半个月来,我的脚步探索了周边不小的区域。两公里长的林荫大道两旁,是高耸迤逦的白杨树,下面是两三排海棠树,海棠树后面就是绵延无际的葡萄园。我快走或慢跑过几个来回,感觉自己变成了一只鼹鼠、一只飞鸟。在一排茂盛的格桑花花丛中,我第一次见到蜂鸟,它扑簌簌地悬停在一朵花瓣上,像一团小小的颤抖的雾气。

步伐迈向另一个方向,就走到了水边。那是一个很大的水库。我喜欢在黄昏时分,看夕阳给广阔的水面涂抹上一层炫目的金光。水库边的浅水中矗立着一座高大的风力发电机,水面上方几米高的基座钢架上,麻雀们筑了一个颇大的巢,有时数百只一齐腾地飞出来,短时盘旋后,又像雨点一样落在旁边的芦苇丛中,老远就能听见叽叽喳喳的聒噪声。目光越过芦苇紫色的穗子,能够望见水库对岸的高低台地,以及后面一抹山脉裸露的背脊。

空间的远方递入眼帘时,时间也在心头氤氲一种遥远。

我如今只是暂时居住,是一次铺垫、一首序曲,正式的演出是明年夏天,以及此后更多的夏天。这里比我生活的城市年平均气温低上五摄氏度左右,适宜避暑。在不很遥远的将来,我将成为这里的常住人口,会看到这里每天的日升日落,看到季节的身影慢慢地转动,看到老年的岁月像大水一样漫来。

泛泛谈论未来不免有些笼统含混，不如说得具体一些，譬如明年夏天，这样我的计划才不会流于漫诞疏阔。我将留心初夏时节树木鲜亮洁净的绿色，感受盛夏炎热的日子里穿堂风掠过时的惬意舒适。今年我吃了不少海棠果，明年我有责任熟悉它开花的样子。同样需要关注的，还有葡萄藤蔓汁液饱满时的形状。倘若有更大的雄心，我还可以考虑去考察风掠过林间和水畔时不同的力度等级，去探究充满腐殖质土壤的松软程度，绘制鸟类的图谱，建立花卉的档案。

　　季节的步伐缓慢而坚定，仿佛一支纪律严明的军队，士兵衔枚而行，悄无声息，等被人觉察时已经兵临城下。院子里移栽的几棵玉簪，茂密油亮的宽大叶子在十来天中变得残损萎靡。在同样的时间里，我看到窗外的海棠树叶渐渐变黄变稀疏，看到墙角处一棵日本红枫，变戏法似的化作了一簇火焰。几天前，在小区里的酒庄旁，我看到一台葡萄破碎机正被清洗，周而复始的酿酒流程又将进入新一期循环。秋和冬的交替，仿佛走路时转过一处墙角。

　　再过不长的时间，我要回到城里过冬。走之前，要将小院里几棵新栽种的树苗用无纺布包裹严实，把浇花的喷头取下收好，排掉水管里的积水以免结冰冻裂。这里的冬天漫长寒冷，驱动风力发电机转动的风，在几个月的时间中会愈发强劲而凛冽，会带来一场场厚重的雪。

但这不等于说，离开的日子，我就隔断了与它的联系。

技术的进步，让传说中的千里眼、顺风耳都变为了现实。我给小院安装了监控摄像头，能够通过手机远程遥控。将来任意一天，我都可以随时从手机屏幕上，看大雪飘落，听大风呼啸，看装在围墙墙垛上、卡在栅栏缝隙间的几盏不同造型的太阳能灯发出乳白色的光亮。它们不怕寒冷，只要阳光强烈，就会储存足够的能量，不知懈怠地彻夜发光。

小院被施工的遮板遮挡得很严实，围合成一处安静避风的空间。那时候一定会有小鸟来访，在院子里蹦跳，在雪地上留下小小的爪印。

鸟儿也会盼望春天的到来吗？

枯叶的预约卡

没有想到，我来这里已经整整一个月了。

最初只是想住上十来天，后来感觉不过瘾，决定延长几天。不料临近时仍然意犹未尽，又一次将返程日期向后推，一而再再而三，于是便创下了这样一个在外居住时间的最长纪录。

我问自己：是什么拽住了你返城的脚步？

这个地方，在我居住的大都市西北方向一百公里外，处于平原向高原的过渡地带。畏惧越来越溽热难熬的夏天，于是当一只脚已经迈入老年的门槛时，我在这里购置了一处小房子，准备炎夏时分来此躲避，享受一份清凉。今年国庆节假日的首次入住，便成了一次预演。

仿佛鸟声环绕树林，大自然的气息扑面而来，将我彻

31

底地裹挟包围。

这里位于山麓和湖畔之间的一片田野中，房屋四周被数千亩葡萄园围拢着，因此，我得以毫无阻隔地亲近大自然。一个月的时间，从仲秋到晚秋，我饱览了季节行进的姿态和容颜。朝北的窗户外，夏天收房时移栽的几株玉簪，曾经油亮碧绿的阔大叶片变得枯黄，又被风撕扯成一绺绺。稍远处甬道旁的一棵枫树，从某一天起变成了一簇矗立的火焰，灼灼照眼，映衬着遍地的白草。一阵风刮过来，落叶在柏油路面上刺啦啦地滑动。从绿意沉沉变作五彩斑斓，大地调色板不懈劳作的整个过程，都被我的目光摄录了下来。

小区大道旁是几排白杨和海棠树，高低内外地排列着。几个保洁工正在清扫落叶，用扫帚归拢成一堆堆。他们身后的葡萄园里，有农民在修剪葡萄藤，培土护根，为过冬做准备。十几天前，那些累累垂垂挂满藤蔓的紫色酿酒葡萄，仿佛一夜之间被采摘一空。树叶稀疏了，飞鸟的影子多了起来，但遗憾我大多数叫不出名字。可以安慰自己的是，新近认识了好几种树，这表明只要我愿意，在其他方面同样也可以逐渐填补空白。

每次从密密麻麻的海棠树下面走过，我都有一种十分可惜的感觉。这些树上长满了晶莹红艳的海棠果，味道酸甜清爽，成熟后更是软糯可口，但无人采摘，树下也是落果无数。我问当地人何以如此，回答说这种果子太便宜，雇人采摘一天的收获，还抵不上付出的工钱，得不偿失，索性任其自生自灭。我想到了契诃夫在其著名中篇小说《草原》中，将广袤孤寂的俄罗斯大草原比作一名幽怨的美女，没有人需要，更没有人歌颂，动人的美丽白白荒废了。他为之而备感忧伤。

但如果换一个角度看，也许我的惋惜只不过是杞人之忧。就像美国生态伦理学的奠基人利奥波德在其代表作《沙乡年鉴》中所说，大自然里各个物种的存在都有自己的理由，都是生物链条中的一个不可缺失的环节。这些无人过问的果实，实际上也加入了大自然生灭成毁的无限循环。那些挂在枯枝上的，会成为漫长冬日中飞鸟的食物；那些坠落泥土中腐烂的，则会给土壤增加养料。

这本《沙乡年鉴》此刻就陪伴着我。出发来此时，我随手从书架上抽取的几册书中就包括它。在平日的忙碌中，阅读是一件奢侈的事情。即便有时间了，家里满坑满谷的图书,也经常让我目光逡巡再三,难以取舍。到了这里,这些掣肘都化作无形。一方面时间足够充裕,一方面是少有选择,反而让我读得分外入心,也更能读出深湛的滋味。这种情形,不由得让人想到限制与自由的辩证关系。

而另一本《古文观止》,则让我从物理人情的日常角度,不时发现与当下的生活相互对应、映照的地方。像王羲之《兰亭集序》里有名的句子,"天朗气清,惠风和畅,仰观宇宙之大,俯察品类之盛",岂不正是我每天敞开感官充分体验的内容?若从节气物候讲,欧阳修的《秋声赋》可能是最为贴近的一篇,但吟诵起"其色惨淡,烟霏云敛"云云,已经不复有年轻时阅读的凄凉之感,该是因为到了如今的年龄,已经明白蓬勃与衰飒对任何事物都是一体两面,如影随形一般。不曾变化甚至增强了的感慨,来自李白《春夜宴桃李园序》中的"天地者,万物之逆旅,光阴者,百代之过客"。阅历过年华逝水,愈发剀切地认识到,在寥廓无垠的天地自然之间,个体生命是何等渺小和短暂。

行止起居之间,我看到自己的生命正踏入一个新的区域。

在这里的日子,生活被删繁就简成简单的几点,不外乎饮食、运动、阅读和休息。新开发的小区住户极少,因此甚为安静。只有在电视里,才能感觉到外边世界的喧哗热闹,仿佛是很遥远的事情了。其实就在不久前,我还是其中的一员,为诸般事务或境遇亢奋或焦虑。如今想来,它们并没有多么重要。

这样的感觉,最初曾让我感到一丝古怪,后来我却甘之如饴,变得自然不过,就像一颗水珠落入池塘,一只鸟消失于密林,一颗熟透的果子悄然坠落。

这一个月,正是季节的变脸时期,由仲秋进入晚秋,从旺盛勃郁变为凋零萧瑟,视野变得清敞豁朗,天空和大地,阳光和风,远山刚劲硬朗的轮廓,都格外清晰鲜明。世界袒露了躯体的骨骸。

仿佛是一次同步排练,在即将退出职场的年龄,在这个空旷安静的地方,自季节中透露出的天地间的信息,也提示我思考关于生命的本质,让我了解和习惯正在迎面走来的孤独和清静,并学会在书籍、大自然和简单而有规律的生活中,安放自己未来的日子。英国哲学家罗素把生命比喻为一条河流,不同的年龄仿佛不同的河段,老年就是宽阔而平静的下游。

我进而想到那些将感悟诉诸文字的人们,譬如古代的王维,又譬如国外的梭罗。前者在终南山下淳朴的乡间,沉醉于山水田园之美;后者在美国东北部一处荒凉的湖边,思考人与自然的依存关系。四围幽僻清寂,人烟稀少,却让感受和思维变得分外活跃敏锐。这个世界,有自己回报与补偿的法则。这样的境界和造诣,虽不能至,心向往之。

思绪返回眼下,我对自己说:这样的日子实在不坏。

终于要返回城市了,冬天的叩门声已经清晰可闻。此后几个月的时间里,大风和雪将成为这里的寻常节目。我把一片干枯的蒙古栎树的褐色叶子夹在一本书里带回。某一天,我翻开书页看到它,会想到我在这里度过的秋天;枯叶上面的脉络和纹理,会让我想起它充满汁液的模样,那是在夏天的时候。

这一张原始的书签,也是我与来年预约相见的卡片。

身边草木

　　在这个地方，我已经连续住了七个月了，比半年还多一个月。

　　这是一片原野之间的一个楼盘，远离我居住几十年的城市一百公里。从四月上旬到十一月中旬，从清明刚过到立冬甫始，从绿意萌发到木叶脱尽，时间跨度足够大，物象变动足够鲜明，风景样貌足够丰富。两百多个日子里，我依循着一种古老久远的秩序，日出而作，日落而息。这种曾经只是属于听闻的生活状态，如今却真实地发生在自己身上，想来不禁有些恍惚。市声遥远，红尘绝迹，彻底摆脱了各种责任和纠缠，仿佛蜕变时的幼蝉抖落掉外壳，骤然轻松。蝉应该是因为愉悦而高唱，我不会发声，也懂得收敛，但暗自得意。

如今，我即将离去，回到城市过冬，忽然想到盘点一番这段时间的收获，如同旁边村子里种葡萄的农民，点数今年收获了几吨，以及相邻村子里来小区工地干活儿的人，合计这一年下来挣到多少钱。这一段此前不曾有过的体验，会给我带来什么收获？经验产生感受，生活在这里的感受与以往有何不同？换个说法，经过时光流水冲刷沉淀在记忆河底的，将会是哪些内容？

旁边农场的老板，质朴憨厚，有一次给我展示他粗壮的臂膀，声称那是每日劳作的结果，口气中有几分自豪，让我深感惭愧。但如今想来，我也不必妄自菲薄，自己身上也有一些东西，在这些日子里，它们不动声色地生长，但又有迹可循。像被岁月磨损得粗糙的感受力，在这里重新鲜活起来，仿佛因干旱萎靡的禾苗，经雨水浇淋，变得碧绿苗壮。

譬如对树木花卉的记忆。小区甬路旁、楼房间的空地上，种了很多株丁香。春天，它的香气翻卷弥漫，随着风的大小，被送到身边时或浓烈或轻淡。等到花事已了，没有人再注意它朴素的枝叶，它也安于静默，仿佛已经满足于曾经的风头荣耀，耐心地结自己不起眼的果实，模样像是一串串缩微了几十倍的香蕉。这种皮实耐寒的灌木，到了万木凋零时节，又用棕褐色的叶子来愉悦人的眼睛。这些都是我住在城里时留心不到的，楼下也有几株丁香，那时对它的了解，只限于春天从旁边走过时灌入鼻孔的浓郁香气。

海棠树的阵势更是大得多。通往小区的一条两公里长的大道两旁，平行地栽种了几排海棠，密密地排列，总该有几千棵吧。初来不久，四月下旬，正是花开时节，满眼轻盈的雪白，仿佛落雪堆满了树冠，沿着道路向前延伸。阳光照上去，花朵泛着润泽的光亮。数日后花朵萎谢，每一簇花托上边会长出六个小小的果实。我观察了果实从萌生到成熟的色彩变化过程，先是朝阳的一面泛出红色，逐渐向周边洇开，变成均匀圆润的红色或黄绿色，整个过程要五到六个月。如今，海棠树的叶子已完全落尽，干枯的枝条上密密地缀满了圆圆的果实，在冬天的寒风中抖瑟，来年春天新叶萌发时，枝条上尚挂着少量黑色干瘪的果子，像是一场惨烈战斗的幸存者，欣慰地看到援兵的到来。

两千亩葡萄园环绕着这里。一直到五月上旬，葡萄藤都是干枯黑硬、老气横秋，然后某一天忽然绽放一片片鲜嫩灵秀的叶子。暮年和青春的强烈对比与和谐并存,就呈现在尺寸之间。这个时节,一串串赤霞珠酿酒葡萄被采下来,装进农民的电动小三轮车,运到小区的酿酒工场。我看到洗净的紫色葡萄被倾倒进一个容器里,机器开动,完成压榨和过滤,被送到地下一层地窖中发酵。全部酿制完成后,深紫色的葡萄酒液被运到地下二层,灌进一排巨大的储存罐里。

在这里,一个人会变得有耐心,因为无须过多牵挂,注意力只需倾注于眼前。感觉本身也会变得细腻。也许二者原本是一回事,一定要区分的话,勉强可说是因和果的关系。在城市里,对自然的感受是粗线条的、混沌写意的、片断化的,以整个季节作为辨识的最小单位。玉兰用大朵的白色花瓣,宣告现在已是春天。夏天是没有差别的无边碧绿。秋天是一首繁复喧哗的色彩的器乐曲,金黄色是其中的高音声部。冬天应该有雪花飘落,但它时常爽约,从不缺乏的是铅块一样厚重阴沉的天色。至于其间的递进过程、纷繁的细节,都被忽略了,或者没有能力辨识。但季节在这里,却是眉目清晰,首尾相连,浑然完整,仿佛是一幅精细的工笔画,又像是一部高像素的相机拍摄出的照片。

但伴随着这样的发现,也会生出某些困扰或窘迫,其中之一,便是以往从来不曾成为问题的语言,如今却有匮乏之虞。看到的种种让你感慨心动,有了表达的冲动,不过当再用那些熟悉的词汇来描述时,会觉察出它们显得粗糙和大路货了,自己先感到了惭愧。就好像出席一场很有品位的宴会,被衣香鬓影环绕,不得不在意自己的装束。你打点精神,搜寻库存,想找到合适的词语,而不是敷衍了事。譬如对深秋的树叶,通常会说一片金黄,但其实哪里会这样简单呢?颜色有多种区别,单单是黄色就分深浅浓淡,何况还有黄绿色,还有鲜红色,还有咖啡色,各自对应着悬铃木、鸡爪槭、蒙古栎树,足以拉出一个长长的名单。即便是同样一种树,晴天阴天、黎明黄昏也不一样。为了把这些描绘得生动精确,你就需要阅读植物分类学书籍,了解各自的科属种,研究光谱的排列顺序,尤其是相邻颜色的递进。

把局部和细微看清楚了,并不影响把握整体和弘阔,就像那句古话所说,"致广大而尽精微",二者可以兼得共有。这里更接近大自然的原初面貌,是那种总是被向往被赞美的模样。日间碧空万顷,白云飘浮,夜里星光皎洁,银河隐约。而将日夜不停地缝补起来成为一体的,是风。这里地势高风力强,高耸入云的风力发电机远近可见,三扇巨大的叶片在天幕下缓缓地旋转。风穿过田野树林来到面前,裹挟着野草杂花的气息,让你鼻翼翕动,呼吸通畅痛快,而天气预报却说,一百公里外正雾霾浓重。半信半疑点开手机上的监控器图标,视频印证了这一点——矗立在窗外正前方的那座电视塔踪影全无,旁边的楼房也是影影绰绰。

在这里,你会感觉到万物都有自己的个性,独立不羁。几只有着团队精神的狗,毛发纷乱,总是结伴而行,在葡萄园和玉米地旁转悠,偶尔会趴在路上,看你的眼神淡漠甚至轻蔑,不像宠物狗那样努力讨好,也不像护院狗那样充满警觉。经过的汽车放慢速度,散步的人绕个弯。脚步稍微偏移一点,越过了柏油路面边缘,就会踩到好几簇野花,因此会小心翼翼。不知从哪天开始,对一草一木都变得在意。不知道名字的鸟在叫,听不出是在树巅还是在树根下的草丛中,彼此应答唱和,声音却不同,让我每次都想到应该去下单买一本鸟类志。

不过这个念头迄今没有落实,原因在于注意力又被别的事物吸引走了。时时处处，田野里有那么多的事情在发生。譬如马齿苋长得格外茂盛，一簇簇的，叶片肥厚，想起母亲在世时每年都会采摘，晾干剁碎，冬天拌肥肉馅蒸包子吃。那排一人多高的茂盛的格桑花丛中，总是有个头儿很大的蜜蜂飞来飞去，后来我才知道它们其实是长喙天蛾，属于鳞翅目昆虫，而蜜蜂则是膜翅目。夏天夜里走路，有时脚下会出现一只癞蛤蟆，慢慢蠕动，冷不防吓人一跳。它的出现是环境湿润的标志。有一群不明来路的黄蜂，执拗地想把蜂巢建在小院木拱门弧形的上方，我总是在发现用蜂胶粘出的外壳雏形后及时拆除，前后有好几次。为了避免被蜇伤，有必要牺牲一点儿诗意。

小区远离城市，平时住户很少，基本上都是退休老人，格外清静，只有周末热闹两天。一些尚在上班的业主，开车来住上一两个晚上，到不远的水库边垂钓，得知为保护库区生态不再批复房产项目，小区是周边最后一处住宅区，想象将来退休后的惬意，脸上浮出一缕喜色，为路途遥远感到的一点儿遗憾悉数消散。儿女们带孙辈来过周末，看到父母气色不错感到慰藉，扶老携幼到水边走上一圈，在小饭馆里吃水库鱼，返程时在农场停一下车，买些新鲜而便宜的果蔬带回城里。

　　一个人在这里住久了，不仅充分享受了大自然风景，品尝了一场感官的饕餮盛宴，还会收获某些理念的果实。譬如说，在四面八方每一个角落中，林木、庄稼、杂草野花静默而又蓬勃地生长，会让你对一个简单的道理产生真切感受——土地的神奇。从无到有，从荒凉枯索到葱郁丰茂，一个确凿浩大的事实在你面前逐渐展开。"当春天到来时，大地就一点点使它完成。"诗人是大自然的器官，里尔克一定仔细地观察过这个过程，然后才写出了这样的名句。《山海经》中化育万物的息壤的比喻，则是出自我们的老祖宗的智慧。过去你当然也知道这些，那是从理智上，以对待知识的方式，但住过一段时间后，这种了解有了别的意味，更为真切和生动，被赋予了感情和温度，它们来自你手掌触摸过的树干的光滑或粗糙，以及脚掌踩踏过的土地的坚硬或柔软。

　　在农场里，尤其能够感受到这一点。这个农场占地二十多亩，由附近村子的几个农民经营，栽种了几十个品种的瓜果蔬菜，产量足够供应小区的住户。在城里家门口的菜店，我听到过一个小女孩儿仰头问她的妈妈："土豆树是什么样子的？"小女孩要是来到这里，就会知道土豆是从地下挖出来的。不但如此，她还会知道土豆开大簇大簇的白花，茂盛恣肆，从远处望去，像是一片凝固的浪花。

我住了半年多，从仲春到孟冬，中间用完整的夏秋两季作为链条，一头绑着播种，一头系着收获。明年再来住时，我会设法填补上今年的缺失。譬如说，我要搞清楚农场里那一道长廊拱架上的葫芦和吊瓜，它们累累垂垂，形状各异，很惭愧我有许多叫不出名字。好在来日方长。关于土地，关于自然，有着无穷丰富的蕴含，会随着了解的深入而不断产生新的话题，仿佛玉米的根部长出分蘖。

农民通过种植粮食果蔬，让自己与土地产生关联。对我们来说，这种关系的确立，是在更小的范围里，通过更为个性化的途径。住处是楼房的一层，前面的小院和后面的空地，都被开辟成了小花园。与我到处游荡目光散漫不同，妻子一门心思经略两处园圃，心无旁骛，神情专注。翻土，施底肥，去十几公里外的苗圃选择花木，然后又是设计花境，让花草们高低疏密错落有致。这些还只能算是开端，接下来的日常功课，松土浇水捉虫剪枝等等，每天足足占去两三个小时。三角梅要求光照和温度，玉簪喜阴耐寒,绣球吃水多每天都要浇,施羊粪时注意不要紧挨着根系……她会为不小心蹭掉几朵山桃草的花朵而懊丧,为紫藤恣生蔓长不得不剪枝而叹息,可见感情投注之处,凡物皆值得怜惜。我只是听从指令,偶尔浇上一桶水,或将某个盆栽挪动位置。干很少的事情,却能无限制地欣赏,因此每每被讥嘲为不劳而获。

我乐得承受这种责怪。如果没有这种浅淡的参与,我恐怕永远不会知道这些花木的名字:矾根、石斛、毛地黄、酢浆草、绣球荚蒾、欧洲月季……节令的脚步声次第催开了各种花朵。五月,鸢尾花在地面上方一尺高度制造了两平方米见方的诱惑,"蓝色妖姬"的绰号名不虚传。接下来是一种新品种的萱草,金黄色的酒盅在六月明媚的阳光下闪烁。一排四簇不同颜色的中华木绣球,则在整个夏天不歇一口气地怒放,因此"实现了绣球自由"成为挂在我们嘴边的一句戏谑之语。九月格桑花格外张扬,高挑儿纤瘦的枝秆上托举出一朵朵艳丽的八瓣小花,让人想到一个人振臂高呼的样子。至于年度劳动模范,则非那一簇矮株向日葵莫属,从初夏开始,它无视季节更替,一直开到现在,仍有二十多朵黄花。这个数目是我站在窗户旁数点出的,此刻外面五六级的北风呼啸,隔着玻璃都能感到寒冷,花朵剧烈地抖动摇曳,匍匐又昂起,有一种英雄的气势。

不知不觉,已经写了这么多内容。日子平淡安静,缺乏让人欢欣或者惊怵的外部事件,一些记忆和印象,本来以为早已经随着时光遁去,像落雨飘风一样无影无踪,但现在看来,小玛德琳点心的香味不仅仅属于普鲁斯特,让往日重现并不需要特别的禀赋,只要凝神静气,流逝的过往便会被召唤回来。魔法不过是热爱的别名。

万物有时,刚住进来时的新芽,变作如今的黄叶,盘旋飘落,满地堆积。刮风时落叶在地面滑动,走走停停,刺啦声像是留恋不舍。忍冬落尽了叶子,留下一串串豆粒大小的鲜红果实,晶莹剔透,成为黯淡萧瑟中的一点亮色。我要离开了,回到城里过冬。这里的冬天漫长寒冽,是享受夏日清凉要付出的代价。我摘光了后花园里一棵山楂树的果实,足有七八斤,拿回城里给一个朋友做果酱。几天后,给宿根植物浇完冻水,给屋后那棵新栽种的桑树裹上防寒无纺布,把水管的积水排空以免冻裂,那两扇敞开了几个月的院门,将会关闭。

在接下来的一段时间里,大自然会不停地做着删繁就简的工作,用寒冷和风作为裁剪工具。树干一天比一天清瘦,视野里格外疏朗,所见皆是各种简洁明快的线条和剪影。时常会降下来的雪,像一床厚厚的棉絮,给盖着的东西勾勒出柔和的轮廓,但阳光和风会一点点把积雪撕扯掉,像是一把大扫帚奋力扫过,又像用橡皮擦掉习字本上的字迹,纸上仍然会留下铅笔粉的痕迹——它们就是被吹落到沟渠里的卷曲残破的树叶,是沾在坚硬的冻冰上面脏污了的泥土。

等这些活计消停了,便会是一种长达几个月的凝滞般的静寂,土地冻结,树木枯干,满目荒凉肃杀,仿佛毫无生气。但这当然只是表象,在其背后和深处,天地阴阳之气在不歇息地生发鼓荡,运作不动声色,变化由微渐著,一步步地走向明年四月,走向我今年到来时看到的风景:墙根的一排连翘开得金灿灿的,一片鲜亮,冬青碧绿的叶子仿佛水洗过一般清新洁净;走到水库边,泛滥的春水漫过青砖的步行道,淹没了旁边十几棵柳树的根部,稀疏柔韧的枝条倒映在泛着寒意的水面中,波光粼粼,望去极像一幅列维坦的风景油画。

那时,我将归来。

一个寂寞的地方

住在这个地方,时常会有一种被遗忘的感觉。

这一感觉首先来自它的僻远。小区位于一道山脉和一个湖泊之间的狭长谷地中,被两千亩的葡萄园包围。它距生活了大半辈子的那座大都市一百公里,距县城三十公里,距最近的小镇也有八公里。从窗口望出去,正前方两栋楼房间的缝隙,被一排高大茂盛的白杨树遮挡,屏障一般,后方便是大片葡萄园,间或有几块玉米地和菜园,一直延伸到远处一道绵延高耸的峰峦。右前方几百米处,一座风力发电机高高矗立,风轮上的三扇叶片舒缓地旋转,它的下方,就是一片浩渺的湖水。这个地方多风,深蓝色湖水波涛汹涌,让人想到大海。

小区住户很少,基本上都是老人。早起散步,半个小时走下来,最多也只遇到几个遛狗的。人际关系简单,止于相逢时相互点头微笑,最密切的情形,也不过是住在带着小院的楼房一层的邻居,彼此交流一下种花种菜的感受。节假日,谁家的亲戚朋友从城里赶来,大都当天就回去。几个小时的笑语喧哗,更反衬出大多数时间里的清静寂寞。

物质生活的需求在这里变得简单,也容易满足。出家门步行近一公里,就是一个农场,蔬菜种类丰富,新鲜便宜且无污染,还可以自行采摘。隔上一段时间去一次小镇,到同一家理发馆理发,在同一家超市买生活必需品。偶有要回城办的事情,开两个小时的车回去。在那栋住了二十多年的高楼里,却每每有一种住旅馆的感觉,住上几天就惦记着回来,觉得这里才是家园。

这种错位之感背后的逻辑,是生命状态的转换,进与退,收与放,仿佛是听从了自己的心意,但也是依循着自然的节律。

已经退出职场,卸掉了责任义务,不需要朝九晚五地奔波劳碌,但离三天两头跑医院的迟暮时光尚还有些距离,因此这一处山水之间的所在,安静、优美,适合置放一具心无挂碍的身躯。住在这里，便是从热闹退向了冷清，从喧嚣退向了寂静，从中心退向了边缘。

人事退场，大自然登台，并一跃成为主宰。都市生活的几十年间，风景只是短暂地、片断式地进入意识，如在夏日雷雨后望见远处楼群上方架起了一道彩虹拱门，如在大街拐角处小公园里听到一声鸟鸣，把疲惫暗淡的情绪瞬间点亮一下，让内心纷扰的声音短暂地减弱了分贝，但很快恢复如初。如今则是全天候无死角地陷溺在大自然中，触目所见，步履所至，起卧之间，俯仰之际，无往而不是自然的声光形色。你在田野间，仿佛一尾水中的鱼、一只林中的鸟。

最初来到这里时，大自然作用于人的方式，是一种劈头盖脸式的覆被，一种破门而进般的闯入。好像是溽热汗蒸时分，忽然有一阵凉爽的风灌进毛孔，无比惬意；又好像是走入一道湍急的河流，身体被水流冲击得不由得摇晃。它不动声色，让你还来不及反应，就被其巨大力量和非凡魅力降伏。但很快，被动的领受开始转变为主动的寻觅，你受着好奇心和意愿的驱使，开始端详它的种种貌相，眼前的一切于是都变得新鲜，显现出某种意味。

你看到坚硬枯干的黑色葡萄藤上，绽放出鲜嫩的绿叶，看到一片几十年树龄的杏林枝叶间，无数颗青色的果实等待慢慢变黄。密密挤挤的玉米秆叶摩擦发出的窸窣声，紧贴在农场菜园田埂边长出的一簇簇肥大的马齿苋，让你有一丝恍惚，复活了童年的某种记忆。观察过一群蚂蚁协力搬运一只野蜂的尸体，起身抬头，将目光望向天空，蓝天上是棉絮般悬浮着的大朵白云，被阳光镶嵌出暗黑色的花边。但午后云朵往往消逝了，因为风经常从那时开始刮起，一直刮到黄昏，摇晃的树木和起伏的芦苇，衬着远处天穹下风电机叶片优雅的转动，渐渐地隐入晚霞和暮霭中。

在这里的每一处角落、每一个旮旯儿，你都被大自然的气息环绕裹挟，无所逃遁。我返回房间，坐到书桌前，试图收视反听，但瞳孔中永远漾荡着一片光色，那是来自窗外小花园里众多茂盛花木的映照。开春时用五元钱买了一棵水竹，种在花坛里，根系扩展膨胀，长成了一片丛林，折下一枝插在玻璃瓶里，是绝好的案头清供。女贞的根桩造型优美，仿佛一束棒棒糖，树冠被修剪成几个高低错落的圆球。沿着小院木门拱顶攀缘的凌霄花，在高处挺出一簇簇猩红色的艳丽花朵,下垂的一枝,搭在一丛枝条蓬松的蓝雪花上。花如其名,它蓝得皎洁飘逸,像是一团团轻盈雪花,刚刚从天空落下。它们在风中摇曳,枝叶花朵被阳光筛过,影子在地面上晃动。

住在这里的日子,是一次长长的补习,让我知晓了许多植物的名称和习性。这是一门从告别童年后就中断了的课程,现在重新接续。就拿花卉为例,依据这个地方的地理和气候,它们有着自己的剧情安排。春天以丁香浓烈的香气作为序曲,夏天用绣球饱满丰盈的硕大花朵营造高潮,秋天的格桑花飘逸空灵,用长时间的绽放来从容收尾,余音袅袅。中间漫长的日子、繁复的情节,则用众多的花朵填充并连缀起来,涉及众多的科属品种。单单是菊花,植物分类学菊科菊属下面的种类就有很多,百日菊、金鸡菊、蓝目菊、姬小菊等等,在田埂上,在人行道旁,在楼房墙根下,在窗外护栏边,或低眉顺眼或招摇喧哗地开放着,以各种形状和颜色,丰富着季节的表情。

既有当下的凝眸静观,也体现为长时段的悉心端详,于时光的流淌中,目睹美的色相流转不已。在大都市钢铁水泥的丛林里,对于季节变换十分钝感,看到玉兰花开,知道春天到了，银杏树的黄叶飘落，意识到立秋了，而对中间过程的感受则是模糊的。但如今在这里，季节递嬗中的每一个环节，其间细微的区别都能够体验得完整和准确。打个比方，过去仿佛是与一位美人在街头擦肩而过，惊鸿一瞥，叹为天人，但知道她必是精心装扮过的。在这里则是与她整日相处，看到她的完整和真实，既有光彩照人的瞬间，也有普通凡庸的日常，包括慵懒和邋遢等种种不堪。

这样说还是浮泛了，要具体一些才好。以这里到处可见的海棠树为例，我知道海棠花在四月下旬怒放，在晚春明亮的阳光下，满树的繁花仿佛大片晴雪，光亮闪烁，绵延无际。不久后，花瓣的底托处开始结出小小的绿色果子，坚硬圆润，从七月份开始，朝着太阳光的一面开始变红，然后红色渐次缓慢地扩展，洇染到整个果实；一直到九月，果实才能熟透。那时，成千上万粒鲜红的珠子，在浓密碧绿的树叶间熠熠闪光。

在这样的环境里，我有更多的兴趣打量动物——这个地方的另外一些居民。早起散步，蜗牛慢慢地横穿过脚下的柏油路，留下一道清浅的涎水痕迹。一只小土狗贴着墙根迎面跑过来，看到我有些害怕，躲进草丛里瑟瑟发抖，眼神柔顺胆怯。一整天的时间，小院木栅栏墙外边的草地上，那几棵国槐的树枝上，总有几只麻雀冲我点头，叽叽喳喳地好像在议论评点什么。我知道，我每次望见的都是不同的一拨。一群野蜂执拗地要把蜂巢建在小花园里，先是在女贞的枝杈间，后来在木栅栏围墙的木格子里，被铲掉后又重建，不屈不挠。一家流浪的橘猫每天定时上门讨饭吃，猫妈妈带着六只两个月大小的奶猫站成一圈，耐心地等待猫粮倒进几个碗里，眼神清澈，身姿优美。两个多月过去，原本绒球一样的小奶猫也变成了壮实的幼猫，活泼欢快，仿佛小学低年级的孩童。和我一样，它们都是生命的样式，寄寓于同一个大自然家园。

在这里住久了，伫望或者行走，不但感官中充塞了种种风景物象，天地自然的气息也进入了灵魂的空间，氤氲弥漫。

每日面对的都是熟悉的事物，面对阳光的倾泻、风的聒噪、树木的舞蹈、田野的静默，面对它们的喧哗或沉寂。不知不觉中，感觉有些东西从无声的交流中产生，自己与某种深沉而恒久的东西合体了，对方的消息变成了你的消息,你的身心中也沾溉了对方的品性。譬如看到深秋寒风把树叶吹落,只留下光秃秃的树干和枝条,而在漫长的夏日它曾经那样繁茂,冠幅丰满,枝叶浓密。这时就会想到,从生机蓬勃转为衰颓朽坏,佛家所谓诸法生住异灭的道理,原来是这么自然醒豁,不需要借助讲授和思辨,就能搞明白,直觉的力量那样丰沛,启示的来临风生水起一般自然。这样,对于生老病死,不觉中便多了一份淡泊豁达,懂得随遇而安,委任运化,坦然地接受命运的安排。在这里便能对一位古代哲学家的话,理解得更为深切透辟:"存,吾顺事;没,吾宁矣。"

不只是中国哲人这样想。梭罗在《瓦尔登湖》中写道:"一个人吃了午饭,只睡了半个小时的午觉,一醒来就抬起头问:'有什么新闻?'"他在广阔静谧的湖边思考,便获得了一种不同寻常的尺度。相比亘古不变的天地山水,那种过眼烟云般的日常事件,显得多么无谓。多年前就读过这本书,但今天觉得最能理解,对他语调间的讥讽更觉莫逆于心。电视机连续多天不打开,并不担心错失什么。心无挂碍的舒畅,属于这个年龄的收成,也来自大自然的馈赠,来自阳光的照晒和风的涤荡。一个诗人这样写道:"从明天起,关心粮食和蔬菜。"他写作时还很年轻,他向往的明天正是我真实的今天。今天,我对这句诗的理解就是:只需在意最为基础和本质的生存,其他种种都显得造作、虚妄不实,是生活这具躯体上的赘疣。

一个朋友来做客,说他喜欢这里的风景,但无法考虑长久地居住。他也已退休,孩子成家自立,于公于私都不再有什么羁绊。他难以忍受的是寂寞。他只能留在城里,可以经常会见众多朋友,隔不多久就有一个饭局。我理解他的选择,生命的方式原本因人而异,推杯换盏让人欢愉,酒酣耳热忘却烦忧,无可厚非。但对我而言,这里的静寂中自有一种深沉醇厚的滋味,不愿意用别的来交换。

不过,就在删繁就简的同时,是不是也有一些东西,在悄悄地生长,在缓慢地积累?相比前面被剥离的那些,它们属于增加的内容。它们无声无色,无形无迹,但如果沉浸进去,就会明白它们真实不虚,有着另一种看不见的天平才能称出的重量。

就说走在田野间,时时处处,都会意识到生命的积蓄和生发。譬如一个胚芽怎样长成一簇叶片,一个花朵如何变为一粒果实,我看得真切仔细,而在过去这是想不到的，或者根本不会去想。再譬如看到田野里兀立着一棵老树，茂盛高大，巨伞一般遮蔽了周边一大片地面，你会想到它站立了多久才成为现今的样子。这是大自然的教导方式，它会告诉你，怎样理解孕育和创造，耐心又代表着什么。长成一棵大树如此，做一个人，成就一件事，都需要在缓慢的时间中坚持，从容不迫。诗人里尔克的一句话也表达过这个意思：居于幽暗而自己努力。

此刻，五六级的大风正在室外肆虐，那几棵挺拔的国槐树，茂密细碎的叶子几天前还是一片碧绿，如今染上了浅淡的黄色。几只小流浪猫正在树干上磨爪子，飞快地爬上爬下。这里地势高，刚刚进入十月，已经寒意明显，物候比那座大都市至少要提早半个月。这是享受夏日凉爽的代价，大自然的账目条理清楚，收支平衡。接下来，季节的脚步将会提速，我会看到它的叶子变成金黄，飘落进枯黄的草丛里，枝干变得稀疏简洁，质感十足，衬着后面高远蔚蓝的天空，仿佛一幅笔力遒劲的炭笔画。

我在心中预习这样的画面，它是这个季节的下一副表情，即将显现在迎面走来的日子里。但又何尝不可以说，我同时也是在复习，重温去年这个时节的风景？去年和今年的落叶，在脑海里叠印在了一起，没有区别。大自然循环往复，万古如斯，就像一部精密仪器的运作，齿轮咬合紧密，毫厘不爽。这一种感觉，让人心神安稳笃定。

我看到了一条时光的传送带，在广袤无垠的天地四合之间运行，周而复始，头尾衔接。我端坐于上面某个微小的位置，被载负着前行，穿越树林和草地、河流和田野，一路观看，一路赞叹，收获感受和思考的小小果实，仿佛一只鸟啄食一颗樱桃，一条蚕啃噬一片桑叶。

这是属于我的福报，我乐意领受，坦然享用。

身边的冬野

冬至之日，我又来到了这一处远郊公园。

一年四季，我多次来到这里，目睹过它不同时节的容颜和神情。冬至节气的到来，意味着冬天进入了一种纯粹深沉的状态，最能够袒露出这个季节的本质和底色。

没有一点儿风，前后左右，到处都是一副静寂凝止的模样。抬头看去，天空呈现为一种均匀的淡蓝色，没有一片一缕云彩，仿佛有几分不真实。一排高大的白杨树，稀疏光秃的枝干叠印在一尘不染的天空中，线条疏朗遒劲，有油画般的效果。

目光从高处和远方渐次滑落，徐缓地移到眼前。脚下是一条柏油路，路边的草地上，连同每一棵树的树坑里，都盖上了厚厚一层黄褐色的落叶，干枯卷曲，仔细看还裹着不少细细的树枝。路的另一侧，是几畦被收割后的稻田，一簇簇大约两寸高的根茬，紧紧贴附在浅白色的干涸的地表上，像是凝结了一层薄霜。

前方不远处是一片小湖，曾经的潋滟波光已被封存于冻冰之下，冰面坚硬粗粝的质地，望过去就能感受到一阵寒意。几对年轻的父母带着孩子在溜冰车，动作姿态像是电影里的慢镜头。湖边一圈茂盛的芦苇变得干枯，白茫茫一片，苇秆顶端一簇簇单薄的芦花，在几乎静止的空气中微微摇曳。

一种深沉寥廓的宁静笼罩着原野。公园远离城市，乡野的特色十分明显，加上游人稀疏，更是如此。但主要还与时令有关。在其他几个季节里，大自然呈现出的是无比地热闹和喧哗。那么多的乔木和灌木、花卉与杂草，用树冠的搭连，用枝条的交错，用藤蔓的牵绊，用根须的虬结，彼此勾肩搭背地交织在一起，茂盛葱郁。它们遮蔽了天空，阻挡了平视的目光，更将地面遮盖得严严实实。

在春天和夏天的漫长时日中，我曾经颇费心血，才弄清楚了很多树木花卉的名称，但如今却又有不少重新变得陌生。我知道，是冬天不动声色地破坏了我的努力。我与它们的联系,在很大程度上,是通过不同形状色彩的枝叶和花朵建立起来的。伴随它们一同出现的,还有一种特别的氛围,来烘托和强化各自不同的情调。但这些凸显不同植物科属的特征的东西,在这个季节中却被极大地剥夺和削弱了,让我试图叫出名字时变得迟疑。我感到有一些轻微的沮丧。花朵凋谢,树叶脱落,只剩下树枝简洁刚劲的线条,每一棵树、每一朵花,都成为独立的个体。那种茕茕孑立之感,即便是从最为邻近的两棵树中,也能够感受得到。

这种情形,让我联想到一个人的孤独和迟暮。

如今想来,数月前从绿叶纷披杂花乱眼中走过,以及油然生出的亲昵愉悦的感觉,都好像不真实,仿佛一场梦幻。庄子在梦里,不清楚是自己变成了蝴蝶,还是蝴蝶变成了自己。置身冬日的原野中,在某个恍惚的瞬间,我也产生过这样的意念:哪一个才是错觉?是眼下视野里的肃杀萧瑟,还是不久之前的蓬勃葳蕤?

这样的静寂和旷远,容易让思绪从眼前逃逸出去。我的意识曾短暂地跌入遥远的过去,脑海中模糊地闪现出华北农村的乡野田园,在那里我度过了童年。它们像影子一样飘忽,连接了某件模糊的往事、某种朦胧的情绪,但都不能成形,仿佛一只掠过天空的飞鸟,还未来得及看清楚就消失了。

一片萧条中,万物都在收敛和缩减,返回自身的质朴素简。唯一相反的是树上的鸟巢,它们获得了放大和凸显。我好像第一次意识到,高高低低的树杈间,原来藏着这么多的鸟巢。其他几个季节里,它们被繁茂的枝叶遮蔽了,大多数看不到。它们作为居民的身影,在当下也显得更为活跃。时常会有一只或几只鸟儿从头上掠过,像是一道闪电。但我很少听到鸟叫声,或许是被寒冷喑哑了歌喉。它们落在地上,在枯干的白草丛中走动觅食,身上的羽毛黑白相间,既庄重又滑稽。更经常见到的是成群的麻雀,从某个方向飞来,倏地落在一棵树高处的枝条上,像是骤然降下的一阵雨点。

一只流浪狗追着我跑了一段路,有时跑到身旁,随后又后退几步,目光中有一些讨好和乞求,还有几分胆怯和畏惧。它试图接近我的目的,不过是为了寻觅一口吃的,可惜我什么都没有带。这样的严寒季节,对它而言是至为艰难的时日。

四野寂寥。我想到了一个说法:冬藏。《史记·太史公自序》中写道:"夫春生夏长,秋收冬藏,此天道之大经也。"这个属于节气物候的古典词汇,指代的是大自然的规律,本身也具有一种文学的意味、一种修辞的魅力。

　　走在裸露着的田野里,满目的简约清爽,让人能够更好地理解这个词汇的含义。这个时节,植物都将生命收缩在根茎里、枝干中、树皮下,仿佛坠入了一个漫长深沉的梦境。你很容易想象,当一场大雪降临时,便是给大地盖上了一床厚厚的棉被。

　　但沉静并不是死寂,虽然看上去似乎萎靡呆滞,但这只是假象,每一棵树都抱紧了生命。缺少光泽的粗糙的树皮下面,有汁液在蓄积和流淌,等待着合适的时刻,再将自己打开。几个月之后,我们将看到新一轮的繁盛,春天的生发,夏日的张扬,会重新降临在大地之上。就仿佛有时在生活中会看到的情形:一个人消失了,几乎被人遗忘了,但有一天重新出现,像是换了一个人,周身闪耀着别样的光彩。

　　一路走着看着,到处都能接受到这样预示着蜕变的消息。

供游人散步骑行的绿道两旁，杂乱的枯叶盖满了枯黄的草地，中间掺杂着坠落下的数种树木不同形状的果实，被融化后的残雪和泥土弄得脏污。它们都将化为肥料，滋养下一季的春华秋实。几根忍冬萧瑟光秃的枝条上，还挂着一串串豆粒大小的浆果，为小鸟提供点心，虽然色彩已不复秋天时那般晶莹红艳。那一丛有着小丘般阵势的藤蔓，我认出是连翘，春天时压弯了树冠的繁茂花朵，曾照亮过周边不小的区域，如今虽然片叶皆无，但那种蓬勃霸气的风度和姿态犹存，没有被寒冷剿灭。它们等待着地下看不见的阳气生发、汇聚和壮大，到了合适的时候，生命从枝条、花卉中喷涌出来，猛然间再一次将天地攻陷。

循序渐进、物极必反、周而复始……这些成语由于耳熟能详而显得平淡无奇，但并不因此而失却它的力度。大自然以循环轮回的方式，完成着自身的递嬗运化。一条看不见的巨大链环，在天空与大地之间，不动声色地架设起来，伸展开来。我看到的一切，都是这个链条上的细节，即便是最为细微琐屑的部分，透露出的也是某种整体性的信息。

我想到了一位美国作家兼自然学者约翰·巴勒斯的一段话："自然之书就像是以各种语言、不同字体所写成的篇章：横七竖八，掺杂着各式注脚。有粗大的字体，也有细致的笔迹，有隐晦的图标，也有象形文字。读得最慢，甚至干脆停顿下来的人，读得最好。"眼前的风景里，那一份单调中的丰盈、枯索中的活力，无疑也属于自然之书中的一页。

　　我停下脚步，望着身边的这一片冬日原野，希望自己也能够成为一个合格的读者。

第二辑

山河行走

天路之上

终于来到了向往已久的草原天路，在盛夏的酷热中。

原本颇为遥远的距离，被技术进步大幅度地缩短和拉近。清早从北京出发，沿京藏高速驱车三个多小时，就走过了农耕时代好多天的行程。昌平、延庆、怀来、宣化、张家口……一个个负载了厚重历史感的北方地名，渐次从车窗外掠过。居庸关长城蜿蜒起伏，官厅水库波光粼粼，桑干河大峡谷宽阔荒凉。嶙峋的山脉连绵不断，刚劲粗犷的轮廓渲染着塞外的苍茫沉郁，尽管正是草木最为茂盛的时节，仍然有不少地方仅仅覆盖着一层稀薄的绿色，裸露的山体在阳光下泛着干燥的苍白色。

目的地张北到了。这里位于华北平原与内蒙古高原的交接处，海拔陡然升高了一千米左右。行驶在盘旋上升的山路上，看着刚刚行经之处很快跌落到脚下很深的地方，对被人们俗称为"坝上"的这个地方，便有了一种鲜明的形象感。一路逐渐增加的凉爽，也变得更为明显。

正是从这里开始，一些有几分陌生新鲜的物象渐次映入眼帘。平原景色向高原风光的过渡，农耕元素与草原情调的交融，体现为视野中一幅幅平常的画面：时常会看到个头儿、颜色、数量不同的牛只，安静地趴在乡路边的树下，或者慢悠悠地走在一片草坡上。大片的马铃薯田里盛开着一簇簇白色花朵，浓密茂盛的藤秧将根部的道道垄沟遮盖得严实。旁边是一片向日葵，零星地开出金黄色的花朵。玉米地随处可见，但茎秆却比平原地带低矮一些。一片缓缓凹陷下去的、有着张开的怀抱一般优美姿态的草场上，兀立着几棵树冠浑圆的树。几户人家的屋舍错落排列在一片坡地上，红色砖房小院的前面，无一例外地会有一处牲畜围栏，用一根根黑褐色的原木柱子围成……看看接近中午了，便在一个小镇上停下车，随意走进一家路边店，要了一份地皮菜炒鸡蛋，一屉蒸莜麦面卷，蘸着羊肉蘑菇卤汁吃。边地的情调，散落蕴藏在许多具体而微的地方，诉诸各种感官，从目光到味蕾。

野狐岭到了。从远处望见一道横跨公路的木门,门额上题写着"草原天路"几个大字。草原天路在张北县境内就有数条,这里是东线,从野狐岭到桦皮岭。野狐岭名字的由来,该是因为这里曾有成群的野狐狸出没。清初顾祖禹的名著《读史方舆纪要》中,称此地"势极高峻,风力猛烈,雁飞遇风辄堕地"。车驶入天路,一幅绝美的动态巨幅画卷,随着车轮转动而缓缓地展开:两旁的草原宽阔绵亘,作为背景的远山的轮廓也柔和舒缓;一个房屋稀疏的小村庄后面,是一片层层叠叠的梯田;一排巨大的风车缓缓转动,在起伏高低的山脊上构建了一条天际线;公路顺着地势起伏盘旋,仿佛一条在风中飘扬的长长的飘带,在一个个瞬间定格为不同的形状……这时,你就不再觉得天路的说法只是一种修辞。天路之上是湛蓝的天空,大朵的白云静静地悬浮着,仿佛静止一般。

越往里开,车辆就越少,辽阔寂静的感觉就更为强烈,思维也变得格外活跃。无数历史的残页断片,纷乱地从脑海里掠过。设想在天路之上,浩荡长空中,有一位永恒的天神从高处俯瞰,他会看到什么?山戎、东胡、匈奴、鲜卑、柔然、契丹、鞑靼……几千年间,在这片土地上,不同的民族生息繁衍，一个个朝代更迭交替，你方唱罢我登场，仿佛天空之上被风驱动的流云。俱往矣，多少兴亡哀乐、历史与传说，都已经融入了风声和云影。

一处低矮残破的深灰色石头墙垣，出现在前方草地的边缘。没有时间下车细看，但我知道，这是古长城的一段遗址，中间那一截凸出的部分是烽火台。脚下这一片土地，长期以来都是中原王朝与草原势力对峙的最前沿。为抵御北来的威胁，历代中原政权都在野狐岭一带筑造了长城，计有燕国长城、赵国长城、秦长城、汉长城、北魏长城和明代长城，六个朝代的长城遗址集于一地，这在全国也是绝无仅有的。然而，当一股新兴力量强势崛起之时，任什么也难以阻挡。十三世纪二十年代初，这里爆发了一场载入史册的野狐岭大战。成吉思汗率十万蒙古骁骑，大败金朝的四十万守军，金军尸骨蔽野塞川。这一战，是蒙兴金衰的转折点，从此金王朝一蹶不振，也揭开了此后蒙古铁骑征服欧亚广袤大陆的序幕。

将近一百公里的路途，整体走向是由低向高，草甸、坡地和山峦，开阔的风景缓慢地交替变换。但后面一段路程则颇为不同，漫山遍野林木茂盛，绿意葱茏，山峰和谷底聚拢紧凑，上下坡度陡峭，有一种乘船在海浪里颠簸的感觉，又有几分像乘坐游乐场的过山车，不断地爬上高坡又落入谷底。这条天路的终点桦皮岭，是张北境内的最高峰，到山顶时，汽车仪表盘上显示温度比进来时足足低了五摄氏度。

自桦皮岭下来后，被手机导航仪指引着，一路奔向几十公里外的馒头营乡白城子。穿过安固里河大桥，桥下水流窄小细弱，它所汇入的安固里淖，古代曾经是烟波浩渺的大湖。路边忽然出现了一大片油菜花田，金黄灿烂，忍不住停下车，走进里面拍照。旁边是一块瓜地，墨绿色的藤蔓密密匝匝，几个农妇正在采摘甜瓜，装进停在田埂边的农用三轮车挂斗里。再往前走，是一个牲畜交易市场，空地上停了好几辆畜禽运输栅栏车，一些牛温顺地站在车厢里，等待着被拉到不同的地方，走向各自的归宿。我知道，眼前的场景，在千百年间都是反复地出现，不同的只是人们的服饰、生产及运输的工具，以及周边道路和房屋的样式。

目的地元中都国家考古遗址公园到了。停下车，便走进了一片明亮灼热之中。盛夏时节下午三四点钟的太阳，仍然有着足够旺盛的火力。一座长方形的城池遗址,静静地躺卧在无边蓝天之下。游人寥寥,四围寂然,有一种地老天荒的感觉。走在一条正南正北方向的笔直甬道上,两旁是高及膝盖的芦苇和沙棘,鼠尾草伸出一串串紫色的花朵。后面有一片杨树林,比内陆的同类树种要矮,但树干下面一丛丛灌木状的金叶榆树,那种夺目的金黄色倒是丝毫不减。目光投向更远处,左右两边几百米距离之外,各有一道高低参差的灰白色城垣。旁边的白城子村,就是因邻近这道残破的白色城墙而得名。

在辽、宋、元三代,这一带都是北连漠北、西通西域、南接中原的交通枢纽和军事重地,狼尾巴山蜿蜒环绕,安固里淖等十几个湖泊遍布四周。十四世纪初,元世祖忽必烈的曾孙元武宗海山即位十多天之后,即下诏"建行宫于旺兀察都,立宫阙为中都",并于一年后建成。

虽然眼前只是一片废墟,但仍然不难想象当年全盛时的气魄。遗址占地辽阔,由外到内,分别是廓城、皇城和宫城,三重城池以回字形相套。最内层的长方形宫城,周长就有两公里多,中心大殿据说有今天的七层楼高,周围配殿环衬。宫城的四个角楼高耸雄峙,傲视四方。它的外面一层的皇城区域,面积达八十万平方米。

宫殿建筑就以这条南北甬道为轴线对称分布,外侧则是极为开阔的空地,可以放置毡帐,如今都长满了野草。草原文化和中原传统,在这里的建筑中有着和谐的结合。自忽必烈开始,元朝历代皇帝都循行两都巡幸制度,冬春住在大都即今天的北京,夏秋则住在大都之前的首都上都。那么,为什么又在此地建立中都?有不同的说法,我看到的一种观点是:元武宗和皇族久居大都,已不习惯上都的严寒和清寂,但又不敢违背祖制,便取折中方式,在这个草原与汉地、游牧文化与农耕文化接合的地方建立中都。

是耶非耶,恐怕还得由专业的历史研究者给出答案。但作为一名游客,却尽可以不管这些,放任自己的思绪穿越回八百年前,在脑海里拼贴出一幅幅往昔的画面。不妨想象,那些前来觐见大汗的蒙古王公们所住的毡帐之外的草地上,该会有站立的骏马和趴伏的骆驼,而倘若这里没有中原王朝那么多严格庄肃的规仪禁戒,也许还会有酒肉的香气,伴随着胡笳或马头琴的乐声,从蒙古包里飘散出来。

元帝国由鼎盛走向衰落，发生在短短的一百多年中。元中都建成仅半个世纪，就被起义的红巾军一把火焚毁，只剩下城墙的断壁残垣。它们淹没在荒草与荆棘之中，被朔风和冰雪反复剥蚀，消失殆尽，以至于在后世相当长的时间里，遗址的准确位置何在都成了一个谜，直到二十世纪末才被重新发掘出来，成为轰动一时的考古发现。

沿着中轴线青砖御道向前走，登上几层白色的台阶，便站到了修复过的宫城正殿工字形的平坦基址上，它凸出地面有几米高。周边是一望无际的绿野平畴，草地绵延，烟树历历。我把目光投向北方。我知道，在距此两百公里之外的内蒙古锡林郭勒盟正蓝旗境内，在一条叫作闪电河的河流旁，一片水草丰美的辽阔草原上，一个被元代诗人萨都剌描述为"牛羊散漫落日下，野草生香乳酪甜"的地方，还有一处元代都城遗址，比脚下这一座被湮没的城池更有名，也保存得更好。它便是元上都的遗址，是元文化的发祥地，是当年元王朝勃兴和繁华时期的见证。

大半日的游程，已经让我时时感受到一种边地气息的氤氲。此地尚位于内蒙古高原的边缘，如果抵达那个更接近高原腹地的地方，或许能够获得愈发深入真切的沉浸,触碰到某种属于历史和文化内核的东西。忽然间一阵微风迎面吹来,仿佛是来自远方的呼唤。那一处远方,有着更为高峻的地势,通往那里的路途中,也该会有像我今天走过的那样的天路。

　　走出遗址公园,回到车上,我在手机导航界面上输入几个字:元上都遗址。那里是车轮驰骋的下一个目标。

绍兴二章

一

暮春三月，江南草长。在浙东这片山簇海拥的土地上，树木花卉生长得繁茂茁壮，如同青春洋溢的少年。宽阔的庭院内，多棵玉兰树绽放出白色和紫色的硕大花瓣，在和暖明丽的阳光下鲜亮夺目，让人感受到了扑上眉梢的浓郁春意。

我置身的这个地方，是位于绍兴市越城区的阳明故里。

这是一处白墙黛瓦的大型建筑群落，一轴四进，宽阔幽深，庄严端肃，有着明代公侯府第宅邸的恢弘气派。它是结合考古发掘和史料记载，在数百年前的王阳明故居遗址上复原重建的，其中伯府大埠头、石碑坊残迹、碧霞池、石门框、饮酒亭和后花园六处建筑,都是当年的遗存。

　　站立在五百多年前王阳明曾掬水洗眼的碧霞池、感悟心学的观象台旁,我根据阅读其著作及传记的印象,想象当年主人的音容笑貌、起居行止,但脑海里浮现的只是一些零碎模糊的影子,就好像几排稀疏的树木,无法遮掩住大片的荒地。好在新建的王阳明纪念馆弥补了这一不足。它借助光影展示等数字化技术手段,完整重现了王阳明的生平,展示了阳明心学萌生、发展和传播的逻辑过程,为其生命履历和思想脉络,梳理描绘出一张清晰生动的图画。

　　在历史上的大儒中,王阳明是一个传奇般的人物。南宋以来的几百年间,程朱理学成为占据统治地位的主流思想,但大多数儒士只会坐而论道,开展玄学式的清谈,酸腐无用,"无事袖手谈心性,临危一死报君王",像清代思想家颜元嘲讽的那样。王阳明则不同,作为一代杰出的政治家、军事家,他有着实干家的才能和强悍的行动力。他多次受命统军征战,维护了边疆地区的平安,并一举平定了叛乱的明宗室宁王,一次次为衰朽不堪的朱明王朝续命。

但王阳明更大的影响，还是他作为思想家的贡献。他的心学是对传统儒学的一次革命性发展。他倡导"心即是理"，认为明心即可见性，不假外求，摆脱了程朱理学经院哲学般的烦琐，开辟了一条追求个体实现的新道路，为疲态尽显的儒学思想注入了一股活力。他的"致良知""知行合一"之说，更是一种具有鲜明实践色彩的行动哲学。王阳明的临终遗言很有名：此心光明，亦复何言。作为那个时代的理想主义者，他自认为一生光明磊落，无憾于心。

用那个时代的价值标准来衡量，他的道德事功都堪称一代冠绝，但若从历史长时段理论来看，不论是思想还是行动，都只是对一个行将衰朽崩坏的王朝大厦的修修补补，尽管他的确做到了呕心沥血、死而后已。创建一个更好、更合理、更符合人性的社会，需要一种全新的眼光、胸怀和气魄，这些并不是他能够具备的，但我们不能超越时代来苛求他。

领受了这样一项伟大使命的先驱者之一，是蔡元培。他也诞生在这片土地上。

蔡元培故居位于绍兴老城区的一条窄巷内。这是一座明清台门院落，砖木结构的三进院落，花格门窗，乌瓦粉墙,青石板地,有着鲜明的绍兴民居特色。大厅及厢房多处,被辟为蔡元培生平事迹陈列室,通过大量的图片、照片、实物、手迹等资料,展现了这位近代著名的民主革命家、教育家、思想家,为发展中国的教育、文化、科学事业,为争取民主和自由,做出的巨大贡献。

这座小院落,没有王阳明故居那样的恢弘气势,但从这里走出的人物,却挟带了改天换地般的巨大思想能量。蔡元培既深受传统文化的熏陶,又汲取了先进的西方思想,视野宏阔,目光深邃,清楚什么才是疗治古国痼疾的药方。他与陈独秀、李大钊、鲁迅等人一同发起新文化运动,提出以人为本的教育理念,倡导以科学和美育救国,旨在造就民众精神和灵魂的新生。他担任北京大学校长时,强调"循思想自由原则,取兼容并包主义",使北大成为新文化运动的堡垒。中国第一个马克思主义研究小组,就是在北大成立的。他的毕生努力,为羸弱不堪的古老中国注入了新生的希望。

思想催生行动,观念影响存在。由他作为启蒙者之一而开启的一场思想文化革命,深刻地改变了一个古老国度的面貌。这是一个过于宏大的题目,这里我只想说,此刻在我的身边和周围，那些活力丰沛的生活，那些真实生动的笑脸，如果追溯起来，都与会山稽水养育的这一位杰出人物、与同他并行齐驱的先驱者们的理想和追求有关。

故居第二进一堂两厅，已经被辟为陈列室，正中位置，摆放着蔡元培半身塑像。塑像后面墙壁上方的匾额上，是沙孟海手书的"学界泰斗"四个大字。我与两位同行的母校为北京大学的学弟学妹，在老校长的塑像前合影留念。照相机快门的咔嚓声响起时，我的眼前闪现出了燕园未名湖畔的草坪上，被茂盛的苍松翠柏环绕着的那一座蔡元培半身雕像。塑像的头部微微扬起，望向远方的目光坚毅沉静。

因为气温差别，北方的花卉绽开得要迟一些。故居门外街巷边几株紫藤已经怒放，而前一天离京时，小区里的那一株紫藤才刚刚生出微小的蓓蕾。但燕园中的那一座塑像，已经被松柏青翠的枝条掩映，黑色大理石底座上，也一定会有拜谒者敬献的花束，就像我每次去时都会看到的那样。

那是一瓣心香，致敬和祭奠一个伟大的灵魂。

二

走出古旧的宅院，一脚踏进江南的田野，便如同走进一个盛大的节日。阳光明亮，春风骀荡，天地之间一派姹紫嫣红，内心的欢悦骤然间也提升了几档。

眼前一大片辽阔的水面，就是鉴湖。最早知道这个地方，缘于当年读被收入中学语文课本的许钦文的散文《鉴湖风景如画》。乘船在湖上游览，稽山镜水的风光徐徐展开，美不胜收。我看到了散文中描绘的魁星阁、三眼桥、柏树和松树，看到了"五步一小变、十步一大变"的风景样貌，虽是初识，恍若重逢。风景常常借助文章得以传播，出色的描绘仿佛画龙点睛，赋予山水活力、韵味和情致。

游船停靠在柯岩风景区码头。登岸前行不远，便是一个古朴的镇子，粉墙黛瓦的明清民居、纵横交叉的水巷、姿态各异的石拱桥、枕河临街的店铺、飞檐挑角的古戏台，次第出现在眼前。小镇入口的位置，矗立着一座高大的石牌坊，上书"鲁镇"二字。它是仿照鲁迅作品里的鲁镇来打造的，是一个被文学作品催生出的地方；街道布局、风情民俗，都来自鲁迅在绍兴东浦、东关、皇甫庄、安桥头外婆家等地的生活经历。一代文学大师在纸上营造出的虚幻之地，变成了一个真切的实体。

作为贯穿小镇的中轴线，一条热闹的街巷曲折悠长。街两旁依次排列着锡箔店、毡帽店、油漆店、木器店等传统店铺，小吃店旁弥散出臭豆腐的浓郁气味。走下去，又看到了鲁迅小说中写到的众多场景：当铺、酒馆、戏台、奎文阁、赵府、鲁家祠堂、阿Q栖身的土谷祠和调戏小尼姑的静修庵……这些出现在《阿Q正传》《祝福》《孔乙己》《社戏》《风波》等多篇小说里的建筑和场景，让人恍惚间跌入了旧日的氛围。

不仅如此，这里还有动态的情景再现。头戴毡帽、脑后拖着长辫子的阿Q出现了，面对围过来的游客，一脸浑不懔的表情，说着小说中那些经典的话。身着蓝印花布围裙的吴妈端着笸箩走过来了，他麻利地凑近搭话，脸上挂着轻薄的嬉笑。前面不远，身着破旧长衫的孔乙己，靠着一间小酒馆的柜台，模样颓唐，乞求小伙计赊一杯酒。继续朝前走，拄着拐杖、拿着破碗的祥林嫂迎面走来了，目光呆滞，拦着人问死后灵魂到底有无……

我忽然想到，当有一天自己连同身边所有认识不认识的人都已辞别人世,鲁迅笔下的这些虚构人物,却仍然会活着,将永远活着,被一代代的后人阅读、想象和认识,生发出种种感受和思考,并获得对于人性、生活、社会和历史的认知,成为诸多启示和印证的源泉。这就是文学艺术的力量,它具有活水一般永不枯竭的生命力,足以抵抗时间的侵蚀。

关于这一点,凭借书圣王羲之的《兰亭集序》而闻名于世的兰亭,是又一个有力的佐证。

与东晋永和九年那个暮春的日子一样,今天的兰亭也是天朗气清、惠风和畅,茂林修竹葳蕤青翠,轻盈鲜亮的绿色仿佛要从枝叶间一直沁入肺腑中。自入口步入景区,穿过一条修篁夹道的石径,迎面便是鹅池,一泓碧水中,几只白鹅悠然游弋。游客很多,摩肩接踵,笑语喧哗,当年的清静幽僻只能诉诸想象了。王羲之和友人们流觞赋诗的那一条清溪,依旧水流潺潺,几位身着古代服装的年轻女子,正在摆出姿态照相,倩影巧笑,楚楚动人。

文人天性敏感多情,因此当品酒赋诗、一咏一觞之际,意识到了时光的无情、人生的倏忽,一切赏心乐事都会稍纵即逝,于是乐极生悲,发出生命短促、世事空幻的慨叹。王羲之在《兰亭集序》里的感叹,也是当时一并修禊的数十位亲朋的心声:"向之所欣,俯仰之间,已成陈迹……况修短随化,终期于尽!"然而正是由于这篇即兴泼墨挥毫之作,让这一次雅集战胜和超越时光,成为后世人们永恒的记忆。宣纸松软易碎,但书写于其上的文章及书法,这些精神的创造物,却获得了比金石还要长久的生命。这样的悖论中,蕴含了深长的启示。

一千七百年过去了,大自然陵谷变迁,兰亭也不复当年面貌。据说曲水流觞之处,相比原址就有了较远距离的位移,但一篇《兰亭集序》,让这个原本毫不起眼的地方驻留下来,且将在文字中,也在人们灵魂中,一直存续下去。而多少曾经显赫一时的所在,高官贵胄的奢华府第、豪富巨商的精美园林,却早已踪影全无,湮没于荒烟衰草之间。

来兰亭之前,东道主幽默地提醒,不要将王羲之笔下所称的"崇山峻岭"当真,那样会失望的,不过是比别处的山丘略高一些。但我想到的是,那一次文人雅集所诞生的被誉为"天下第一行书"的《兰亭集序》,的确是艺术作品的巅峰,书法和文章都有令人眩目的高度。这一点毋庸置疑,绝非夸张。

想到了西方医学鼻祖、古希腊人希波克拉底的那句名言:生命短暂,艺术长存。

蓝墨水的上上游

　　汽车自宜昌出发,在沿江公路上行驶。公路一侧是高峻崔嵬的山峦,林木丛莽青翠蓊郁,从山脚一直堆积攀升到峰顶;另一侧是怪石嶙峋的江面,江水碧绿深邃,倒影荡漾。这是长江三峡中的西陵峡,以曲折险峻著称。山路弯曲起伏,车窗外的路边坡地上,一棵棵橘树枝杈错杂,繁茂碧绿的枝叶间缀满了金黄色的果实,在阳光下熠熠闪亮。目光向后面山坡上移动,便是绵延成片的橘树林,浓密荫翳。脑海中忽然就跳出了这样一些诗句:"后皇嘉树,橘徕服兮。受命不迁,生南国兮……"

　　峡江的天气变幻无常。忽然间一阵云雾飘来,太阳遁形,光线骤然昏暗,远处山坳间浓密的丛林,变得迷蒙恍惚,神秘幽昧。这样凄迷的景色,又带出了记忆中的几句诗:"若有人兮山之阿，被薜荔兮带女萝，既含睇兮又宜笑,子慕余兮善窈窕……"

精神活动有自己的触发与扩展的路径，感兴和想象等大都受制于具体的情境。我的这些联想，其实也十分自然，因为脚下这条公路叫作峡屈路，沿着西陵峡通往伟大诗人屈原的故乡秭归县;而这些跳入脑海的诗句,也都是屈原诗篇中千古传诵的名句。

十几年前的一个端午节，著名诗人余光中来秭归祭吊屈原。当被记者问及此行的感受时,他沉思片刻,说了一句话:"蓝墨水的上上游是秭归。"听者都发出会心默契的微笑。这句话背后,连接着一个更为久远的记忆。三十年前,余光中曾经在香港中文大学做过一次演讲,题目是《蓝墨水的上游是汨罗江》。蓝墨水指代的是笔尖下流淌出的诗行,汨罗江是屈原怀沙自沉之地,诗人以这个新奇精辟的意象,来比喻屈原在古老诗国的地位,指出他正是中华诗词泱泱江河的源头之一。

前后两次表述上的区别,显露了诗人的敏捷和机智,但也不妨说反映了他的思路的延伸。作为华夏诗祖的屈原,生命的最初时光,是在故乡秭归度过的。他的不朽作品正如一条奔腾的江河,穿越时光万古流淌,但最初的涓涓细流,却是发源于故乡秭归的山野之间。

此刻,我们正前往他的出生地—— 一个大山深处的小山村。如果说,个体生命也仿佛一条河流,这里就是屈原生命的源头和上游。汽车驶过一道桥梁,沿着长江的一条支流香溪河溯流而上,行行复行行,再翻越一座大山,便到达了目的地乐平里村。四周高山环抱,围出一片不大的平坝,村子就建在上面。一进村口,便是一个以屈原诗篇命名的"橘颂广场"。从小广场一侧的山脚下,沿着"之"字形的石板阶梯上行近百米,便来到山上一处平坦的台地。

一棵巨大的黄桷树踞守在台地的一角,枝叶纷披,浓荫匝地。俯瞰山下,刚刚行经的橘颂广场,整个村子的屋舍、田畴和道路,悉数被收入视野。将目光抬升,正前方是一座高大厚重的山体,仿佛一面巨大的屏风。山川自然的变化漫长而迟缓,当年映入童年屈原眼帘的,也是这同一道山峦。在这里,一个伟大的生命,第一次睁开眼睛,看向这一片他终生为之奋斗的土地。

正是从这个小村庄出发,屈原走向层层叠叠的大山外面,走向古代楚国的广阔大地。其后的故事已经广为人知,成为一个民族成员共同的历史文化记忆。屈原出身高贵,才华出众,博闻强识,志向远大,期待着用生命辅佐君王实施"美政",富国强民。诗为心声,通过在他手中臻于成熟的楚辞这种诗歌样式,他充分而激切地表达了自己对于楚国的江山社稷和百姓众生的深情。

朝饮木兰之坠露兮,夕餐秋菊之落英;长太息以掩涕兮,哀民生之多艰;亦余心之所善兮,虽九死其犹未悔;路漫漫其修远兮,吾将上下而求索……《离骚》中的这些句子,已经成为汉语中熠熠闪光的警句,成为情感寄托与心志表白的公共资源。他的众多诗章,情感奔放缱绻,想象奇诡无羁,赤豹文狸,香草美人,意象缤纷绚丽,更是开创了一种与以《诗经》为代表的质朴恳挚的中原诗风迥异的浪漫主义美学,成为中国文学的又一个源泉。

但楚国宫廷昏昧溷浊,力促变法改革的屈原,被宵小之辈忌恨和诋毁,被昏庸颟顸的君王冷落,理想抱负无法施展,眼睁睁地看着他挚爱的祖国一步步陷入万劫不复的危难。在被放逐途中,得知楚国郢都被秦军攻破后,他彻底绝望了,投汨罗江而殁,用生命为国殉葬。

他的躯体沉入了水底,他的灵魂升上了天宇,化作一颗闪亮的星辰,被一代代后人仰望。先是在他的祖国三楚大地,后来是在整个华夏的辽阔疆域——在汉语的文字和声音传播所及的一切地方。

这座小山叫作降钟山,屈原庙屹立于山顶上,白墙黛瓦,飞檐翘角。迈过几十级台阶,便来到最高处的正堂。在一尊白色的屈原雕像下,一个被称作"小招魂"的仪式正在进行。几位身着青色长衫礼服的老者,肃立在雕像两侧,另一位白衣白裤祭师模样的人,一面挥动用丝线系着的白色纸鸢,一面缓缓地往复走动,用古腔古调吟诵。

> 呜呼大夫!归去来兮。天不可上兮,上有云程万里;地不可下兮,下有九关八极;东不可逝兮,东有弱水无底;南不可往兮,南有朱明浩池;西不可向兮,西有流沙千里;北不可去兮,北有层冰千尺。惟冀屈公兮,返乎故里,登彼庙堂兮,是享是宜。
> …………

声调舒缓浑厚,抑扬顿挫,一种浓郁的楚地情韵。祭文的语词和节奏有着明显的楚辞风格,让人想到屈原的

《招魂》。几位表演者都是村子里的农民，也是一个叫作"三闾骚坛"的民间诗社的成员。这个诗社早在明清时期就有了，而村庄里自发的以咏唱诗歌来悼念屈原的传统，更是已有千年之久。祭奠仪式后，他们各自朗诵了自己的诗作，寄托了对诗祖先贤的思念。这些朴质的村民，放下锄头拿起纸笔，没有任何功利性动机，只是为了表达心中的热爱景仰。

故乡人的悼念，只是一个缩影。在辽阔的华夏大地上，整个民族都在悼念这位先贤。这种纪念，是缅怀一种精神，也是传承一种信仰。两千多年过去了，薪火绵延不绝，并通过端午节这个日子，得到一种集中而盛大的表达。我们是在端午节后来到这里的，但从人们对屈原的深挚感情中，仍然能够想象出那个日子里江边祭奠现场的庄重浩大，眼前幻化出龙舟竞渡的磅礴气势，耳畔恍惚听到高亢急促的擂鼓声，鼻端仿佛闻到了粽子的清香和艾草的苦辛。

乐平里位于僻远的深山里，山遥水迢，道路阻隔，能够前往的人毕竟有限。相比之下，位于秭归县城的屈原故里，吸引了更多的朝拜者。离开小山村，一个多小时的车程后,便到达了这里。这是一个将三峡秭归库区地面文物搬迁复建的建筑群落,屈原祠是其中最主要的古建筑,位于凤凰山山梁之上。因为葛洲坝水利工程和三峡大坝的兴建,数十年间它先后经过两度迁移,最终矗立在这个地方。它的存在,不但是物质意义上文物的保存,更是一种精神的守护和赓续。

屈原祠有几进院落,沿着山势层层而上,错落有致。依然是拾级而上,脚步的迈动中,内心的虔敬也在同步增长。走进山顶的主殿后,我们一行数人,在殿堂正中位置的屈原塑像前站成一排,每个人手捧一盆兰花,祭奠诗祖的在天之灵。静穆中,仿佛听到自遥远的时间彼端传来的歌吟,悲凉沉郁,在天地之间回荡。

迈出殿堂,走到后面宽阔的平台上,眼前展现出一幅壮观的画面。隔着一片波光潋滟的水面,几百米距离之外,便是长江三峡大坝,巨大的银色坝体横卧在江面上,巍峨坚固。水库被江岸后面的苍翠峰峦映衬着,雄浑浩渺中又有几分秀丽妩媚。凝视这一幅场景,感到其中蕴含的意味丰富而深长。往昔和今日,传统和现代,技术和人文,大自然的力量和人类的智慧勇气……一些感受和思考的片段,仿佛眼前万顷碧波间的点点粼光,在脑海中跳荡闪烁。

身旁有不少游人,或驻足观望,或四处走动,有个人的手机中忽然传来了一阵熟悉的歌声,还有那几句熟悉的歌词:"你是明月清风,我是你照拂的梦,见与不见都与你相拥……"

这是一首名为《如愿》的歌曲,是向奋斗和奉献的父辈们庄重深情的致敬,近年来广为传唱;歌手王菲的嗓音空灵清越,十分动听。我忽然间觉得,它很契合眼前的情境。古往今来,一代代志士仁人,为了社会的进步,为了创造更为美好的生活,殚精竭虑,奋斗不息。尽管他们所处的时代不同,担负的使命各异,但却有一个相同之处,那就是对于这片古老热土的挚爱和责任。

这是一个长长的队列,而屈原的身躯,无疑正站立在最前端。"屈平辞赋悬日月",李白的诗句清晰直接地标举了屈原作品的不朽特质。他在诗篇中所表达的炽烈的爱国之情,也是这种精神最初的源泉,如明月清风一样,在寥廓天地之间照耀和吹拂,将光亮和气息渗透进了每一颗心灵。

想到殿堂中那一尊青铜的屈原雕像，高髻巍峨，宽袖临风，面容清癯，目光忧愤，是为深陷危难的祖国愁肠百结的神态。此时，在他的身后不远处，就是那一道造福万代的三峡大坝。高峡平湖，烟波浩渺。"神女应无恙，当惊世界殊。"一位伟人的感慨，表达了一代人的信心和豪迈。屈原的在天之灵，倘若得知后人在这片他挚爱的故国土地上创造的辉煌和荣光，他紧蹙的双眉，也一定会舒展开来吧。

那一首歌曲还在循环播放，此时我听到的是这一句歌词：

> 山河无恙烟火寻常
> 可是你如愿的眺望

在铅山掬饮一捧瓢泉水

辛弃疾后半生的赋闲岁月,大部分是在瓢泉度过的。

瓢泉是江西上饶铅山县的一处地名,八百年前的南宋时代,这一带属于江南东路信州。当年辛弃疾为安排晚年的生活,来周边卜居,被这里的一口泉眼吸引,于是造田筑屋,终老此地。

汽车行驶在初夏的赣东北大地上,车窗外的信江泛着粼粼波光,两岸田畴碧绿,丘陵青翠,农舍俨然,风景赏心悦目。有人朗诵起辛弃疾的词句:"茅檐低小,溪上青青草。醉里吴音相媚好,白发谁家翁媪……"马上就有人,而且是两三位,小合唱一样紧接着背下去:"大儿锄豆溪东,中儿正织鸡笼,最喜小儿无赖,溪头卧剥莲蓬。"

这一首《清平乐·村居》广为流传,几乎家喻户晓。经由它以及多首耳熟能详的佳作，一位南宋杰出词人的名字，牢牢地烙印在人们的记忆里。

于别的作家，若能得到这样的评价，该是梦寐以求的事情，但辛弃疾恐怕未必乐意。辛弃疾是何等人物，借文采博取声名从来不曾成为他的追求。他固然开辟了一代雄浑壮阔词风，但他首先是一位世罕其匹的爱国志士。他从小志向远大，亟盼夺回沦陷于金人之手的北方失地，二十岁出头，就聚集两千民众起兵抗金，投入农民领袖耿京的义军。耿京为叛徒所害，他亲率五十骑，突入五万人的敌营里生擒叛徒，绑缚于马上，驰奔渡过长江，交南宋朝廷处决。做出这样惊人的举动，需要何等的勇气和果敢？他因此名重朝野。同时代的文学家洪迈在《稼轩记》一文中，记载了这一非凡壮举在当时产生的巨大影响："壮声英慨，懦士为之兴起，圣天子一见三叹息。"

逃离异族统治下的齐鲁，远赴江南临安的故国怀抱，辛弃疾怀着满腔报国热忱，上书《美芹十论》《九议》等北伐用兵策论。然而，南宋朝廷苟且偷安，以半壁残山剩水为满足，反应冷淡。尽管当权者知晓他出色的行政才能并加以利用，先后任命他为两湖、江西等地转运使、安抚使等,他在这些位高权重的职位上也大力除弊布新,政绩卓著,但这远远不是他所期望的。收复失地、洗雪国耻,才是他不变的初心,但最高层有意让他无缘参与恢复大计。另外一方面,他刚直不阿的品行、雷厉风行的作风,也不见容于庸俗油滑、苟且敷衍的官场,各种谗言中伤如阴风暗箭一样,不时向他袭来。

他未雨绸缪,提前为自己做归隐的准备。

他与门人来到铅山鹅湖山一带,寻觅合适的住所,在奇狮村后发现了一眼泉水,清澈澄碧。他一见就喜爱上了,不忍离去,据说当夜就宿于旁边的农家茅屋。他写下一首《洞仙歌》,其中有这样的句子:"便此地,结吾庐,待学渊明,更手种,门前五柳。"他决定在此修建住所,度过余生。

正如辛弃疾所料,不久后他就被朝廷疑忌而免职。此后二十年中的大部分时间,他都是投闲置散。其间的起居行止,大都在瓢泉住所。

生不逢时,是辛弃疾悲剧的根源。明清之际的思想家黄宗羲评价道:"辛稼轩当弱宋末造,负管、乐之才,不能尽展其用,一腔忠愤,无处发泄……故其悲歌慷慨,抑郁无聊之气,一寄之于其词。"一腔炽热的报国热情,一身盖世的经略才华,仿佛春秋战国时代管仲、乐毅一样的杰出人物,却无处施展文韬武略。

岁月无情,时不我与,山河破碎,刀剑闲置。夙愿难酬,唯有仰天长叹。言为心声,胸间的怔郁侘傺、幽怨委屈,尽皆诉诸他得心应手的辞章。于是,在其多篇作品中,都能读到英雄失路的愤懑和悲哀——

这是《水龙吟·登建康赏心亭》中的大声慨叹:"可惜流年,忧愁风雨,树犹如此。倩何人,唤取红巾翠袖,揾英雄泪!"这是《摸鱼儿·更能消几番风雨》里的怅惘低回:"闲愁最苦,休去倚危栏,斜阳正在,烟柳断肠处。"一颗匡扶社稷的雄心,却处处碰壁,落得个"却将万字平戎策,换得东家种树书"(《鹧鸪天·有客慨然谈功名因追念少年时事戏作》)。但只要一息尚存,他仍然心怀天下,壮心不已:"平生塞北江南,归来华发苍颜。布被秋宵梦觉,眼前万里江山。"(《水调歌头·赋松菊堂》)……借由他不世出的文学天才,它们被表达得动人心魄,千百年后读来犹自荡气回肠。

如果说归田之初，辛弃疾尚在等待朝廷重新起用的诏书，但随着时间流逝，他完全死心了。年华倥偬，恢复无望，他的目光开始投向田园风光与农家生活。

辛弃疾一生作词不辍，瓢泉岁月更是一个丰产期。他一向喜爱隐逸田园的陶渊明，陶渊明的名字和诗句，频繁地出现在他这一时期的作品中。像他在松林中建"松菊堂"，就是取陶渊明诗意："渊明最爱菊，三径也栽松。何人收拾，千载风味此山中。"（《水调歌头·赋松菊堂》）

农事生活的乐趣，在其笔下化为一行行清新活泼的词句："夜雨醉瓜庐，春水行秧马。点检田间快活人，未有如翁者。"（卜算子·夜雨醉瓜庐）"芸草去陈根，笕竹添新瓦。万一朝家举力田，舍我其谁也。"（《卜算子·漫兴》）"白露园蔬，碧水溪鱼，笑先生、钓罢还锄。"（《行香子》）……栽秧种菜，捕鱼锄草，他完全变成了一个农夫。白发归耕的夙愿，于今真正实现了。他把对百姓生计的关心，苦乐与共的情感，也写入了词中："父老争言雨水匀，眉头不似去年颦。殷勤谢却甑中尘。"（《浣溪沙》）

在各种具体操持之外，这一首《满江红·山居即事》，最能写照辛弃疾这一时期的心境："春雨满，秧新谷。闲日永,眠黄犊。看云连麦垄,雪堆蚕蔟,若要足时今足矣,以为未足何时足。被野老、相扶入东园,枇杷熟。"

流淌漾荡在这些文字之间的,是闲云野鹤般的澹泊从容、悠然陶然,但他是否真正做到了宠辱皆忘、万事不复萦心,如他所言每天只是"宜醉宜游宜睡"?

愉悦惬意是毋庸置疑的,人有多方面的情感需求,山水田园自能娱人。当报国无门、壮志难酬时,啸傲山林寄情水云,不失为一条途径,借以抚慰备感失落的灵魂。这也是在一个平庸苟且的社会中,一个英雄人物退而求其次的选择。

但是内心的创伤难以愈合。一个热血男儿,在大有作为的壮年期被迫离开政治舞台,生命日渐消逝于时光的吞噬,实在难以忍受。因此,即使在最为快意的时刻,这种愁闷、焦灼和激愤,经常会因为某种触动,突然升上心间,将肝胆撕扯得刺痛不绝。这样不为外人窥见的一幕,在将近二十年的漫长岁月中,在辛弃疾的灵魂中反复搬演。因此,他的那些旷达之想、出尘之思,有时也只不过是一种强自宽慰,一种无奈的纾解。

因此,在他六十四岁的高龄,当力主北伐的宰相韩侂胄主政,起用主战派人士时,他毫不犹豫地离开经营了多年的山水田园,奔赴当时抗金最前线的镇江。

那首脍炙人口的《永遇乐·京口北固亭怀古》就写于此时。"千古江山,英雄无觅,孙仲谋处""凭谁问:廉颇老矣,尚能饭否"……老骥伏枥的壮志雄心,于字词间跃然欲出,丝毫不减横戈跃马的当年。但形势的发展,让他又一次蒙受沉重打击。任期一年多,他被弹劾罢职,重回铅山赋闲。而仅仅几个月后,主政者没有听取他的充分准备和周密部署的再三告诫,一次仓促发起的北伐,以宋军失败告终,南宋王朝再次付出沉重而屈辱的代价,换取再次的苟安。身心交瘁的辛弃疾,也于两年后赍志而殁,抱恨终身。

他的一生是一出悲剧的铺展过程,让人看到忠心的见弃、理想的幻灭。但崇高又是难以损毁的,因为有文字。当正常的时光磨蚀和非正常的兵燹水火,让一切物质性的存在湮没无迹,唯有精神可以经由文字获得留存。

辛弃疾的生命,凭借他的众多杰出作品而不朽。

来瓢泉的路上,拜谒了辛弃疾墓地。车在一条狭窄的乡间公路旁停下，我们沿着一条穿过田野的水泥道路向山脚走去，又几次拾级而上，来到半山腰处，一块白石墓碑后面浑圆的隆起，就是辛弃疾的埋骨之地。麻石砌就的四层坟墓的顶端，黄土堆积，青草浓密茂盛。墓碑前方左右两侧的石柱上，镌刻着一副对联：铁板铜琶继东坡高唱大江东去，美芹悲黍冀南宋莫随鸿雁南飞。下面的台阶上，摆放着水果糕点等祭品，香炉里有三炷香飘着袅袅白烟，祭奠者显然离去不久。我想起走到半途时，有几个面目忠厚、衣着朴素的中年人迎面走过。他们也许就是辛弃疾的后人——辛氏族裔在此地繁衍多代，开枝散叶，人数众多——但也许只是他的景仰者，就像我们一行远方来客一样。

我们将带来的一瓶白酒倒入酒杯，几个人双手擎起，泼洒到墓碑前，祭奠英雄。青山常绿，稼轩不老。

这个地方为什么叫瓢泉呢？

当初并不是这个名字。辛弃疾将村名"奇师"改为谐音的"期思"，寄寓对结束南北分裂局面和为朝廷起用的期待。那么，他改原来的泉名"周氏泉"为"瓢泉"，又是出于何种意图？

答案很快映入眼帘。目的地辛弃疾旧居到了，它位于上饶通往分水关的上分公路边，这里如今叫作稼轩乡，地名中寄托了人们的怀念。沿着一条鹅卵石坡路向里面走几百米，在一面林木葱茏的崖壁下，一整块平坦宽展的石头的低凹处，有一个水瓢形状的水潭。潭水清澈见底，水面上漂浮着少许树叶和细小的叶柄。

这就是瓢泉。生动直观的形象，让它的命名显得自然而然，但在形似之外，其实另有一层深意。我从辛弃疾词作全集中，找到了一篇《水龙吟·题瓢泉》。辛词杰作太多，此篇未见收入我购买的诸种选本中。词中有这样的句子："乐天知命，古来谁会，行藏用舍？人不堪忧，一瓢自乐，贤哉回也。"他以孔子的贤弟子颜回自许，表达了安贫乐道、伴泉而居的心志。泉水改名的深意，也就清晰昭然了。

抬头望去，约百米高的瓜山山顶，有一个亭子。这是当年辛弃疾建造的停云亭的遗址，名字取自陶渊明《停云》一诗。有小径从泉边通往亭子，并不陡峭，但因为头一天不慎扭伤了脚踝，犹豫了一番，还是未敢登攀，也就不能从高处俯瞰周边的山川田园，包括散布其间的辛弃疾故居遗迹了。

被贬谪后，辛弃疾往来于他的上饶带湖别墅和铅山瓢泉之间。不久后带湖毁于火灾，他就住在瓢泉直到去世。多年间经过几次扩建，辛弃疾的屋舍、园林和耕地分布在周边方圆几公里内，有一些至今痕迹尚存。因为时间匆忙，未能安排参观，但有这一泓清泉也就够了。它的活泼流漾中，有生发和激荡情思的功效。

我蹲下身，轻轻拨开水面上细碎的漂浮物，掬起一捧水，将头埋下去，一饮而尽。泉水清凉甘洌，味道清正纯粹，沁出的是大地深处的气息。

这是辛弃疾曾经饮用过的水源。

在水碧山青的地方

一

　　我视野中是一大片鸢尾花。这里的季候比北京要早十多天，出来时，小区院子里的鸢尾刚刚展开几片细弱的嫩叶，此处却已颇为蓬勃茂盛。一枝枝挺出的茎秆上，深紫色的花朵美艳而热烈。想到这种花的别名"蓝色妖姬"，的确是渊源有自。它剑形的扁平叶子洁净碧绿，在阳光下闪着光。

　　目光滑过这一片花草，落在前方的一泓碧水上。十多只白天鹅正在水中游弋，或脖颈低垂，或展翅拍水，意态悠然。这个地方叫作天鹅湖城市湿地公园，位于三门峡市东边黄河水库边上，每年都会有上万只天鹅飞来这一带水域过冬。这种对水质要求十分苛刻的水禽，印证了这里水质的优良。

没有想到，这片风景绝佳的绿地，还藏着一处年代久远的古迹。在公园里的周公岛上，一片茂密葱郁的树木下，一块三米多高的青色石柱名为分陕石，是西周初年辅佐年幼的周成王执政的两位叔叔周公、召公"分陕而治"的界石，当时此地名为陕塬。界石是复制品，原件藏于当地博物馆中。周召共治的时代，是漫长的封建社会人们心仪的盛世，是孔子因未能生活其中而怅恨不已的时代。《公羊传》记载："自陕而东者，周公主之；自陕而西者，召公主之。"陕西地名的由来，也正是由于它位于此地之西。有人便调侃一位向来以自己的陕西籍贯自豪的文学评论家："听到没有，贵府地名原来是从这里派生出来的。"评论家就咧嘴笑。旁边又有人总结说，其实中国很多地名都与山川有关，像河北河南就是以黄河为界，中国人都是黄河的子孙哩！

而此刻，黄河就在不远处流淌，这座湿地公园的多条水道都通往黄河。分陕石让厚重的历史具有了一种现场感，自树木浓密的缝隙间闪烁的水色波光，更让那个从小就熟悉的比喻——黄河母亲——弱化了它的修辞色彩，变得真实而亲切。

我们此行的目的地便是黄河。仿佛观看一场大戏，游览黄河湿地公园只是拉开序幕，接下来的乘天鹅号游轮畅游黄河，才是正式展开了剧情。

这里是三门峡大坝截断黄河后形成的库区，高峡出平湖。如今正值蓄洪期，水面阔大浩渺，甚为壮观。游客们走出船舱，在甲板上到处走动拍照，兴奋不已，有人还朗诵起诗句。我脑海里有关黄河的古诗，也像船头飞溅的浪花一样，簇拥着绽放开来。"君不见黄河之水天上来，奔流到海不复回"，不对，这是描写河水自高处倾泻的画面，形容大坝上游的壶口瀑布，或是大坝开闸泄洪时的场景会更为贴切；"西岳峥嵘何壮哉，黄河如丝天际来"，岸边山势之崔嵬倒是有几分相似，不过水面的辽阔却一点儿也不像；"九曲黄河万里沙，浪淘风簸自天涯"，不难从视野尽头河流的蜿蜒推想它漫长途程中的盘曲，但水质的清冽却难以将它与黄沙发生关联……思绪流荡如同漂浮的小舟，最后锚定在这两句上："俟河之清，人寿几何。"

是眼前水的颜色让我这样想。相信很多人的脑海中预设了一个河水浑黄、泥沙翻卷的画面,但眼前的碧绿澄澈,让人分明像是置身于江南的一处湖泊里。这种强烈的反差,让众多初游者大感意外,脸上生出一种孩童般惊喜的表情。只有水库对岸的风景,山的苍莽、塬的平坦,分明是属于北方的浩荡粗犷。

《左传》中最先引用了上面这句诗,但并没有注明出处,可能也觉得这是常识。千万年了,黄河水携带巨量泥沙,浊流滚滚。河水不会变清,就像大海不会没有波浪,因此"河清海晏"就用来比喻一种美好但难以实现的期待。

然而此时,千真万确,眼前是一碧万顷。游轮平稳地行驶,船舷两旁犁开幅度不大的波涛,周边的水色尤为深碧。美好的期待,在今天成了现实。

这是一次生态文学主题的采风活动。当地媒体记者跟随采访,我听到有受访者提到梭罗。梭罗在今天是一个响亮的名字,谈起生态保护和自然文学,没法绕开这位两百年前的美国人。蓄水期的三门峡库区阔大,一直延展到上游陕西境内,据称总面积超过两百平方公里,与梭罗当年在其旁侧筑木屋而居的只有几英亩大小的瓦尔登湖相比,不啻天壤之别。瓦尔登湖让梭罗产生了不朽的思想,眼前这一片浩渺的水面，也理应给予游历者足够丰富的启迪才是。

二

但对于此行的目的，也许可以说，山的启示，来得更为直接和醒豁。

沿着黄河边的绿色生态廊道，驶往一百多公里外豫陕交界处的河南小秦岭国家级自然保护区。车窗外闪过绵延不尽的树林，高高的白杨树干直冲云天，绿叶浓密繁茂，下面则是一排排的金叶榆，浑圆的球状树冠闪耀着明亮的金黄色。树木间，有明亮的波光闪动，那是黄河的岔流和陂塘。河岸边树林中有一家家的游客，大人躺在野营床上读书，孩子们在草地上追逐嬉戏，说不出的悠闲惬意。隔一段距离就会出现一座碉楼式的建筑，墙壁上挂着黄河滩生态保护站的牌子。继续前行，一片片枝干虬曲的老枣树映入眼帘，大部分还只是坚硬的黑色树干和枝条，只有少部分绽出了绿叶。这里是著名的灵宝大枣产地，黄河沙壤地最适合它们生长。这里已经远离库区，黄河呈现出它本来的面貌——河水浑黄，泛着细细的浪花。

进山了。峰峦从两边聚拢过来，围出一条迂曲盘旋的道路，通向大山的更深处。这里是秦岭山脉的东麓，因此被称作小秦岭。行行复行行，车子在一片相对宽阔的谷地停下，目的地到了。这里四周岩峰高耸，茂盛的油松和华山松碧绿蓊郁，堆绒叠绣一般，将山峦遮掩得严实，几乎看不到裸露之处，低处更是被灌木丛和各种花卉密密地盖满。一种深沉的宁静笼罩在广大的峰谷之间，似乎亘古如斯。

但一组触目惊心的照片表明并非如此。小秦岭黄金蕴藏丰富，早在五十多年前就成为矿区，为经济建设做出了贡献，但高强度、粗放式的开采，也造成了极其严重的生态灾难。照片真实地展现了治理前的模样，仿佛末日降临一般凄惨：天空中烟雾弥漫，光秃秃的山坡上寸草不生，飞鸟息影走兽无踪，矿渣堆积如山，被杂物垃圾壅塞的河道里，流水乌黑污浊。崖壁上黑洞洞的矿井坑口，更像一只只恶魔的眼睛，觊觎着尚存的生命体。生态严重恶化，导致大自然的报复频发，多次发生山体崩塌滑坡等地质灾害。

生态灾难的急遽加重，催动了环保意识的迅速成长。八年前，地方政府以刮骨疗毒的决心和勇气，将矿山环境治理和生态修复列入攻坚战目标。一声号令，一百五十平方公里的范围内，上千个矿洞全面关闭封堵，一万多处矿山设施被拆除，千万吨级的矿渣被清理。生态修复工程紧跟着开始，从山外一车车运来土，肩扛手提地运上山，盖在渣坡上，再通过安装固定挡板、修建排水渠、铺设滤网，防止覆土流失，并栽种了近百万株苗木，悉心培育养护。冬去春来，时光抚平了满目疮痍：溪水再度变清，可以直接饮用；山峦重新返绿，满目青翠欲滴。喧闹了数十年的小秦岭，恢复了蓬勃的生机和深沉的宁静。

此刻我们正享用着这种生机和宁静。在鸟儿此起彼伏的鸣啭声中，走进小秦岭植物科普园，这里栽种了两百多种植物。我一一辨识着：银杏、水杉、杜仲、水曲柳、红豆杉……下方则是众多的灌木和草本植物。接下来又走进距此不远的小秦岭动物科普馆中，里面陈列着多种在山中栖息的鸟类和兽类的标本及照片。除了众多的鸟类，还有林麝、豹猫、斑羚、黄喉貂等国家保护级动物，许多都是在消失多年后重新现身。鸟兽不会感慨和诉说，它们是不是也会有重返家园之感？我不知道，但这些对生存环境要求苛刻的珍稀濒危物种的复现，确凿无疑地证明了这里生态的美好。

晚上回到住处，整理手机拍摄的照片，目光驻留在其中一张上。那是一个拱门形状的坑口，裸露在一处垂直的崖壁上，一洼从洞内渗流出的清水淹没了入口处的地面。别的坑口早都被填平，痕迹已经完全泯灭，与周边葱茏的植被浑然一体。这一处是专门留下的，为了记录昨日采掘损毁的不堪，印证今天修复治理的效果。

这张照片，可谓意味丰富而复杂。它叠印了人的诸多相互矛盾的品性：妄心和诚意，愚拙和智慧，不断犯错但又知错能改。意念的力量十分了得，一念之出，可以笼天罩地，更能改天换地，关键是看它朝着什么方向，是正念还是畸念，是合乎天地大道即自然规律，还是与之相悖逆。

由此西行不远，就是豫陕交界的函谷关。老子倒骑青牛走到这里，给一个名叫尹喜的守关人留下一卷竹简后，穿过关隘飘然西行，莫知其所终。竹简上的文字，就是今天我们看到的《道德经》。洋洋五千言，核心思想就是"道法自然"。

今天的小秦岭作为生态成功修复的典范，有不少做法可资借鉴推广。但说到底，是人们在走过很长一段弯路后，返回了正路坦途，复归了自然大道，即认识到人类不可妄自尊大，视攫取大自然为天经地义，要学会尊重和敬畏大自然，与之平等相处。《道德经》中谈到要"知常道"："知常曰明。不知常，妄作，凶。"说的就是行事要明了并遵循客观规律，不可肆意妄为，否则就会罹患灾难。

今天的护林人，不少就是当年的采矿工。看到一段录像，数十名身着橘红色鲜艳制服的护林人——大都是朴质憨厚的中年汉子——一年四季攀岩越溪，栉风沐雨，踏雪卧冰，巡查保护区广袤区域中的每一处岩隙山陬，阻止盗矿者和偷猎者进山，监测植物的生长情况，在大雪封山时给无处觅食的珍稀禽鸟投食。有这样笃定执着的信念和踏实细致的工作，让人相信眼前的美好生态一定会保持下去。

由此我又想到了一句话，也是来自《道德经》："天下难事，必作于易，天下大事，必作于细。"

三

三门峡水库的波光又一次闪现在眼前。但这一次不是乘船游览,而是坐车沿着库区边的林荫大道,穿过头顶绿树投下的跳荡的光影,一直来到三门峡大坝。

这座"万里黄河第一坝",横卧在南北两岸的崤山和中条山之间。坝顶通道的中间,是一块巨型石碑,分开了豫晋二省,对面就是山西平陆县。游人纷纷在界碑前照相留念。大坝一侧是水库的万顷碧波,另一侧则是古老的黄河河道,跌落在下方一百多米深的地方,蜿蜒流向远方,消失于逶迤夹峙的两岸山脉之中。

坐电梯下到河谷底部,经过发电机组厂房,沿着一条与大坝垂直的检修通道前行,近距离地观看黄河水。现在正是蓄洪期,大坝只提起了一个闸门,水流平静舒缓。一块铁青色的巨石突兀地矗立于水面上,它就是著名的"中流砥柱",一个汉语常用成语的源头。通道左边是泄洪排沙涵洞,河床裸露,水流清浅,一条鲤鱼正在逆流而上,不时费力地打挺。旁边的青色岩石上,兀立着数只苍鹭,纹丝不动。它有着长长的脖颈,我家乡的话里称它为"长脖

116

老等"。

通道的尽头，是当年那一块因其形似而被称为"梳妆台"的岩石所在之处。它与构成三门峡地名由来的人门、神门、鬼门三道峡谷一起，都已经在修建大坝时被炸掉。一位同行者触景生情，声情并茂地朗诵起贺敬之的诗《三门峡——梳妆台》中的诗句："望三门，三门开，黄河之水天上来！……青天悬明镜，湖水映光彩，黄河女儿梳妆来！……"

这首诗作于三门峡大坝修建时，曾经广为传诵。作为黄河上的第一座大型枢纽工程，大坝的建造是足以作为时代标志的重大事件。我联想到了郭小川诗作《三门峡》里的句子"英雄的儿女，用双手将方圆几千里的明镜高悬""拦河大坝高过天，也不及中国人民的信念"等。这些激情洋溢的诗句，都体现了意气风发的时代精神，透露出人们对自己的智慧和力量的充分自信。中华人民共和国建立后短短数年间取得的巨大建设成就，让人有理由生发出这样的豪迈气概。

但因为种种主客观因素的影响，大坝早期设计建造存在一些缺陷，未充分考虑排沙这一关键性技术问题。大坝建成后不久，即因为水位抬高，流速降低，导致库底以及上游河道泥沙严重淤积，造成的不良生态后果，在其后多年中，只能采取种种措施进行补救。人们经过多次增建改建以及不断的试验，探索出了适应高含沙河流的"蓄清排浑"等有效运行方式，采取降低库区水位、增加底孔排沙等一系列措施，最终使得库区泥沙淤积大为减少，保证进出库泥沙基本平衡。

大坝斜坡上，从左到右排列着八个大字"黄河安澜国泰民安"。改造后的三门峡水库，已经安全运营几十年，产生了防洪、防凌、发电、供水、灌溉等显著的社会效益和经济效益。黄河下游历史上灾害频仍，有"三年两决口"的说法，但自大坝建成后，再也没有发生过。降服黄河水患，三门峡水库功不可没。今天，作为黄河防洪减灾体系和水沙调控体系的骨干工程，它仍然发挥着重要作用。

离开大坝，前行不远，就来到了三门峡庙底沟博物馆。这一处遗址是华夏文明最初的源头之一，是仰韶文化最为辉煌阶段的标志。展厅里陈列着以花瓣纹彩陶为代表的众多新石器时期的生活和生产用具，并通过声光电等数字化技术手段，生动演绎了先民们的生存图景。

在大坝上的感想再一次浮现。不应轻易嘲笑梦想,不能简单否定人的力量,人类从穴居野处茹毛饮血,一路走到高度文明的今天,凭依的正是这种梦想和力量。当然,如果所作所为背离了自然规律,也会遭逢挫折甚至灾祸。如何处理好人与自然的关系,是一个重大的命题。三门峡水库的曲折历程,小秦岭生态的毁坏与再生,都为此提供了思考的样本。

"苟日新,日日新,又日新。"

走在这一片弥漫着浓郁历史气息的土地上,言谈思维时,脑海里也时常会跳出一些古书里的字句,这是思与境偕的一种体现吗?某个时候,我忽然想到了商汤王的这一句盘铭。其原意是督促激励自己不懈地进德修业,时刻追求德行的自新,新了还要更新。其实物质世界的改造也是如此,在实践中不断纠正错误,弥补不足,才能够求得日臻完善的结果。

思维的生发遵循着自己的路径。这个"新"字,又让我联想到《诗经》里《大雅·文王》中的一句,"周虽旧邦,其命维新"。封建时代尚有对革故鼎新的重要性的认识,那么,在人们日益重视生态文明建设的今天,有高远宏大的眼光和气魄,有周详细密的设计擘画,有雄厚经济实力和先进技术手段的加持,再加上止于至善而后已的决心,善始克终的不懈努力,那么,对于人与大自然相亲相偕的前景,不是极有理由期待的吗?

几天的豫西之行,水碧山青之间,映入眼帘的尽皆是践履生态文明理念的成果。它们像这个季节的阳光和风,温暖和煦。它们提供惬意美好的感受,更提供深长蕴藉的启迪。

丰收的表情

在越西,四川省凉山彝族自治州的一个辖县,我沉浸在金秋季节浓郁的氛围里,感受着丰收带来的欢悦。

抵达越西县城,是在前一天的黄昏时分。舟车劳顿的倦怠,让一夜睡眠格外酣沉。醒来后拉开窗帘,俯瞰宾馆楼下嶲水河湍急的流水,眺望远处高耸壁立的峰峦上缭绕的云雾,顿感神清气爽,对即将开始的采风行程充满了期待——要知道,这里可是大西南深山中的一隅,山遥水迢,是梦里都很难抵达的地方呵。

早餐后,我们一行乘车赶往越西现代产业园区,参加苹果节开幕式。眼前是一片开阔的坝子,绿野平畴,在远处峰峦烟岚的陪衬下,秀丽风景的诸多形态和细节缓缓地展开。车子不久就驶入了绵延无际的万亩苹果种植区。

这里的苹果树植株低矮，形状与北方大不一样，像是一株株枝干简洁疏朗的灌木，沿着一排排水泥桩密集地排列着，果实累累垂垂，带给我一种颇为新奇的感受。

会场就设在苹果园旁侧。通往会场的路两边，摆设了一长排摊位，陈列着许多土特产品，有核桃、花椒、天麻、烤烟、小土豆、苦荞茶等等，还有各种加工制成品，像豆腐乳、灌香肠、农家腊肉……这片土地上的收获琳琅满目。

圆形的会场像一盏巨碗，盛满了喜庆气氛。舞台后方的巨大背板上，写着"果香嶲州乐享丰收"几个大字。嶲州是此地的古称，汉武帝时曾设置越嶲郡。舞台正前方的下面，摆放着一排背篓和罐子，外壁都贴着一片菱形的红纸，上面是一个斗大的"丰"字，里面则装着各种农产品。主持人宣布开幕后，一队身穿白色半袖上衣和牛仔长裤、腰间扎着蓝印花布围裙的年轻女子，依次上场，笑容甜美，步态轻盈，双手捧着一只藤条编织的提篮，绕场一周，展示盛放的各种丰收果实。

这一天正是农历的秋分。几年前，国家正式把每年秋分这一天，定为"中国农民丰收节"。将这个庆贺收获的节日，与传统的二十四节气之一相叠加，既意蕴丰厚又自然恰切。悠久醇厚的传统文化,向往美好生活的人性根柢,二者的结合浑然天成,就像这个季节的空气中多种花果香气的混融。

既然以苹果节命名,唱主角的还是各样苹果。越西苹果成熟早,品种优,口感好,是当地的一大主导产业。苹果节同时也是交易会,"越西农特产品展示暨产销对接会"的横幅很是醒豁。盖着白色桌布的数十米长的展台上,密集地摆放着一盘盘苹果,鲜艳红润,旁边标牌上标注着它们的名称:信浓黄、红将军、锦绣海棠、维纳斯黄金……苹果被切成小片,放在小碟子里供人们品尝,整个会场弥漫着香甜的气息。开幕式的一个重要节目,是评选"苹果王",我为被抽中做评委的几位同行发愁:这些果实,色泽模样都饶是可爱,吃到嘴里也各有滋味,如何抉择取舍?

等到结果终于揭晓,我走到获奖品种种植者的展台前,想订购几箱寄给亲友品尝。正沉浸在喜悦中的主人,黝黑朴实的面孔上露出一丝歉意,告诉我说今年的苹果已经全都售罄了。近年来电商销售快速发展,特别是新开通的穿过县境的成昆铁路复线,明显提升了运力,让大凉山农副产品能够迅捷地发往全国各地。

白天是展示,是丰收果实的呈现;晚上则是庆祝,是内心喜悦的宣泄。

夜色笼罩了大地,远山隐遁无迹。

晚餐后,重返白天的开幕现场,参加一场歌舞晚会。年轻的本地歌手一展歌喉,嗓音激越奔放。身着鲜艳服装的姑娘们,舞姿轻盈柔美,摇头摆手、转腰迈步之间,摇曳着浓郁的民族风情。最后的节目是集体舞。演员走下舞台,与观众手牵手围成一个圆圈,随着伴奏音乐的变换,跳起不同的彝族舞蹈,将晚会推向了高潮。歌声笑语中,我们这些来自天南海北的客人,分明体会到一种代入感,一种沉醉般的酣畅。相信一定会有人和我一样,在某一个瞬间,真切地感受到自己的灵魂与这片陌生土地的关联。

这便是仪式的功能和效果。仪式是来自现实而又超越了现实的情境,精神的追求、心灵的慰藉,都寄寓在某种程式化的姿态、动作、吟唱和舞蹈之中。祈盼收获丰盈,是人类亘古的梦想,是跨越时间和空间的情感。那么,当丰收降临大地,庆祝便是一种必要的仪式,一种自然不过的献祭。

彝族的先人信奉自然神,在他们眼中,日月星辰、林木庄稼、田亩井泉、畜栏灶台,都各自有神灵佑护祝福。那么不妨想象,此刻,头顶湛蓝高远的星空中,远方没入沉沉夜色的大山里,古老的诸神们也正在俯瞰远眺着这一幕场景。

类似的情形,在过去的千百年间也曾反复出现过。区别在于,当年的场景是在简陋的茅屋里,是在黝黑的火塘旁,是嘶哑的喉咙里发出的哀求般的告白。但那些梦想与祈盼,换来的却总是失望和悲叹。不像此时此刻,丰收是确凿无疑的现实,就像掌心托着沉甸甸的苹果,就像齿颊间甘甜的苹果汁液,真实而清晰。

对美好事物的体验,永远不会嫌多。就像一位嗜饮者,尽管已经品尝过不少美酒,但当一瓶新的佳酿端到面前,他怎么会无动于衷?

第二天,我们再次目睹了庆祝丰收的场面,更为浩大、丰富和生动。

这次去的地方更远。车子穿过前一天行经的万亩苹果林,驶向大山深处。渐渐地,四周辽阔的天地收缩围拢过来,道路被挤成窄窄的一条,在山谷间盘旋萦回,旁边是一道乱石磊磊的溪流。山坡变得陡峭险峻,看见了几匹马,看见了成群的毛色黑白相间的山羊,看见了一个牧羊人孤独的身影。山越来越高,要扬起下巴才能望见峰巅,白色的云雾弥漫舒卷,时常洒落零星的雨滴。

　　行行复行行,车子又从高处迂曲下行,转过几个弯后,面前豁然开朗,出现了一处开阔的平坝。这个地方叫作普雄镇,四围连绵的山脉像是一道道错落摆放的屏风,绿意葱茏,将一大片稻田围拢在中间。稻田浓重恣肆的金黄色,像是有无数桶颜料,被一只巨手从天上倾倒下来,又均匀地泼洒开来。脑海里忽然跳出了波兰大诗人密茨凯维奇的诗句:好一片田野,五谷为之着色!

　　稻田深处矗立着一个大牌子,上面写着"四川省非遗彝族尝新米节体验基地"。稻田中阡陌交错,在好几条木板铺成的道路上,整齐地排列着一行队伍,有男人的队伍,也有女人的队伍,他们身着传统的彝族节日服饰,远处望去是一排排交织着黑色、红色和黄色的绚烂色彩。队伍中的每个人都等距离地站立着,手中高举着一把黄伞,

126

与丰收的原野是一样的颜色。在这里，一个盛大的仪式即将开始，仿佛箭矢搭上了弓弦，蓄势待发。

不，这个比喻并不恰切。剑拔弩张总是与某种紧张的情势相连，但眼前的场面却是庄重里有从容，严肃中有轻松。随着广播里发出一道指令，一支支队伍开始走动，女人牵起裙裾，男人挥动手臂，动作姿态中带有一种自然质朴的风致。原本静谧的田野，骤然间变得灵动，我再一次感受到了仪式中蕴积的美以及感染力。

在成熟稻谷弥漫的清香中，我们走过一段田间道路，登上了一座宽阔的圆形木台。木台凸起在稻浪中间，像是一艘漂浮在海洋上的轮船。田埂间的几支队伍，也先后会聚到了这里，将手中的黄伞放在场地中间。在歌曲《彝家幸福谣》伴奏下，人们围着它们一圈圈地走动和舞蹈。喜庆的气氛在木台上蔓延开来，像明亮的阳光流淌荡漾。

走秀和歌舞都还只是铺垫，是为了更好地营造气氛。和一切仪式一样，前奏过程越长，越能够提升期待的阈值。接下来，在众人瞩目中，活动迎来了它的高潮。几位彝族妇女走下田埂，走进稻田，各自俯身采下一捧稻穗。她们骄傲地将稻穗举过头顶，笑容欢畅，脸庞也仿佛染上了稻穗的光泽。

她们手中高高擎起的稻穗,仿佛是一簇金色的火焰,带领我们沿着乡路,走进不远处的且托村,走进一户农家,观赏这个名为"尝新米节"的彝族传统民俗节庆的后续环节。

这家的男主人,一位中年汉子,把一束稻穗放在一个竹箧子中,用铲刀将颗粒剥落,倒进一口架在灶台上的铁锅里,将稻秆塞进灶膛里点燃,再用一只长把木耙在锅里反复搅动。

在稻谷脱粒早已经机械化的今天,这一幕现场演示,让人得以了解历史与传统,知晓劳作曾经的形态。

新米炒熟了,被倒在一个盘子里。主人簸去上面的稻壳碎屑,举到每个人面前。我捏起几粒放进嘴里,慢慢咀嚼,有一点儿黏糯,味蕾间品尝到一股轻淡的香味。

新米的香气,勾起了我对苹果的甘甜味道的回忆,仿佛一股电流的传递。如果说昨天的苹果节上,看到的是丰收的果实,那么在今天的所见中,既有劳作的收获,又有劳作的过程,而它们一并体现了劳动之美。劳动和收获无法分离,就像一场深刻的爱情总是有着具体的对象。

从院子里出来,遇见两个小姑娘正迎面走来。她们十五六岁模样,戴着绣花头帕,胸前佩挂着好看的银饰,看来也是参加完这个活动回家的。两个姑娘很漂亮,那种美质朴而清新,让人想到清澈的山泉水,想到在微风中摇曳的田埂上的花朵。大家赞叹不已,纷纷与两位姑娘合影,她们微笑着,大方中又带了几分羞怯。同行的一位激情洋溢的女记者高声地说:"这是今天我看到的最美的表情!"没有人认为她矫情夸张。

一个念头忽然跳入我的脑海:万事万物都有表情。什么样的画面和形象,最能寄托和彰显这一方土地的特质,让我将来回忆起这一次的行踪时,能够再次深切感受到它那令人情感摇荡的氛围?

它们应该是鲜灵甜脆的硕大苹果,是起伏涌动的金色稻浪,是这个季节格外晴朗清澈的天空与大气所构成的澄明之境。它尤其应该是生活在这里的人们脸上的笑容,是采摘稻谷的农妇开心的笑,是炒制新米的男人质朴的笑,是参加节庆仪式的少女腼腆的笑。

这里是大凉山的深处,是莽莽横断山脉的东北麓,遥远偏僻。进入新时代,这里的人们摆脱了贫困,生活展现出崭新的面貌。变化的速度和幅度，都超出了他们的想象。一种发自内心的欢悦，催生出这样的笑容。

这是丰收的表情，被时代的霞光照亮。

字行间的波涛

一

在黄土高原上看黄河,是一次刻骨铭心的体验。

汽车在陕北吴堡的山道上行驶着, 两侧连绵的峰峦草木森茂,间或裸露出片片青白色的岩壁,随着车轮的转动,景色不断交替变换。耳畔忽然传来一阵低沉浑厚的声音,越来越清晰。当地的司机说,前面就是黄河了。说话间拐过了一处山弯,眼前的天地豁然开朗,一条大河突兀地闯入眼帘,瞬间就感到心跳加快,呼吸也变得急促。

车子在一块镌刻着"黄河二碛"红色大字的石碑旁停下,石碑后面就是黄河大堤。我们一行客人下车,走下十几级台阶,来到大堤下的河滩上。时值盛夏,正是黄河的丰水期,宽阔的河道里,浑黄色的波涛自上游翻卷呼啸着奔涌而来,极为湍急,簇拥的浪头自眼前飞驰而过,倏忽间就流到百米之外,很快就又流出了视野。我站在一块平坦的条石上,脚下感觉到激流撞击产生的震颤,溅起的水沫打湿了脚面。

在期待了很多年后,我终于得以面对面地贴近这条著名的大河。梦想一朝变为现实,在最初的瞬间,我也体验到了一种恍惚感,仿佛眼前所见并不真实。我蹲下身,将一只胳膊伸进水流里,一种温热而略带浓稠的感觉,蓦地沿着指尖传递过来。

站起身来,我把目光投向对岸。

一条黄河隔开了山西和陕西两省,因此它切割开黄土高原形成的深谷险壑,又被称为晋陕大峡谷。此处河流的对面,大约一千多米距离外,有一座碛口古镇,属于山西省吕梁市的临县。我们的车子绕行了很远,才经过一道桥梁驶到对岸,进入古镇。

古镇沿河而筑,房屋自岸边层层叠叠延伸到背后的山坡上,大多是保存完好的明清建筑。自明清至民国年间,凭借黄河水运之便,这里成为北方著名的商贸重镇、水旱码头,商旅云集,十分繁华。陕甘宁蒙等地的物资经黄河船运来此,卸货后再转陆路,由骡马、骆驼运到太原、京津、汉口等地,返程时再将那里的商品运回来,装船发往西北各省。

古巷逶迤,老屋坚固。我穿行于当年的饭馆、驿站、货栈、当铺和票号之间,头顶屋檐上砖雕和木雕的图案黯淡漫漶,脚下的青石板路面凹凸不平,都是被岁月之齿反复咬噬后的印迹。那一条好几里长的主街上,曾经闪现过许多人的身影。出卖苦力的水手挑夫,腰缠万贯的富商巨贾,四方奔波谋取一官半职的宦游之人,赴省进京参加科举考试的年轻学子,都曾经在这里留下过脚印。

俱往矣,一切的人和事连同梦想,都随着眼前滚滚流淌的黄河水,跌落进时光的幽暗深渊。不会消失的,是一代代人面对黄河时的思绪起伏、心潮澎湃,万千感慨化为一声惊叹。

不久之后,我又获得了一次俯瞰大河的机会,是在陕北延川的黄河岸边,对面是山西永和。站在晋陕大峡谷一处悬崖的顶端远眺,视野中山峦起伏,岩壁耸峙,沟壑纵横,巨龙一般的黄河奔流至此,转了一个S形的大弯,其形状仿佛太极图中的阴阳鱼，因此这一段河湾被称为乾坤湾。扶着护栏下瞰，目眩心惊，眼前风景的雄浑、粗犷和奇伟，让人不由得赞叹造物的鬼斧神工。

仿佛是为了让我有一个全面的、平衡的印象，我也目睹过黄河沉静平和、波澜不惊的面容。我曾在宁夏银川郊外一处黄河滩上，承蒙热情的东道主招待品尝著名的黄河鲤鱼。从餐馆的窗口望出去，宽阔的河面看上去十分平静，舒缓的水流里挟带着一些枯枝断木。但主人告诉我，不要被表面现象迷惑，这里看似平静的水面下布满了旋涡，冒失下水的家伙很容易被吞噬。

我曾经有两次去黄河入海口采风的机会，但都因故未能成行。好在通过阅读别人的文章并借助想象力，我在脑海里努力构建出了那里的美景，让遗憾部分得到了补偿。那里是浩瀚无边的三角洲，是河与海的交汇，是水与天的融合。深秋季节，一丛丛茂密的深红色盐地碱蓬，仿佛跳跃的火焰，向四周喷吐延伸，映衬着周边大片金黄色的芦苇荡丛，仿佛色彩在呐喊宣泄。这里的大自然，仿佛是一个巨大无比的调色板，被一只看不见的巨手精心调配，斑斓鲜艳，酣畅淋漓。

二

经由文学，黄河获得了生动的描绘。卷帙浩繁的书籍中，众多篇页的字里行间，都闪耀着黄河的波光，回荡着黄河的涛声。

想起这一点，心里就不由得涌出一种感念之情。文字值得珍惜敬重，正在于它的记录传布的功能。黄河的沿岸风光、四时气象，借助历代的文章诗篇，构筑了一座不朽的纸上博物馆。行走于它的厅堂展室之间，我们得以超越个体生命视听感知的有限性，尽情观赏它的无穷之美。

以古典诗词为例，再进一步缩小范围，仅仅在唐诗的天地之内，耳熟能详、传诵已久的名篇佳句就俯拾皆是，不胜枚举。王之涣的"白日依山尽，黄河入海流"，王维的"大漠孤烟直，长河落日圆"，王昌龄的"白花原头望京师，黄河水流无尽时"，刘禹锡的"九曲黄河万里沙，浪淘风簸自天涯"……唐诗中黄河的意象这般密集，与帝国都城长安在黄河流域当然有关，但更应该归结于发轫于初唐盛唐时代的恢弘昂扬的精神氛围。

诗仙李白笔下,描写黄河的诗句尤其繁多。这倒是十分自然的。诗人健朗豪迈的人格气质,与阔大雄浑的大自然最为契合,胸次间劲拔超逸的情感,也需要投射于雄奇伟岸的客体,黄河显然是最好的目标对象。"君不见黄河之水天上来,奔流到海不复回""黄河西来决昆仑,咆哮万里触龙门""黄河落天走东海,万里写入胸怀间""黄河走东溟,白日落西海""西岳峥嵘何壮哉,黄河如丝天际来"……打开太白文集,隔不了多少页码,就会翻到被浪花溅湿的一篇。

黄河浩荡渊深,不可穷极。每个时代的诗人都根据自己的气质禀赋,从不同的角度观察和运思,描绘了它多姿多彩的面貌神态,赋予它丰富的气象意蕴。这是一个文学的竞技场,参与者都在努力挥洒自己的文采诗艺,进行着一场跨越时代的比赛。

关于黄河的诗词文赋,堪称充箱盈架。它们决不仅限于对风景的描写、游历的记录,而是无远弗届,至大至广,像天地一样寥廓。养育与劳作、戍边与征战、商旅与宦游、离家与返乡、诞生与死亡、欢欣与悲戚,辐射所及,是生命的整个过程,情感的全部区域。

这是一个多么阔大的舞台呵。

于是，我们看到了西周时代的伐木场面："坎坎伐檀兮，置之河之干兮。河水清且涟漪。"即便是被役使的劳作，依然有着一份充实和欣悦。看到了南北朝时期代父从军的花木兰的身影："旦辞爷娘去，暮宿黄河边，不闻爷娘唤女声，但闻黄河流水鸣溅溅。"民女报国的热情和思乡的哀怨，也如流水一样没有止息。看到了唐代帝王开疆拓土的所谓辉煌事功带给百姓的苦难："可怜无定河边骨，犹是春闺梦里人。"看到了宋代爱国志士赍志以殁的恢复中原的梦想："夜阑卧听风吹雨，铁马冰河入梦来。"看到了元朝官府对民众残酷的压榨盘剥："南北橹声争上下，月中闻鼓避官船。"看到了明王朝西北边地要塞的荒凉萧瑟："黄河白草莽萧萧，青海银州杀气遥。"

当一件事物拥有这样广阔的覆盖能力时，它便超越了具体的指涉，上升为一个意象，仿佛矗立在原野之上的一棵大树，将周边种种都荫蔽在它的巨大投影中。

在古典诗词里，黄河有时隐喻生命的困厄、世事的艰辛，像李白的"欲渡黄河冰塞川，将登太行雪满山"；有时则引申为卓荦不凡难以磨蚀的精神气度，像杜甫的"尔曹身与名俱灭,不废江河万古流";有时折射出情感的坚贞不渝,像唐代无名氏《菩萨蛮》中的爱情吟唱:"枕前发尽千般愿,要休且待青山烂,水面上秤锤浮,直待黄河彻底枯";有时则形容一种坚忍执着不会泯灭的追求,像清代顾炎武的"远路不须愁日暮,老年终自望河清"。它们都有助于加深读者对生活的认识,确立自己立身人世间的姿态。

毫无疑问,对黄河的描写,还会在今后的世代里继续下去,没有穷尽止歇。一代代的写作者,会在属于自己的时光河流中泅渡,写下大河两岸的生活,写下时代的声音和色彩,写下黄河带给他们的触动和感发。

在《民歌》一诗中,著名诗人余光中用这样的句子,展现了这条大河所承载的生活空间的浩渺无垠:

传说北方有一首民歌/只有黄河的肺活量能歌唱/从青海到黄海/风,也听见/沙,也听见

三

所有这些描绘和咏叹，都指向一个神圣的称呼：母亲河。

母亲，一个至为亲爱的名字。每个人生命都来自母亲。而一条河流被这样称呼，首先是因为它所流经的土地上的众生，有赖于它的养育。这是在最为本初的意义上的命名。

"水者，地之血气，如筋脉之通流者也。"先秦典籍《管子》中，对河流有这样的譬喻。黄河仿佛人体内一道输送血液营养的主动脉，为它所流经的广阔区域提供了充足的水源、肥沃的土壤、丰富的农作物，这是远古时代先民们生存的基本保障，仿佛一位母亲，用源源不断永无枯竭的乳汁，将众多孩子抚养成人。

《汉书·沟洫志》写道："中国川源以百数，莫著于四渎，而河为宗。"在当时四条独自流入大海的河流中，长江、黄河、淮河和济水，黄河居于首位，享有"宗主"的尊崇地位。

百水之首，万河之宗。除了肉眼可见的宽阔浩大、激流澎湃之外,黄河还有另外一种维度的存在,是需要用心灵来感知的,那就是它所负载的丰厚的历史和文化。对于黄河的子民来说,它们是精神的乳汁、灵魂的养料。

凝视一张摊开在书桌上的中国地图,我想象自己获得了一种上帝的视野。

地图上,黄河像一个巨大的"几"字形,虬曲蜿蜒,自上游到下游,流经中国北部广袤的区域。漫长而曲折的河道,仿佛一根丝线串起粒粒珍珠,缀连起了蓝田文明、半坡文明、龙山文明等,用古人类化石、陶器、青铜器、窑址、墓葬、城墙遗址等不同文明时段的器物和建筑,记录了先民的生活足印,印证了黄河流域作为中华文明摇篮的地位。一个古老灿烂文化的胚胎,正是在这片土地上得以孕育。从《易经》到《诗经》再到《论语》《道德经》,一系列的中华文化元典,也是诞生于大河上下,仿佛两岸土地上生长出的树木作物。

把意念中的目光从河流水面上抬起,投向两岸广阔的区域,缓缓地向远方递送。

一条黄水,是地理的分野,它的中上游的许多流域,也曾经是民族和文化的边界。这一边是平畴沃野,黍田桑林,农夫俯身阡陌垄埂之间,依循物候节令耕耘稼穑,那一边则是沙碛无边,牧人策马驰驱,牛羊在没膝的青草中出没隐现。农耕与游牧的交织,中原和草原的接续。黄河仿佛接纳了不同支流而变得浩大壮阔,在数千年间无数次的征战、交往和迁徙之后,多个民族最终融合为一体,形成了中华民族的共同体,一个子女众多的大家庭。"高山峨峨,河水泱泱,父兮母兮,道里悠长。"告别亲人,远赴异乡,汉代出塞和亲的王昭君,在《怨旷思惟歌》里的悲凉吟唱,自然有着一份无奈和忧愁,但息兵止戈、会盟修好的和谐融洽,也在唐代诗人常建《塞下曲》中有过欣悦的记载:"天涯静处无征战,兵气销为日月光。"

大一统、求大同、尚和合,乃至"万姓同根,万宗同源",这些观念意识,就萌发和成长于这个漫长的过程中,成为历史发展必然的逻辑结果,仿佛九曲黄河历经千回百转,最终注入汪洋大海。

于是,一条现实中的滚滚浊流,也成为意蕴丰厚的精神之河。

"览百川之洪壮兮,莫尚美于黄河。"这是晋代《黄河赋》中的开头两句。黄水、黄土地、始祖黄帝,以及传说中在这条河中翻滚的黄龙，这一切都与黄河有关，使之天然地成为民族的精神图腾，成为社稷的象征。早在秦汉时期，它就被称为"大河""泰河"，对它的祭祀礼拜，从规仪到次数，都远远超过其他的河流。司马迁在《史记》中记录了汉初的封爵誓言："使黄河如带，泰山如厉，国以永存，爰及苗裔。"福祚绵长，江山永固，黄河被寄寓了至高无上的景仰和期待。

大河汤汤，华夏泱泱。

这样，我们就能够从更为深刻的意义上，进一步理解黄河被称作母亲河的缘由。

因为，它除了提供给我们肉体生存必需的物资之外，它的每一阵涛声、每一道波光，都映照和存储了一个民族的历史，成为后人的共同记忆。黄河边诞生成长的每一个生命，都仿佛一个家族中的兄弟姊妹一样，都有相同的基因和密码，因为他们来自同一个母体。这种精神文化的血统，如同一个人皮肤上的胎记一般不可磨灭，不管他是否意识到。

如果他看到过黄帝陵前的森森古柏，太行山深处村寨里的百年祠堂，黄土峁塬上胼手胝足的农人，塞北荒漠中艰苦跋涉的商队；如果他听到过内蒙古爬山调高亢悠扬的声调，河套平原大风掠过麦田的窸窣声，中原乡村迎亲和送葬的唢呐声，齐鲁大地上奔放刚劲的民间秧歌，那么，他就容易理解这一切。

文化就是以这样鲜活生动的方式诞生和成长、存在和赓续的。从荒忽渺远的远古，从唐尧虞舜，从夏商周，穿越岁月的无边烟云，一直传输到今天，也将递送到遥远的将来。

四

黄河的波涛声仿佛一部宏大的交响乐，苦难是其中最为鲜明强烈的一个乐章。

世界上许多有关大河的歌谣中，诉说苦难是共同的特征，也许因为苦难正是生活最基本的底色。美国民歌《老人河》里，黑人奴隶忍受着饥饿疲劳在歌唱："从早推船直到太阳落，白人工头多凶恶，且莫乱动招灾祸，弯下腰低下头，我拉起纤绳把船拖。"俄罗斯民歌《伏尔加船夫曲》里，贫穷的纤夫们迈着沉重的步伐在歌唱："齐心合力把纤拉，拉完一把又一把。穿过茂密的白桦林，踏开世界的不平路。"他们的哀怨、愤怒和无奈化作歌声，汇入了河水的波涛声中，久久回荡。

我还记得肖洛霍夫的长篇小说《静静的顿河》。小说的扉页上，是一首世代生活在顿河平原上的哥萨克人的古歌，里面有这样的句子："静静的顿河到处装点着年轻的寡妇，我们的父亲，静静的顿河上到处是孤儿，静静的顿河的滚滚波涛是爹娘的眼泪……"

但说到所负载的苦难的深重程度，又有哪一条河，能够与这条东方大河相比？

一个古老民族漫长而多难的历程，展现在这条大河的流淌中。苦难有着多重的面孔，反复地浮现在历史的地平线上，仿佛一个无法挣脱的梦魇。

远在有文字记载的岁月之前，黄河水患就一直是华夏民族的心腹大患。"九曲黄河万里沙"，泥沙日积月累，使它成为一条"善淤、善决、善徙"的多灾多难之河。我翻阅着一本中国历史地理地图册，页面上不同的线条，标示着一次次黄河溃堤改道的路线，每次跨度动辄达到几十上百公里。大水漫溢，人为鱼鳖，农田荒芜，城池湮没，川泽原隰无不备受戕害。二十四史中,许多页码中都闪动着决堤浊浪的波光。大禹治水的传说之所以流传不息,正是因为寄托了人们最为迫切的期盼。

黄河水患也进一步映照出了政治的黑暗腐败。大灾大凶,水深火热,而官府的欺压劫掠依旧肆虐无度,百姓生路断绝,哀哀无告,辗转沟壑之际,只能揭竿而起。许多王朝的动乱衰微甚至终结崩塌,都与黄河的灾难有关。它们成为压倒帝国庞大躯体的最后一根稻草。

战争是苦难的另一个来源。随意翻开一页历史,都不难找见发生在黄河两岸的兵燹之灾。东汉末年军阀混战,西晋八王之乱,唐代安史之乱……不论是统治者内部的倾轧争斗,还是异族的觊觎侵掠,富庶丰饶的大河流域都是主战场,成为灾难深重的渊薮。

天灾、人祸,以及它们之间的叠加交错……这条河流涌动的是血与泪的波浪,涛声中交织着哭泣和呼号。大量的古诗中记录了这些劫难,抒发了民众流离失所中的痛苦呻吟。曹操《蒿里行》展现了一幅军阀混战后荒凉凄惨的画面:"白骨露于野,千里无鸡鸣。生民百遗一,念之断人肠。"蔡文姬《悲愤诗》记录了自己被叛军劫掠流落蒙地的惨痛遭遇，"斩截无孑遗，尸骸相撑拒，马边悬男头，马后载妇女"。在"三吏"和"三别"等诗中，杜甫描写了他在安史之乱前后亲身经历的磨难，"白水暮东流，青山犹哭声""哀哉桃林战，百万化为鱼""至今大河北，化作虎与豺"……上述诗句所指向的这些事件和变故，都先后发生在广阔的黄河流域。这些苦难，如同黄河波涛一样前后相续，了无穷尽。

在历代展现黄河苦难的诗歌中，元代张养浩的散曲《潼关怀古》是一篇涵盖丰富的出色之作："峰峦如聚，波涛如怒，山河表里潼关路。望西都，意踟蹰。伤心秦汉经行处，宫阙万间都做了土。兴，百姓苦；亡，百姓苦。"抚今追昔，哀痛沉郁。

因此，"黄河清，圣人出"便成为政治清明、天下太平的象征，成为在苦难之河中载浮载沉的百姓绵亘不绝的期待，但它却是那么遥遥无期，所以古人有"俟河之清，人寿几何"的叹息。于是苦难的命运便成为永恒的轮回，降临到在这片土地上生息的一代代子民的头上。深沉的苦难中，也产生了隐忍、坚韧的民族性格，借以担荷艰辛蹭蹬的命运。

二十世纪前半叶,中华民族再一次沦入劫难的深渊,外敌入侵,水火煎熬,生灵涂炭。诗人艾青在《手推车》中,用沉痛的音调,描绘了这片土地上绵延无边的痛苦。

在黄河流过的领域/在无数枯干了的河底/手推车/以唯一的轮子/发出使阴暗的天空痉挛的尖音/穿过寒冷与静寂/从这一个山脚/到那一个山脚/彻响着/北国人民的悲哀

而最为深切的苦难,也验证了抗争的坚忍勇毅。当日寇的铁蹄蹂躏华北大地,《黄河大合唱》喊出了亿万民众强烈的心声——风在吼,马在叫,黄河在咆哮!黄河在咆哮!黄河,成为一个不愿做奴隶的民族刚强不屈的象征。

在这样雄浑的旋律中,一个民族站立起来,挺直了脊梁,仿佛凤凰涅槃,浴火重生。

在长期的积贫积弱、遭受侮辱和损害之后,历史的进程印证了辩证法的深邃内涵。我们这一代人是幸运的,在肉身得以寄寓天地之间的几十年中,在仅仅相当于历史长河中的一排浪花的短暂时光中,见证了一种丰富而深刻的变化。在悠长岁月中被叨念了无数遍的梦想，无论是来自官方文献的祝祷还是发自民间传说的祈盼，正在一步步化为真切确凿的现实。

这是一条巨龙的腾飞。仿佛穿越三门峡时的黄河，摆脱两岸大山的桎梏，一泻千里，奔流入海。

五

尽管已经过去了数十年，我仍然记得当年读张承志的中篇小说《北方的河》时的激动亢奋。

在我个人的阅读历史上，这样的"三位一体"绝无仅有：正值一个追求理想的青春岁月，在一种充满理想精神的时代氛围中，读到了一部高扬理想主义旗帜的作品。小说中，雄浑壮阔、气势磅礴的陕北黄河，是权威、力量和尊严的化身，仿佛父亲一样。横渡黄河的主人公，从激流浊浪中获得了反抗丑恶和庸俗、向着心中的目标不懈奋进的勇气和自信。精神的纯净、情感的真诚、勇往直前的英雄主义气概，天然地适合当年阅读时的年龄和心情。因此不难理解，作品在当时收获了那么热烈的反响，且至今还经常被人提及。

这篇小说，在宣示理想主义激情的同时，也暗含了这样一个理念：黄河，同样也是属于个人的。

正是在这一重意义上，黄河在庆典、纪念、祭祀等有关家国社稷的公共行为、宏大叙事之外，在寄寓了民族集体精神的同时，也与普通人的情感生活产生了关联。每个人都可以从滔滔河水中，掬饮一捧意义之水，让它成为自己生长过程中的一个契机、一次感发、一种启迪。

中国古代文学有设譬取喻、以物拟人的传统，将个体生命的状态，比况为大自然中的风景物象。六朝时代，人物品鉴风习盛行，曾有断山游云、清风朝霞、惊鸿游龙等比喻，用来描摹不同士族人物的神采风姿。到了后代，这种方式也延展到其他领域，像"韩潮苏海"，就是对韩愈和苏轼的文章风格的概括。黄河以其浑茫浩大，显然包蕴了更为丰厚的蕴涵，更为多维的指向。

北宋苏辙在《上枢密韩太尉书》中，希望位高权重的韩琦能够引荐自己。他写道："辙之来也，于山见终南、嵩、华之高，于水见黄河之大且深，于人见欧阳公，而犹以为未见太尉也。故愿得观贤人之光耀，闻一言以自壮，然后可以尽天下之大观而无憾者矣。"这里,黄河与几座天下名山并列共称,成为人襟怀涵养的象征,是对于所求托对象的称许,语气恭维而不失自尊。

同样源自这种传统,当一个人试图扩展胸襟、陶冶气度时,也会想到向自然界汲取。自孟子开始,中国文化中有"养气"之说,对于诗人作家,这种"气"的盈虚满亏,更是决定了笔下一篇文章的质地,而"气"的一个主要来源就是大自然。

苏辙在同一篇文章中就写道:"太史公行天下,周览四海名山大川,与燕、赵间豪俊交游,故其文疏荡,颇有奇气。"他把司马迁文章的雄奇风格,归结为大自然的赐予。同样是宋代散文家的马存,也鼓励友人周游历览:"醉把杯酒,可以吞江南吴越之清风;拂剑长啸,可以吸燕赵秦陇之劲气,然后归而治文著书。"仍然是宋代,在以理趣见长的诗歌中,王十朋有"文章均得江山助"之论,陆游则直陈诗情"正在山程水驿中"。这些例证都标举了"养气"之说。而黄河以其雄浑浩大,无疑最能够将一股豪迈之气,注入人的肌体骸骨。

今天,我已经不复是读《北方的河》时的那个青年,阅历和见识的增长，让我更能够理解它的另外一些精神蕴含，这在过去曾经被忽略，或者当时尚无法理解，譬如它沉静中的力量，单调中的丰富，隐忍中的坚持，庞杂中的秩序，污浊中的洁净。它告诉我世界繁复驳杂的构成方式，生活哀乐盛衰交替转换的辩证法。它既连接了先哲老子等人的思想，又会让人想到西方思想家关于生命不同阶段的阐释。

我想到了古希腊神话中海神波塞冬和地神盖娅的儿子安泰，力大无比，没有人可以战胜他，因为当他感到虚弱疲倦时，只要倚靠在大地上，就能够立刻从母亲身上汲取无穷的力量。黄河，母亲河，也是一道能量丰沛的力量源泉。

子在川上曰：逝者如斯夫，不舍昼夜。

故乡的一条泗水河，让孔子感发不已。那么，一个善感多思的人，在黄河边又怎么能够不浮想联翩？只要有可能，就走向这条大河吧。不管是在上游还是下游，不管是在高原还是在平川，在凝望和冥思中，会有某种东西，注入你的灵魂血脉。

它是那样丰富而博大，平静而深沉，温顺而凶猛，朴素而神秘，就像那首广为流传的民歌《天下黄河九十九道湾》，口语般轻快单纯的歌词，却有着丰厚复杂的寓意：

你晓得，天下黄河几十几道弯？几十几道弯里几十几条船？几十几条船上几十几根杆？几十几个艄公在把船儿扳？

山河行走

一

在过去不久的这个炎热夏季，我奢侈地体验了一回长时间的凉爽惬意。

以京城西北一百公里的住处为起点，我做过几次周边中短距离的自驾游。七月中旬，我来到了冬奥会项目主场地河北张家口崇礼县的太舞小镇，年初从电视屏幕上欣赏比赛时看到的场景，此刻真切地出现在眼前。现代化的场馆建筑，高科技的赛道设施，因为身临其境而更有震撼感，不同的是没有了冬日的白雪皑皑。当时隔着屏幕也能感觉到的彻骨寒冽，被季节的脚步驱散和稀释，化为了难得的清凉舒适。而此刻，大半个华北正是热浪滚滚，暑气灼人。

将近一个月后，这些场景再一次映入眼帘。但这一次只是行经，导航仪上的目标是更远的地方——距此一百公里外的张北。位于蒙古高原的南缘，这里有著名的"草原天路"，道路沿着地势高低起伏，汽车仿佛一只小船颠簸于波峰浪谷间，远处舒缓柔和的山脊线上，一排白色的风力发电机迤逦排列，塔筒顶端的三扇叶片缓缓地旋转。歌曲《天路》的旋律忽然在耳畔响起，声如裂帛，高亢入云。自然风光之外，这一片土地也承载了丰厚的历史记忆。在野狐岭古战场，遥想八百年前成吉思汗率十万蒙古骁骑大败五十万金军，揭开了横扫亚欧大陆的序幕，眼前恍惚间闪现出万骑奔突、烟尘蔽日的幻景。

快意的行走总是不知餍足。仲秋时分的又一次出游，是三百公里外的山西大同。与距离的增加同步的，是观瞻内容的丰富。这座曾经长期统治广袤的北部中国的北魏王朝的都城，历史悠久而厚重。作为世界文化遗产的云冈石窟辉煌瑰丽，众多的洞窟和窟龛中，数以万计的石雕佛像，姿态各异，浓郁的胡风胡韵，呈现了佛教传入中土早期的面貌。大同博物馆里数量众多的陈列品，诉说着这座历史文化名城先后作为魏都平城、辽金西京、明清重镇的历程，令人目不暇接。匆促的参观中，时时萌生出无法详尽了解的遗憾。这种感觉是如此强烈，让我发愿今后一定还要再来。

这些只是我三个月中的行踪，所涉范围也仅仅是有限的空间。而只要我有意愿，这个名单上的地名，可以无穷尽地添加下去。生活在一个幅员辽阔的国度，便意味着拥有了丰富和无限，意味着目光不受拘限，行走没有尽头。

那么，它带来的是什么样的感受？

首先是浩大渺远的空间感。仲夏深夜，我就要睡觉了，新疆喀什的一位朋友打来视频电话，说他正在接待一位我们共同的友人。我看到两人正在灯火通明的巴扎上喝啤酒吃烤肉，隔着手机屏幕仿佛闻到孜然的香味，瞬间产生了一种既迢遥又比邻的奇妙感觉。同样的体验，也出现在年初海南岛南端的清水湾，我与来旅游的一位吉林诗人朋友相聚，身边火焰树和三角梅的花朵怒放，眼前湛蓝的海面波浪翻卷。他谈到此刻东北故乡正是大雪飘飘，并朗诵起即兴写在手机上的诗句。

这种辽阔会提供多样化的审美体验，为记忆的调色板涂满斑斓的色彩。数点过去几十年间的履痕，一幕幕画面生动浮现。在山东东营的黄河入海口，深秋季节，一簇簇翅碱蓬开出深红色的花朵，仿佛巨大的红地毯铺设在数万亩滩涂湿地上。同样是大地上的绚丽奇观，在辽阔国土最西端的新疆霍城，无边的薰衣草恣肆绽放，蓝紫色的花海一直伸展到雪山之下，浓郁的香味熏人欲醉。夜宿浙江莫干山一座民国年代的别墅中，我听了一夜风穿竹林的声音，时而如轻吟低语，时而如疾呼怒吼。跋涉在海拔四千多米的青海省玉树州囊谦藏乡，我走过堆放在村头、渡口和山顶的多处彩色玛尼石堆，欣赏刻在石头上的六字真言和神佛图案。我记得宁夏灵武河套平原边缘的沙碛上，一簇簇被称为花姑娘的固沙植物花棒，紫红色的花朵娇艳明艳，发达的根系有效地阻挡了毛乌素沙漠的进逼。我记得云南红河州蒙自宽阔的坝子里，几千亩石榴树的果实籽粒饱满，甜蜜黏稠的汁液自齿颊间滴落到白色衬衫上，留下一片渍痕。

旅途中口腹的享受，因为地方特色浓郁，更容易被人津津乐道。夏秋之旅，张北的莜面羊肉汤香气四溢，大同的刀削面筋道爽滑，都让我大快朵颐。我有一个从不挑剔的好胃口,对榆林羊肉泡馍和桂林螺蛳粉一视同仁,对北京挂炉烤鸭和南京咸水板鸭兼收并蓄。这些让味蕾大开的美好滋味,都会成为旅行记忆中的一部分。

这样的分类还可以继续排列下去。其实,每一次旅行的感受都是综合性的,不同方面的印象凑泊汇聚,共同绘就一幅线条繁复色彩鲜艳的画面。它们总是让我有一种感官被充塞的感觉,要用几天的时间来整理消化,也像是享受过一道水陆大餐,色香味会经久缭绕。

脚步匆匆,车轮滚滚,大地山川转动着身影,交替地呈现出不同的样貌:田野、峰峦、江河、草原、戈壁……壮阔雄浑,灵秀深幽,各种形态和风格的美次第显露,让你的目光欣悦,让你的灵魂沉醉。

四十年前,我参加工作后的首次出差,是去四川。第一眼望见成都平原的稻田竹林、膏腴般肥沃的土地,天府之国就成为我的爱恋之地。此后数十年间,我在广阔川境的不同区域都留下了脚印。达州的巴山大峡谷千峰万壑,西昌的邛海碧波荡漾,泸州街头空气里都弥漫着浓郁酒香,古蜀道入川门户的广元剑门关峰峦倚天似剑,断壁相对如门。站在乐山大佛的脚趾处,我俯瞰岷江、青衣江、大渡河三江汇流的汹涌壮观；漫步在三国时期军事重镇阆中古城的青石街巷里，我遥望魏蜀争战的历史云烟。

数十年里，我一次次地感受到这一方地域的魅力，一层层地堆叠起对它的感情。喜爱发育成一棵大树，随着时光流淌长出不同的年轮纹样。开始是风景是饮食，是直接诉诸感性的部分，后来是文化是历史，是向更多和更深层面的伸延。我喜欢担担面和钵钵鸡，酸辣豆花和夫妻肺片，农家腊肉和雀舌绿茶。我享受街头茶馆闲适的烟火气息，欣赏川剧的变脸和蜀锦的艳丽，面对三星堆遗址的青铜人像和神兽惊叹不已。我像李白一样遥想蚕丛鱼凫创立古蜀国的浑茫岁月，像陆游一样感叹峡江航道的雄奇险峻。而川人的质朴、勤劳、坚韧和幽默，更是时刻让我产生出家人一般毫无间隔的亲近。每次入川，打点行囊时，意识中都有一种返乡之感。

但我要诚实地说，这种对蜀地的一往情深，仍然只算是一种偏爱，有点儿像一首流行歌曲，"爱你多一点点"。每个地方都有自己的美和诱惑，我承认无法做到用情专一。当行走成为习惯，情感的领地也在不断地扩展。一处原来完全陌生的地方，只要脚步踏入，不需多久，我就会陷入一场新的爱恋。

个体生命渺小而短暂,仿佛浩浩空间中的一粒微尘,漫漫时光里的一个刹那,但借助行走,却可以与广大和无限建立起关联。脚步丈量过众多的山川,至少可以作为一项不虚此生的指标,一种富有质感的自我慰藉。因此,当我为自己规划晚岁生活时,这个内容占据了重要位置:尽可能走向更多的地方,让耳边掠过各地的风,身上淋过各处的雨,让东北平原的黑土、江南丘陵的红壤,轮番给我的鞋底涂上不同的颜色。然后,等到某一天体力衰弱,不复能够行走,便在脑海里一遍遍地回想。

那将是炭火熄灭后的灰烬,仍然还会提供些许余温,让灵魂保持一定的热度和活力。

二

脚步迈开时,是空间中的行进,也是向时光深处的跋涉。

在大地上行走,很多时刻,也是与已经消逝的历史对话。身旁摇曳的林木上,叠加了过去的日光云影。面前静谧的场景中,浮现出往昔的人喧马嘶。这样的瞬间,思绪往复穿梭于不同的时光维度,灵魂的空间骤然扩展。

我仍然只以一年内到过的地方为例,说明过去是怎样显影于今天。

暮春初夏时分,我来到山东东南部黄海之滨的日照。这是阳光最早照临的地方,因此有了这样的诗意地名。一个地级市行政区域中,却有许多堪称重量级的文物遗存。它所辖的莒县古老悠久,出土甲骨文记载早在商代就有莒国,春秋时期与齐国和鲁国为邻,曾成三足鼎立之势。春秋五霸之一的齐桓公,在还是齐国公子时,曾因家族权力争斗逃到莒国避难,这一段经历为汉语贡献了一个成语"勿忘在莒",成为不忘初衷、牢记前事的警策自励之语。距县城不远的浮来山中,有一座定林寺,写下了《文心雕龙》的刘勰,晚年曾在寺中校勘佛经。在另一个辖县五莲县九仙山南麓的一道陡直的石壁上,我看到三个竖刻的"白鹤楼",这是苏轼任密州知州期间留下的手迹,虽经岁月风雨剥蚀,依然难掩其独特的神采。苏轼一生颠沛流离,在此地也只有短短两年,却写下了多首载入文学史的名篇。像那首《江城子·密州出猎》:"老夫聊发少年狂,左牵黄,右擎苍,锦帽貂裘,千骑卷平岗……会挽雕弓如满月,西北望,射天狼……"近千年后读来,仍旧被其干云豪气深深触动。匆匆三日,尽管只是走马观花,却依然能够感知到这一处文献旧邦的丰厚蕴含。

接下来便是铅山,江西上饶的一个辖县。县境内鹅湖山麓有一座鹅湖书院,南宋理学家朱熹和陆九渊在此有过著名的"鹅湖之会",围绕"心"与"理"、"内"与"外"、"尊德性"与"道问学"等等展开辩论,成为思想史上的一件盛事。作为中华民族文化精神核心的儒家思想在中古以后的发展,可以在这里寻绎出重要的线索。回廊曲折,堂芜庄严,一缕凛然庄肃的精神气息,依然在庭院间缭绕。当年一代词宗辛弃疾也曾与友人在书院共商抗金大计,他的瓢湖故居就在不远处。这位雄才大略的爱国将领,却被一心苟安的南宋小朝廷排斥。其词作中充斥的山河破碎、英雄失路、报国无门的愤慨,大多写于闲居此地的岁月,这里的山川田园见证了他的悲痛和无奈。铅山位于武夷山脉北麓,是正山小种红茶的原产地。想到江南丘陵中这个面积不算辽阔的县域里,却曾闪耀过极其灿烂的精神光芒,醇厚浓郁的茶香仿佛也承载了某种隐喻。

山林静穆,流水有声。一些雄心和壮举,深谋和远虑,曾经在历史的浩渺天空中熠熠闪光。随着时光流逝,又归于黯淡沉寂。山河见证了一切,将它们收纳于自己的胸怀里,等待着一代代的后人前来,用目光和情感唤醒和激活。那时,仿佛将一张存储了过往岁月金曲的碟片放在唱盘上,唱针拨动,音乐响起,往日的气息重新氤氲和播散。

一个拥有数千年辉煌文明的古老国度,这样的地方比比皆是。连一些极为微小毫不起眼的痕迹,也藏着不寻常的讯息。西南大凉山腹地,南方丝绸之路零关古道上的一段断续漫漶的石板驿道,西北贺兰山下,一处孤单残破的汉代夯土长城烽燧,都足以让神思跌入浓厚的历史氛围。一片静寂中,仿佛有马帮的铃声回荡在山林间,有通报异族入侵的狼烟升起在天际线上。

说起历史,通常会想到广为人知的古迹名胜,像长城和故宫,像秦代兵马俑和汉代帝王陵。它们当然有理由受到关注,因为鲜明而集中地负载了历史的信息,便具有了符号的标志意义。相形之下,上述这些分布于寥廓大地上的遗迹,尽管微渺,却不容小觑,仿佛沿着岩壁上的一处赭色矿苗开凿下去,能够发现绵延不绝采掘不尽的矿藏。它们也是精神的矿苗,埋伏下了历史与文化的复杂脉络。

行走是一种连接。空间地域的连接是其表面呈现，时光岁月的连接是其深层显影。在此刻感觉彼时，自今日体味往昔，一道无形的线绳抛向幽昧的时光深处，系牢了某些东西。这时，你会意识到出身和血脉，认清自己精神生命的由来和构成。

有一些地方，会让来访者敛神屏气，胸中萌生出深深的敬意。广东海丰城外的五坡岭上，矗立着一座名为方饭亭的小石亭，南宋末年募集义军抗击元兵南侵的民族英雄文天祥，在这里遇袭被俘。敌人长达数年的威逼利诱都不能让他改变心志，他慷慨赴死，用生命践行了他在《正气歌》中讴歌的信念："天地有正气，杂然赋流形。下则为河岳，上则为日星。于人曰浩然，沛乎塞苍冥。"在浙江舟山群岛上的定海城内，沿着一座公园的石级逶迤而上，山顶处是鸦片战争遗址公园——当年抗击英军入侵的主战场。那些雕塑和墓碑，镌刻着数千名将士前仆后继血洒海疆的壮烈事迹，残破的红色花岗岩石柱，象征着一个民族最坚硬的骨骼，一种威武不屈的崇高气节。

更为常见的，还是那些日常的濡染，春风化雨一样，将一种价值潜移默化地注入万千灵魂。在皖南歙县和黟县的明丽山水间，矗立着一幢幢徽派建筑风格的明清古民居。门口两侧及厅堂墙壁上的那些楹联，读来多么熟悉，"诗书传家远，耕读继世长""仁爱三春暖，家和万事兴"……因为连接了最为日常和普遍的经验，便铺就了一个民族的精神底色。在闽西南大山环抱的龙岩永定，我走进一幢幢方形或圆形的客家土楼，上百户人家在此间聚族而居，互帮互助。正是来自骨肉血脉的维系，支撑起这一个汉族支系从中原故土走向东南沿海，再走向东南亚，走向整个世界。两千年间的五次大迁徙，漫长艰苦的跋涉，团结和坚韧是不竭的动力。

鉴往而知来。回顾来路，是为了把握去向。历史意识的增强，同时培育了对于自我、对于个体与族群关系的认知，从而获得一种坚实的凭依。这样，当目光投向未来时，前方的道路也变得清晰坚实。

在山河间行走，有时眼前会幻化出前代旅行者的身影。

甘肃武威，古诗词中吟诵不绝的古凉州，丝绸之路上的重要门户，唐玄奘西行取经时曾路过并停留，他在日记中记载了它的繁盛："凉州为河西都会，襟带西蕃、葱右诸国，商侣往来，无有停绝。"东晋后秦时期的西域高僧、佛典翻译大家鸠摩罗什，曾在此被软禁十八年，借机学习并精通了汉语，为日后在长安大规模翻译佛经奠定了基础。身处困厄而精进不息，玄奘一定受到过这位前辈的大雄精神的感召。广西壮族自治区南宁市上林县，一座座碧玉簪般的山峰奇异秀美，让徐霞客叹为观止，称赞此地"岩谷绝盛""风气含和"。这位年少即立下"丈夫当朝碧海而暮苍梧"之志的大旅行家，在此驻留五十多天，创下了于一地考察时间最久的纪录，写下了一万几千字，也是《徐霞客游记》中着墨最多的县。固然可以从他们的著作中了解这些地方，但只有身临其境，才会产生设身处地的感受，才更能够贴近他们的灵魂，寻绎出生命的一段线索，捕捉到情感的一缕波澜。

山遥水远，前路漫漫，风霜侵袭，命途叵测。他们行囊简单，目光坚毅。他们表达了诗意和思想，贡献了才情和见识，深度参与了民族文化的构建。物换星移，他们也走入了历史，形骸化为尘化为烟，精神化为天穹之上的璀璨星光，被一代代后人仰望。

三

在大地上行走,山河入眼,情思激荡。

在青春岁月,诗人余光中翻译的一首外国诗《火车》,曾经让我备感喜爱,再三吟诵。

> 去什么地方呢?这么晚了/美丽的火车,孤独的火车/凄苦是你汽笛的声音/令人记起了很多事情/为什么我不该挥舞手巾呢?/乘客多少都跟我有亲/去吧,但愿你一路平安/桥都坚固,隧道都光明

每次读起这首诗,总是会感受到某种神秘的诱惑。火车、旅行、远方,与对未来和幸福的憧憬紧紧相连。数十年匆匆过去,今天早已是铅华洗尽,哀乐尝遍,一颗心也变得坚硬粗粝,但读到它时,我仍然难以无动于衷。

旅行值得祝福,因为它总是和诗意不可分割。这样,一些被日常生活的沉闷庸常遮蔽淹没的灵性,一些属于情感和精神的内容,便会被行云和流水、风声和鸟鸣唤醒,得到无拘无束的生长。

脚步迈动时,首先会收获酣畅淋漓的审美沉醉。这是一个诗的国度,众多的前辈诗人,用文字描绘了他们看到的动人景色,天空和大地,云朵和流水,树木和鸟兽,记录了自己的喜悦和痴迷。作为大自然的感觉器官,诗人的情感丰富而敏锐。你眼中的大美山水,都已经被他们出色地表达过。你只需要从那些不朽的诗句中,印证并强化自己的感受。

四十年前的那一次四川之行,结束于自重庆到武汉的长江之旅。当年三峡大坝尚未修建,眼前是被历代文人描绘过的亘古如斯的峡江景观。我醉心古典文学,用记忆里的诗句对照眼前的风光,感受极为丰沛浓郁。船过奉节进入瞿塘峡,浓雾弥漫,阴沉晦暗,"高江急峡雷霆斗,古木苍藤日月昏",杜甫《白帝》诗里的句子不觉脱口而出。巫峡两岸峭壁屏列,林木翁郁,"巴东三峡巫峡长,猿啼三声泪沾裳",这是郦道元《水经注》援引过的渔歌。船出西陵峡,进入江汉平原,面前豁然开朗,"江流天地外,山色有无中",王维的一句诗正可移用,虽然它原本描摹的是汉水的景象。江轮抵达目的地武汉,远远望见蛇山之巅的黄鹤楼,"黄鹤一去不复返,白云千载空悠悠",崔颢的诗句很自然地跳入脑海。

浙东经济发达,文化昌盛。我先后到过这里的多个县市,它们被复杂的山海地形切割阻隔,连彼此间的方言也差异颇多。我的每一段旅程,相互并无交集,却被一条无形的道路贯通,获得了一种衔接和完整。它就是"浙东诗之路"。从钱塘江到曹娥江,从天姥山到天台山,两百公里的画山绣水,经由众多诗人的锦心绣口,化为一千五百多首唐诗。李白、杜甫、张九龄、王维、孟浩然、王昌龄……唐代诗歌的天空中,有那么多颗明亮的星辰照耀过这段旅途。山水与诗,相互映照,彼此成就,诗句里传来飞瀑流泉的清音,山水间回荡铿锵抑扬的诗韵。单单是李白的一首《梦游天姥吟留别》,那一种独步千古的幻景奇情,就引发了众多世代中无数读者的向往,让这里的魅力历经千年而不曾稍减。

在情感的天地里,每个人还会拥有各自的秘密花园。它们因人而异,对我来说,民歌便是这样的一条通道。尤其是置身现场、心与境偕的聆听,更能够领会歌声中的寄托,感知脚下这一片土地的脉搏。

扬州古城河道纵横,流水清碧。在大运河旁的一处休闲广场上，一群年近古稀的老人在合唱苏北民歌《拔根芦柴花》和《一根丝线牵过河》。男女声部时而交替时而重叠，歌声欢快悠扬，跳荡妩媚，让人想到春天明亮的阳光照着绿油油的稻田。歌唱者表情沉醉投入，仿佛被歌声唤醒了消逝已久的青春浪漫激情。在运河的另一端，长江以南的无锡，一截有着"江南水弄堂"之称的古老河段，夜晚的画舫轻轻滑过水面，身着丝绸旗袍的评弹女艺人怀抱琵琶弹唱《无锡景》和《太湖美》，吴侬软语中有入骨的袅娜。灯光的倒影，激滟的水波，岸边桂花隐约的香气，相互晕染，如梦如幻。

西北地域广袤，飘荡在山地和草原、戈壁和大漠之上的民歌，有着另外一种质地和色彩。在山西吕梁的一个群艺馆，我听一位民歌非遗传承人在唱《老天留下个人想人》："一年年望不断黄河水，心尖上的哥哥几时回。"质朴无华的歌词里，蓄积着黄土高原一样厚重的情感。在黄河对岸的陕北吴堡，我走过夜晚的县城广场，一场群众性的演出正在进行。简陋的舞台上有人在唱《赶牲灵》，当唱到"你若是我的哥哥你就招一下手，你若不是我的哥哥你就走你的路"，台下几百名观众自发地合唱，这一刻你深刻认识到,民歌的生命力恒久,正是因为它表达了集体的心声。在宁夏固原的花儿比赛中,我听到民间歌手在唱《眼泪的花儿》:"走哩走哩着,越走越远了,眼泪的花儿把心淹了……"土地的贫瘠、生存的艰难、困苦的无告,化作无边的哀怨惆怅,如泣如诉。脚步迈向更远的地方,在新疆伊犁的牧场里,哈萨克艺人弹着冬不拉唱起了《嘎俄丽泰》,歌声深情徐缓:"嘎俄丽泰,今天实在意外,为何你不等待,野火样的心情来找你,帐篷不在你也不在。"无望的爱情,不尽的思念,那一腔浓重的忧伤,只有这里的浩荡草原才能负载。

歌声回荡在天地之间,一眼窑洞,一片茶园,一条河流的转弯,一道山梁的高处,都有歌声在缭绕。它的尾音不绝如缕,落在北方被风吹得偃伏的草叶上,潜入南方滴落露珠的竹林中。不论是蒙古长调还是汉江号子,是湖北花灯调还是广西采茶歌,总是民众心声的传递。它们诉说着一方土地上的生活,表达着人们的欢乐和忧伤,命运的舛错和梦想的坚韧。

从自个人胸臆中流淌出的诗篇,到在众口间传唱不已的民歌,美的歌咏无处不在,无远弗届。它们相互之间看似并无关联,但都渗融进你的心灵深处,产生了精神情感的化学反应。你早晚会意识到,一种辽阔深厚、浑然无形的东西,裹挟着你,浸润着你,让你无从摆脱,也不欲摆脱。

多年前我读到莱蒙托夫的《祖国》,那些描绘俄罗斯乡野的诗句至今深深镌刻在脑海里。

我爱那野火冒起的轻烟/草原上过夜的大队车马/苍黄的田野中小山头上/那两棵闪着微光的白桦/我怀着人所不知的快乐/望着堆满谷物的打谷场/覆盖着稻草的农家草房/镶嵌着浮雕窗板的小窗/而在有露水的节日夜晚/在那醉酒的农人笑谈中/看着那伴着口哨的舞蹈/我可以直看到夜半更深

诗人开篇就大声宣告:"我爱祖国,但用的是奇异的爱情!"对一片土地的深情,和对一个人的热恋一样,首先体现为强烈鲜明的感性方式。行走于山河大地,便是不断地培育和强化这种感觉,为其注入不竭的源泉。

在这样的行走中,你的目光在延伸,你的胸怀在扩展。有一天你会发现,从通衢闹市到僻乡远村,在母语的音符跳荡的每一个地方,你都有家园之感。你会意识到,那些原本并不相干的人们, 像燕山脚下村庄里给过冬的葡萄根浇封冻水的农民, 像岭南小镇早茶馆里殷勤招呼客人的老板娘, 像那一群乘坐绿皮火车远赴新疆采摘棉花的河南妇女,像那一个每天多次进出小区的快递小哥,都和你有着某种关联。你是族群盘结纠缠的藤蔓上的一片叶子,是命运祸福与共的绳索上的一个结点。

脚步所至,皆是故乡。

我记得那些难忘的瞬间。当钱塘江的八月大潮翻卷呼啸着奔涌到脚下, 当锡林郭勒草原上几十万头转场的牛羊像云团的投影一样在大地上缓缓移动, 当贵州山寨的淳朴村民合唱气势宏大的侗族大歌欢迎客人, 当海南文昌航天发射场飞船升空时的强光将夜空照亮如同白昼……这时你会心潮激荡,血脉偾张。

这样的时刻,每每会想到那著名的诗句:

为什么我的眼里常含泪水? 因为我对这土地爱得深沉。

172

有所思

有所思

有所思,乃在大海南。

——汉乐府

一

左边是山,右边是海。

从住处楼房十二层上的阳台向外望去,前后左右,一百八十度视野范围内,海南岛东海岸中部偏南的位置上,一处小海湾的景色尽收眼底,毫无遮挡。

分界洲岛就在正前方几公里外,狭长的形状像一副马鞍,浮在蔚蓝色的海面上。冰川期的海水侵入,让它与原本连为一体的陆地分离开,从此相守相望。岛上树木葱茏,碧海银沙,有海钓、深潜、水上摩托等海洋旅游运动项目，吸引了不少游客。每天有多班渡轮来往于岛与岸之间,单程只需要一刻钟,船尾拖出一道长长的波纹,很远就能够望见。

视野左边是一道绵亘厚重的山岭,绿沉沉的,一直延伸到海边。隔上一段时间,就会看到一列银白色的环岛高铁列车,从山麓处无声地驰过,倏忽即逝,小巧得像一个儿童玩具。目光沿着林木蓊郁的山坡爬向上面,重峦叠嶂接续不断,高处飘着大朵的白色云朵。在一座山峰最高处,稍为宽展的地方,建有一座气象站,正方形建筑的屋顶上矗立着一个巨大的白色圆球,在阳光下闪亮耀眼。

这一道高峻的山脉叫牛岭,是五指山脉的延续,也是海南地理和气候的南北分界线。分界洲岛是它跌落海中的一部分。一岭之隔,却有着十分明显的差异,特别是在冬天,岭北经常阴郁多云,潮湿寒冷,而岭南却是阳光明媚,温暖干爽。

从站立的位置望去,山和海并非等量齐观。海的体量更大,占了视野中三分之二的区域。目光自正前方移向右后方,看到被一幢楼房弧形的转角遮挡住的一个海岬,需要转动脖颈才行。我将更多的心思花在看海上，让积攒了一年的向往，最大程度地获得餍足。

观赏大海色彩的变化，就占去了我不少的时间。

一天中，海水的颜色变幻多端。我最喜欢晴天时中午前后的那两三个小时，堪称最为华彩。海水碧绿、浓郁、纯净而明亮，仿佛一整块上好的翡翠，以一种流质的形态，摊开在阳光下面，微微漾荡。其他的时段，则呈现为浅灰、淡绿、深蓝以及我叫不出名的多种色彩，对应的是色谱表上不小的区域。

即使是同一时辰，如果仔细分辨，远近之间，颜色也不尽相同，有深浅浓淡的不同层次。那最为深浓的中间部分，是正在向岸边涌来的海浪，仿佛一排排抖动着的皱褶，越来越近，越来越高。在视野右前方位置，隐约有一簇突出海面的礁石，海浪接近它们时，已经高出不少，然后猛烈地撞过来，破碎成一大片浪花，伴随着白茫茫的水雾，可以想见冲击的力度。

从阳台往下瞰，小区围墙外面是一个村庄。村子不算小，大概有上百户人家，房屋连绵错落，从各种树木搭接交织的枝柯缝隙间，可以看出被遮掩的村道的纵横走向。

家家的屋顶上，太阳能热水器的储水罐闪闪发光。与上一次来时相比，正前方被房屋和道路围合着的一片草地的边缘处，新建了两幢三层高的房子。记忆返回到八年前，第一次来这里时，村子的房屋破旧简陋，屋顶是一片暗淡的灰黑色，如今大多数都新建或翻新了。变化是明显的，只是时光的缓慢流逝稀释了这种感觉。

也有不曾变化的地方。那一大片草地上，每次来时都能看到一群牛，最多的时候有二三十头。它们从邻近大路的几栋房屋间的豁口走进来，悠然地埋头吃草，一副神闲气定的模样。云朵的大片阴影投在草地上，明暗交织，很像照片里的国外牧场。牛的身旁总有一些体形颇大的白鸟走动，不时伸出长喙，在牛的脑袋上啄食什么，有时还跳到牛背上。这该也属于生物界的一种共生现象吧。有意思的是，这些牛自己会排成等距离的队列，慢腾腾地甩动尾巴，秩序井然地穿过草地，走进村子里的窄巷，走过人家的门口，又从巷口走到楼下的道路上，一直走到大路转角处，消失在视野里。

我下楼走出小区的大门，沿着大路向右走一百多米，便拐进了从楼上俯瞰的那条路，朝着牛队行走的相反方

178

向,不久后就走到了海边。

自阳台上远远眺望的景色,此时清晰地呈现在面前。这是一片清静的海滩,与旁边游人较多的海滩之间,被一丛伸入海中的嶙峋乱石隔开。一块巨大而平坦的岩石上,有几对新人正在拍摄婚纱照片,白色的拖裙裾不时被海风扬起。我背过身走向远处,弯下腰捡拾纽扣大小的贝壳。它们在沙滩上看毫不起眼,但拿回家里,冲去泥沙放进玻璃瓶里,立刻不一样了,有一种特别的玲珑精致。

海水涨潮了。我向后退去,回到海滩的最外端,好几排高大的木麻黄树直立着,几处沙滩坍陷的地方,裸露出虬结杂乱的树根,旁边散落着几颗大小不同的椰子,看外壳的颜色样貌像是有些时间了,该是被海水浸泡过,又被涨潮冲回岸上。

周边十分静谧,只有浩荡浑厚的海浪声,依照固定的节奏传到耳畔。这样的环境,适宜茫无际涯地想一些事情。我坐在一截躺卧着的枯树树干上,数点自己过去十来年间在这个海岛上的履痕。

我想到了古老的昌江黎寨,火焰般怒放的木棉花瓣映照着船形屋的茅草屋顶,身着传统服装的老妇眼眶深

179

陷,古铜色的脸上刺着黑色的纹饰;想到了白沙鹦哥岭自然保护区的青年团队,一群来自天南海北的大学生诉说自己的梦想,年轻的脸庞上跳荡着青春的光彩;想到了万宁兴隆的热带植物园,繁茂的树木生机旺盛,在阳光映照下,仿佛看到阔大叶片中有汁液在流动;想到了琼海潭门小镇的渔港码头,数百艘渔船即将驶往南沙海域捕捞作业,拜祭龙王、舞鲤鱼灯等祭海仪式正在广场上热闹地进行;想到了五指山通什的海南省民族博物馆,那些耕作和狩猎的简陋器具,见证着原始荒蛮时代先民生存的艰难;想到了文昌的航天发射场,我曾经近距离地观看飞船发射,火箭升空时巨大的呼啸声,至今仿佛还在耳旁回荡。

二

闲居无事的日子,古典诗词是很好的陪伴。我随身带了几册古诗,时常坐在阳台上的藤椅上,随意翻阅几页。

此时,目光停留在一本汉魏南北朝诗选上。被收入书中的那首汉代乐府《有所思》,已经不知读过多少次了,但仍然让我愿意再一次沉浸于它的字句中。

有所思，乃在大海南。何用问遗君，双珠玳瑁簪。用玉绍缭之。闻君有他心，拉杂摧烧之。摧烧之，当风扬其灰！从今以往，勿复相思，相思与君绝……

这是汉代乐府《铙歌十八曲》之一，各种选本几乎都会选入。一位痴情的女子，思念远方的情人，精心挑选用花纹美丽的玳瑁甲片制作的发簪，又用美玉装饰起来，作为信物赠送给他，表达自己炽热的情意。但当她得知心上人背叛了自己，满腔柔情瞬间化作强烈的怨恨，愤然地把心爱的定情物打碎，烧掉，再将灰烬投进风里吹走，不留一点儿痕迹，并发誓从此与负心人一刀两断，一丁点儿不再想他！口气激烈，行动决绝，全无一点儿犹疑踟蹰的气息。最强烈的爱，总是潜伏了更多的危险和毁灭。

该是与我此刻置身的地理位置有关，这一次阅读时，我忽然产生了一个陌生的想法，一种猜谜式的念头：诗中提到的"大海南"，大海之南，会是什么地方？毕竟女子思念的对象就在那里。

我也知道，在古诗的语境中，大海之南，指代的是一

181

个寥廓无垠的广阔区域，不一定是今天行政区域意义上的海南。在漫长的古代，这座远在天边的岛屿是真正的边疆僻壤，很少被人们想起和提及。诗中的有些消息，倒是可以与这里沾上边，如海岛出产的玳瑁，自秦汉时代起就是进献给朝廷的贡品。但这种关联也只是相对的。在闽粤漫长的海岸线上，不少地方也出产这种物品。

不过在此时，身处海岛的一隅，我倒是愿意将此处代入诗中，使它成为诗中那个字眼的所指。海岛孤悬海外，又恰好位于大陆版图的中线之南，也说得过去。当然，这只是我自己的一个偶发的意愿，一种类似游戏的想法。这该是一种爱屋及乌的移情吧，起源于对这个地方的喜欢。它对什么都没有妨害，因此也不涉及应该不应该，合适不合适。

一首海南黎族民歌《久久不见久久见》，被我下载保存在电脑里，反复地播放。

到一个地方听当地民歌，别有感触。几年前第一次听到这首歌，我就为曲调中流淌着的深情所打动。它用海南方言演唱，舒缓绵长，宛转悠扬，听着歌声，眼前浮现出皮肤黝黑的男子和娇小纤细的女子，在椰林里，在棕榈树下,含情脉脉地对唱,眼睛中闪动着光亮。

久久不见久久见,

久久相见才有味,阿妹哎,

好久不见真想见,阿妹哎,

见到阿妹心欢喜,阿妹哎!

久久不见久久见,

久久相见才有味,阿哥哎,

好久不见真想见,阿哥哎,

见到阿哥心欢喜,阿哥哎!

接下来的两段,语句大致相同,只是由男女对唱变成了叠唱,呼唤的对象在两人口中有"阿哥"和"阿妹"的区别。这种反复的回环咏叹,正是许多民歌的特点,也是最早的民歌《诗经》中"国风"里十分常见的方式。仔细品味一番,这首民歌不是有类似《月出》《桑中》等诗中的情调和韵味吗?——"月出皎兮,佼人僚兮,舒窈纠兮,劳心悄兮""期我乎桑中,要我乎上宫,送我乎淇上矣"……它们原本也都是来自原野的歌吟，曲调中有田垄阡陌里的身影，有桑间陌上的阳光，轻风传来斑鸠和鹧鸪的叫声。

比较起汉乐府《有所思》的激愤决绝，这首民歌中流淌出的情感，倒是更接近于爱情，尤其是初恋的爱情的普遍状态。羞怯中有大胆，柔和里有坚韧。音调沉静，感情纯净，方言腔调赋予了它与这片土地相匹配的质朴和诚挚。

最美的情感都应该是这样的。仿佛月光照耀着几丛芭蕉，仿佛海风轻抚着一片椰林。它是人生苦难的抚慰和补偿，是暗夜中的一丝亮光，又仿佛是一处避风港，允诺着惊涛骇浪中彼此的撑持与呵护。

这个世界的丰盛和慷慨令人感念，尽管这一点经常被忽略和漠视。在三面敞开着的阳台的一角，在一本边角已经磨破的旧书中，在笔记本电脑所发出的谈不上什么优质音色的乐声中，我可以沉溺于精神带来的享受，感受情感的各种形态和色调，从中获得感动、抚慰与启发，却不必惦记着要感谢谁。

然而，它们尽管十分美妙，但还都无法与一个人创造的心灵世界相比。这个世界最初也是建构于这个海岛之上的。它是那样坚实而空灵，寥廓而细腻。它传布退迩，泽被万世。

三

住了一周后,我们开车驶入环岛高速,穿过牛岭隧道后不久,便拐上横贯东西的万宁—洋浦高速公路,在海岛西北处再折向儋州方向。驶出高速转入县道,看到路标上中和镇的标识后不久,东坡书院便出现在视野里。

对我来说,这是一个夙愿,是一次延迟过久的拜谒。脚步一迈进书院门口,我就提醒自己要将心情平复下来,尽量充分地把映入眼帘的一切收藏铭记,刻录于心底,就像熟诵苏东坡的许多诗词名篇一样。

我慢慢地走动,仔细地观看,想象当年他在此地的日常行止。在"东坡居士"雕像前,我端详他竹笠木屐、手持书卷的飘逸身影。他迎面走来,一直走进了青史,携带着无数迷人的传说。在他收徒授课的载酒堂,我眼前仿佛幻化出当年的诵读场景,"书声琅琅,弦歌四起",穿越千年传递到耳畔。这一片荷花池塘,他该多次与随侍身边的次子苏过一同走过;这一排槟榔树下,或许正是他初遇那个七十多岁农妇的地方。"内瀚昔日富贵,一场春梦",老婆婆对他说出这样富含哲理的话,令他刮目相看,既诧异又欢喜,从此径呼其为"春梦婆"。

虽然是初次来此,但周边环境风景、庭院建筑,却恍若相识已久。经由熟读这一时期的苏东坡作品和有关他的传记,我对东坡在此地的三年生涯,早已了然于心。

"问汝平生功业,黄州惠州儋州",在《自题金山画像》一词中,苏东坡用一种自嘲的口气,总结了自己坎坷蹭蹬的一生。他的非凡生涯的最后一段时光,是在这座偏远的海岛上度过的。

在漫长的时间内,海南岛都是放逐之地。流放的罪臣、贬谪的高官,自中原渡海而来时,大都怀着一颗赴死之心。苏东坡也不例外。当他以六十二岁高龄被贬赴此地时,在致友人的信中他这样写道:"某垂老投荒,无复生还之望。昨与长子迈诀,已处置后事矣。今到海南,首当作棺,次便作墓。"可谓沉痛黯然。甫一落脚,他又写道:"此间食无肉,病无药,居无室,出无友,冬无炭,夏无寒泉,然亦未易悉数,大率皆无尔。"死神扇动巨大的翅膀,阴影仿佛随时都会降临。

但天性的达观豪迈，让苏东坡很快就坦然接受了命运的安排。尽管环境恶劣，"岭南天气卑湿，地气蒸溽，而海南为甚。夏秋之交，物无不腐坏者。人非金石，其何能久？"但他仍能找出自我宽解的理由："然儋耳颇有老人年百余岁者，往往而是，八九十者不论也。乃知寿夭无定，习而安之，则冰蚕火鼠，皆可以生。"对隔绝内陆、孤悬海外的岛上生活，他也有自己的解释："天地在积水中，九州在大瀛海中，中国在少海中，有生孰不在岛者？"

境由心生，别人望而生畏的荒蛮禁地，对于他也不是多么可怕了。时间流淌，他越来越喜欢上了这里，诸般物事都变得可亲。他写诗发抒心志："他年谁作舆地志，海南万里真吾乡。""我本儋耳氏，寄身西蜀州。"此地就是家乡，而富庶繁华的川地故里反而成为他乡，发生在文字中的置换，对应的是心境的转捩。新皇即位，他接到大赦令，渡海北归，在船上，他写下这样的句子，"九死南荒吾不恨，兹游奇绝冠平生"，一以贯之地宣示了他那无可比拟的乐观主义。在这个海岛上，他将苦中作乐的情怀，随遇而安的禀赋，发挥得酣畅淋漓。

海南是他苦难的深渊，但又何尝不是他荣誉的峰巅？

三年谪居中,他写下了大量作品,成为其创作生涯的一个高产期。而著述之外,他的另一桩足以彪炳史册的巨大事功,是给这片土地播撒了文明教化的种子。他居岛三年间,大力倡导诗书,劝课农耕,开启民智,促进了多方面的明显进步。在他登岛之前,海南从来无人进士及第。他设坛讲学后数年,就有学生成为海南历史上第一个举人。此后一直到明清时代,海南人考取科举者众多,以至于让海南有"海滨邹鲁"的称誉。清代《琼台纪事录》一书记载:"宋苏文公之谪儋耳,讲学明道,教化日兴,琼州人文之盛,实自公启之。"苏东坡在海南的地位,相当于孔子在中原。他个人的厄运,却成就了整个海岛的幸运。

这座热带岛屿,大自然的力量恣肆奔放。炽热的阳光下,树木花草的阔大枝叶和浓烈色彩,是生命力放纵呐喊的表情。台风肆虐处,浊浪排空,樯倾楫摧;暴雨降临时,天昏地暗,撼山拔树。但对我来说,每一次想到这个地方时,眼前浮现更多的都是苏东坡的形象。这个贬客身上发出的力量,有着相似的气魄和强度。

联想到苏东坡早年的诗篇,其中有这样的句子:"人生到处知何似?应似飞鸿踏雪泥。"他将人生看作一次游历,既然如此,路途中就可能遭逢种种境遇,有明月映平湖,也有罡风卷黄沙,只能全盘照收,祸福由之,不讨价还价,挑三拣四。海岛三年,是他的生之行旅中的一段凶险途程,但他履险如夷,将劫难化作了生命的养料。

这样推想下来,思绪就越来越清晰,越来越接近一个让我感到鼓舞的念头,接近一种救赎的可能性:如果他能够这样想这样做,我们为什么就不能?

这时候,我才明确地意识到,这次来瞻仰东坡故居,固然是为了满足夙愿,但潜意识里实际上另有一重动机,是试图汲取几分他面对侘傺命途的乐观,"一蓑烟雨任平生"的旷达,给自己增添一些面对困厄的勇气。最低的祈求,也是让自己在深沉的悲哀中,能够稍稍透一口气。这种哀痛仿佛是最为浓稠的夜色,几乎将我吞没,令我窒息。

四

女儿,你在那边还好吗?

你离开我们已经一年半了。四百多个日夜里,无法摆脱对你的思念，哀伤如影随形，每时每刻都裹挟着我们。曾经努力想忘掉你，仿佛一个行长路的旅人，试图卸下背负的沉重行李，稍稍歇息一下，喘一口气。白天的匆忙喧嚣中，有时似乎做到了，但在深夜的梦境里，你的身影总是执拗地浮现，在一个个曾经经历但又变形了的背景场面中，似真似幻，半实半虚。

这一次来到此地，初衷仍然是为了摆脱。

亲友们都说，出去走走吧，走得越远越好，离开熟悉的环境，才更容易把过去抛开。那么，还有什么地方比海岛更符合这个条件呢？天涯海角，正是它的别名。于是有了三个半小时的飞行，然后又是将近一百公里的车程，才到了现在这个地方。

但抵达之后，却意识到忽略了一个最简单的事实：我们怎么不想一想，这里同样布满了你的印迹啊。

全家三人最后一次的集体行动，就是来这里休假，住了整整一周。翻看手机里当时拍摄的众多照片，每一幅里你都是笑容洋溢。一幅幅缀接起来，那些日子的记忆鲜活如在眼前。

小区庭院里满目葱茏，品种繁多的植物茁壮茂密，枝叶纷披。你陪着我们散步,有时走到前面,有时又落在身后,痴迷地拍照那些色彩艳丽的热带花卉,然后对照手机上的植物识别软件,大声念出它们的名字。你跳跃的姿势,单手举起手机拍照的专注神情,似乎是昨天的事情。

走出小区通往海滩的小门,一条铁锈红颜色的木栈道,架设在崔嵬错落的礁石上,随着山势和海岸线起伏逶迤。走在栈道上,我们不时停下来彼此拍照,你白色的衬衫下摆绾了一个结,盖在天蓝色的牛仔裤上。其中一张照片,你身边是一棵高大的三角梅,满树怒放的红色花朵,像一大朵悬浮的云彩。

我坐在阳台的藤椅上,看着手机,往事联翩涌现,仿佛无声的潮水。目光稍稍抬起,便望见了前方漂浮在蔚蓝色海面上的分界洲岛。它储存了更为清晰的记忆。

那次离开海岛前的头一天,我们来到了开往分界洲岛的海岸码头。长长的沙滩围出一道柔和的弧形,沙子洁白细软,踩上去有说不出的惬意。我们慢慢走向游客稀少的区域,偶尔停下脚步,望一眼远处正在驶往岛上的渡轮。巨浪翻滚着涌来,越来越高,发出低沉的轰鸣声,快到岸边时,仿佛一堵浅绿色的墙壁,然后散落开来,摊成一层层白色的浪花。那天你身着一袭黑色连衣裙，头发被海风吹得飞扬起来，笑得那样畅快开心。

怎么能想象得到，你快乐欢笑的年轻生命，会在仅仅两年后，被邪恶的病魔吞噬，从此天地间再也没有你的一点儿痕迹、一丝气息。

眼前几公里外的分界洲岛，这条海南气候分割线上的最东端点，从此也将我们的生命切割成不同的季节。这一重意义，只有我们自己才能领会。猝然的一击，是揳入脏腑深处的一把冰锥，我们从此步入了寒冬，感受着沦肌浃髓的冰冷。时间流淌，季节递嬗，外在的景观物候不停地转换，但内心的荒芜板结依然，迟迟不肯萌发新的芽苗。我们最终能够从寒冽中走出来吗？需要何种程度的热力，才会让灵魂重新舒展？

北纬十八度线上的热带阳光，此刻正照在阳台上。头上和肩背上，感受到了一缕冬日特有的舒适。这样的照晒已经有好几天了。我终于感觉出，落在肌肤上的温暖，也在向深处浸润，一点点地沁入。

"死亡不是生命的终点，遗忘才是。"

想到了几年前热映的好莱坞动画电影《寻梦环游

记》,这是其中被传诵最多的一句台词。那么,既然对你的想念如此地噬心蚀骨,你如此深切地烙印在我们的记忆中,岂不是说,你并没有化为彻底的虚无?在我们也告别这个世界之前,你一直都会住在我们心中,你的生命也将经由我们而得到延续。直到将来的某一天,我们重逢。

我这样来安慰自己,我也只能这样安慰自己。有时候,如果我们执着于一个念头,并不出于其真实性,而只是因为愿意如此。它能够让我们稍稍心安。在这个意义上,这个想法仿佛是一盆炭火,在内心深处幽幽地燃烧,多少驱散了一些寒气;一些湿冷发霉的地方,正在被慢慢烘烤。

依照这样的理念,我来到这里,触景生情、睹物思人的过程,是重拾记忆,也是复活你的生命。眼前每一次浮现出你的身影,耳旁每一次幻听到你的声音,都是一条看不见的手臂伸向你,将你拉近和搂紧,从虚无的深渊里拉回到我们身边。

那部影片中,不同的语句反复表达着同样的意思,仿佛音乐中围绕同一个主题的各种变奏。"真正的死亡,是世界上再没有一个人记得你。"死亡起源于被遗忘,因此既然你如此地被我们想念，我们便有能力将你留在身边。

这个念头终归带给人一些慰藉。

我们将你留在记忆中，封藏在内心里，其实也是将一种热力注入自己的魂魄。尽管伴随回忆的是哀伤，但同时也产生了一种坚牢的东西，可以抵抗黑暗和寒冷的侵蚀。支撑是相互的。你的生命，通过我们的记忆得到伸延，而在对你的记忆中，我们也获得了继续生存的理由。

那么，为什么还要将你的音容从眼前驱散呢？不是忘却，而是铭记，才更有可能与命运达成和解。活过，爱过，陪伴过，本身就是自足的，是一份不会泯灭的价值，如刻如镂。

"凡存在过的，会永恒地存在。"

我进而想到了奥地利精神医学家、意义疗法的开创者维克多·弗兰克的这一句话。经历过纳粹集中营的极端苦难，他写下一本书《活出意义来》，表达了置身生与死边缘的思考。从同样幽暗的深渊里浮出后，我如今更能够理解这句话的蕴涵。

此刻是下午三四点钟，前方的海面明亮炫目，千百万个光点在沸腾跳荡，让人难以直视。将目光挪移开，沿着海岸线向左前方向慢慢地滑动，又爬到牛岭山脉上。山脊线漫长而柔和的线条，减弱了山脉险峻陡峭的感觉。阳光投射上去，一大半山体明亮碧绿，仿佛被水洗过一般，但也有大片的暗黑色区域，那是在空中几乎悬停不动的云朵的投影。

我久久地眺望着。眼前视野里的景观，是思念的出发点，也是思念的落脚处。时间重叠了，仿佛此刻山和海的相连，阳光和阴影的交错。

有所思，乃在大海南。

别

一

别：分离。举例：告别；临别纪念；久别重逢。

这是《现代汉语词典》里对"别"字的第一种字义的解释和举例。汉字以字义丰富著称，但在词典释义中排在最前面的，无疑该是一个字最重要、最普遍的意义。

表达分离意义的"别"字就是如此。它是一个动作、一个场景、一种状态，而所有这些又都归结为一种情感。近人李叔同的那首广为人知的《送别》，正是集中体现了这些成分："长亭外，古道边，芳草碧连天，晚风拂柳笛声残，夕阳山外山。天之涯，地之角，知交半零落，一杯浊酒尽余欢，今宵别梦寒。"离愁淡淡，仿佛眼前萋萋芳草，向着天

196

边伸展绵延，不绝如缕。

诗为心之声。因此，在诗歌中被描绘最多的，也总是最能够叩击心灵的、让人时刻念兹在兹的情感，离别无疑排在最前面几位。以古诗词为例，如果说它仿佛一片浩瀚无际的水面，那么吟诵离情别绪的诗句，就是其间一排排汹涌的波浪。

在南朝江淹的《别赋》中，我们听到了浪涛拍岸的訇然声响。开头第一句，就是令人心惊的裂帛之声："黯然销魂者，唯别而已矣！"接下来他通过一连串的场景描写，次第描绘了各种类型的离别，涉及戍人、富商、侠客、游宦、道士、情人等等，"故别虽一绪，事乃万族"。既有共通的分离之苦，也有各自的悲愁凄恻，"有别必怨，有怨必盈""使人意夺神骇，心折骨惊"，堪称是有关离别的总括和集大成。千百年后读来，依然心魄摇荡。

以它作为一个坐标点，前后上下，在不同的时间维度里，离别都被反复地、大量地诉说。

沿时光河流上溯，在中国诗歌源头的《诗经》中，先民们的表情哀怨悲戚。"之子于归，远送于野。瞻望弗及，泣涕如雨。"这是《邶风·燕燕》。"行道迟迟，载渴载饥。我心伤悲,莫知我哀。"这是《小雅·采薇》。发端于桑间陌上的一道溪流,流过千百年,流过众多朝代,便扩展成为一条宽阔的大河,那些有关离别的诗句,如浪花一样繁多。

古诗词中离别之情的泛滥,牵连着安土重迁的时代背景。关山阻隔,音讯不便,兼之灾害频仍,兵燹不绝,一个人告别故土和亲人去往异域他乡,服兵役,讨生计,求功名,往往不知何时才能回返,甚至生死难测。因此,在众多的情形下,"生离"也往往意味着"死别",这让辞别变得如此艰难,"哀莫哀兮生别离"(《楚辞·九歌·少司命》),"劝君更尽一杯酒,西出阳关无故人"(王维《送元二使安西》)。但行程已定,变更无计,只好给远行人送上祝福,打气鼓劲:"无为在歧路,儿女共沾巾"(王勃《送杜少府之任蜀州》),"莫愁前路无知己,天下谁人不识君"(高适《别董大》)……豪迈豁达中,依然有一缕强自宽慰的意味。

离别不分时间和场所,但发生在深秋、黄昏、月夜时,发生在荒郊、古渡、驿道边,更容易令人动容,因为那样的时节和环境,最契合凄凉无助的心境,以及对于未来的渺茫感,譬如"何处合成愁?离人心上秋。纵芭蕉、不雨也飕飕。都道晚凉天气好,有明月、怕登楼"(吴文英《唐多令》），"多情自古伤离别，更那堪，冷落清秋节。今宵酒醒何处？杨柳岸，晓风残月"（柳永《雨霖铃》）……离别的现场，总是笼罩了一片愁云惨雾。

这样的时刻，亲友的陪伴和送行，愈发显示了情谊的温暖。李白平生天涯浪迹，到处飞鸿雪泥，离别也成为生命中的常态，他将对友人们的感念诉诸诗句："桃花潭水深千尺，不及汪伦送我情。"（《赠汪伦》）"请君试问东流水，别意与之谁短长。"（《金陵酒肆留别》）有些时候，他又变身为送行者，目送老朋友从视线中渐渐消逝："此地一为别，孤蓬万里征。"（《送友人》）"孤帆远影碧空尽，唯见长江天际流。"（《黄鹤楼送孟浩然之广陵》）分离激发了牵挂，友情在广袤的空间中传递，不绝如缕。

而这还只是开始，是引子，是序幕。

更多的故事由此生发，更多的情绪自此发酵。在接下来的时光里，在另外的场景中，离别转变为思念，于各自的胸次间，酝酿弥漫。是远行客思念故土，"故园东望路漫漫，双袖龙钟泪不干"（岑参《逢入京使》）；是漂泊者想念亲人，"露从今夜白，月是故乡明"（杜甫《月夜忆舍弟》）；是戍边将士的惦念，"不知何处吹芦管，一夜征人尽望乡"

（李益《夜上受降城闻笛》）；是居家思妇的想望，"何日平胡虏，良人罢远征"（李白《子夜吴歌》）。

离情别绪，是难以计数的灵魂的呼吸，嘘气成云，让几千年汉语的天空，云气氤氲，云蒸霞蔚。

二

谁的人生，不是一连串的离别？

告别，分别，辞别，惜别，伤别，痛别……围绕这同一个动作，汉语中衍生出一系列的词汇，情绪的调门层层升高，从静水微澜，到惊涛骇浪，对应了情感的诸般滋味，灵魂的种种悸动。尽管有差异，但它在本质意义上都是感伤的，佛家更是将其归入生命的本体层面，人生"八苦"之一即是"爱别离"。人们常说的"喜相逢"，正是一种来自反面的对应和印证。

离别，是生活和生命的常态，仿佛自然界的日月运行，春秋代序。一个生命自呱呱坠地，便踏上了一条告别的不归路。它总是在两个维度上展开。

离别首先是在时间里运行。告别童年、少年和青年，走入中年、壮年和暮年;告别明眸皓齿,秀发如云,走入发苍苍视茫茫,齿牙动摇;告别身手轻快,走入步履蹒跚。离别是成长的必要代价。动物将稍稍长大的幼崽赶出巢穴,母亲把哭闹打滚极不情愿的孩子送进幼儿园,只有如此,一个生命才能走向独立。蝉蛹蜕去外壳才成为蝉,告别中孕育着新生和成长。

离别也是在空间中发生。一个身影在广袤的天地间,时行时止。告别家乡的树林和池塘,山野和牧场,小院和窄巷,走向遥远陌生的地方。曾经漫长的农业时代,大多数人会终老一地,脚步迈不出方圆几十里的范围,但在地球成为一个村落的今天,绝大多数的人,身影穿行于广阔的疆域,会在众多的异地置放自己的生涯。从此地到彼处,空间的不断位移,意味着生活和情感的持续变易与更新。

生命中有多少种离别?可以有不同的计算方式。更早的不说,另类的不说,从最普遍、最常见的说起。毕业是告别校园走入社会,自平静单调走进复杂难测;结婚是告别漂泊与浪漫,学习从平淡庸常的日子中培植爱、容忍和责任;退休是告别职业生涯连同它附带的符号和油彩,此后的日子更为接近生命的本真状态。各种各样的离别,连接起了一个人的全部人生。这个过程，伴生的是不断转换的外在身份，是五味杂陈的内心感慨。

人生的不同阶段，离别的滋味在在各异。年轻时，活力饱满激荡，对未来充满憧憬，离家远行意味着拥抱充满诱惑的新生活，难以体会离别的苦楚，对家人的叮咛牵挂大多不以为意，说得多了甚至不耐烦。与此相似的还有"小别胜新婚"，因为分离造成的张力，再次相逢会品尝到更为浓郁醇畅的幸福感——分离成为一种延宕的手段。这些，都可归入"少年不识愁滋味"。不识，因为少年，因为有旺盛的生命力垫底。

但更多的离别，毕竟还是让人伤感，系连了无奈、怅惘、牵挂和愁苦。它们的排列和递进，仿佛情感音律的宫商角徵羽。前面援引的古典诗句，一声声感慨和叹息，不过是这些情感的折射。

而死亡，将这一切最终收纳，将其间所有的差异，一概抹平。

死亡是离别之上的离别，是离别的终点和最高形式。仿佛是为了让人逐渐适应，它通常会有一个漫长的铺垫，健康一点点丧失，神智一步步昏昧，在沦入彻底的黑暗之前,暂且于黄昏朦胧的光亮中过渡一段时光。如果生命轨迹是一条抛物线,它就是最右下端的那一段。

然后才是最沉痛的时刻。是在亲人的病榻之侧,执手和流泪,叮嘱和告慰;是伫立于焚化炉前,望见棺木被缓缓推入,旋即被烈焰吞噬;是俯身揭开覆盖墓穴的石板,点燃一沓黄纸,再将骨灰盒小心地放入。一个生命彻底与人世告别,存放于他人或长或短的记忆中。

离别,是一条看不见的绳索,串联起生命的百般境遇,万千滋味。

三

如果超越个体生命的经历和体验,将离别置于广阔的背景上观看,就会获得极为浩瀚的信息,关涉生活的复杂、人性的丰富、精神的玄奥。

现实生活中的离别,比起艺术作品里的表达,远为浩大和复杂。在诗词曲赋中,在戏曲舞台上,离别是一个个意象、一幅幅画面。灞桥折柳,骊歌一曲,江亭把盏,缆解舟行。生活中真实的离别,随时随地在发生的离别,却是缺乏戏剧性的、平淡枯燥的,因其日常而不受关注。尽管如此,它们依然有着值得品咂的况味。

譬如一对曾经热恋的男女,由最初的执子之手,海誓山盟,到后来的劳燕分飞,形同陌路,这期间的转变,这一个以离别为结局的故事,透露了什么样的信息?是出现了新的诱惑, 还是共同生活的愿望终于不敌日常鸡毛蒜皮般琐屑龃龉的累积?离别也发生在曾经亲密的友朋之间。只因为发现志趣相异,多年旧友一朝割席绝交,"子非吾友也"。这样的情形,在今天微信朋友圈里也时时在上演,多是由于价值观的分歧, 道不同不相为谋,彼此屏蔽拉黑,从此关闭心扉。

离别有着繁多的变体。譬如古代的官宦仕人,仕途上的一次次进与退、升迁或者贬谪,这每一个时间节点,相对他的过去,不是也可以理解为一种告别?那些有大人格者,在此时最能够彰显。陶渊明辞官归隐,是因为"觉今是而昨非",主动选择告别蝇营狗苟的官场,让生命回归本真和自我。即便是被动的告别,在如何应对的姿态上,也能够看出一个人的胸怀和质地。苏轼的一生是一连串的告别:告别庙堂之高,走入江湖之远;告别通衢大邑,走入偏僻荒蛮;告别奢华优渥,走入贫穷困顿。不断的坎坷蹭蹬,别人难以忍受,他却豁达坦然,成就了不朽的道德文章,被后世人们供奉在心中,永远不肯分别。

更多的离别,在个人的悲欢离合之上,还折射出社会、时代和历史的信息。

一部《红楼梦》,从头至尾,都是关于离别的演绎。荣宁府中,大观园里,各色人物你方唱罢我登场,演出了一幕幕悲剧、喜剧、闹剧。告别青春,告别繁华,告别生命,到最后,落了片白茫茫大地真干净。当贾宝玉身披猩红斗篷,在雪地中告别父亲遁入空门,也是在与一个病入膏肓的时代告别,那一种沉痛,砭骨入髓。

当离别以一种群体的被逼迫的方式呈现,就更展现了社会的悲惨和黑暗,这正是杜甫的"三别"告诉人们的。无家的单身汉、新婚的丈夫、垂暮之年的老翁,都被强行抓去服兵役,被迫离别亲人和故乡,生死难测。在离别的哀号悲泣后面,一个时代的背景浮现:官府残暴,叛军肆虐,山河破碎,家破人亡。这样沉重的苦难,化为诗中一声声沉郁激愤的叹息:"君今往死地,沉痛迫中肠。"(《新婚别》)","存者无消息,死者为尘泥。"(《无家别》),"积尸

205

草木腥,流血川原丹。"（《垂老别》）

离别的苦痛,也同样会降临在统治者身上,但这通常是他们的腐朽和昏聩导致的结果,是自酿的苦酒。"剪不断,理还乱,是离愁。别是一般滋味在心头。"(李煜《相见欢》)南唐为北宋所灭,后主李煜从一国之君沦为阶下囚,"日夕以泪洗面",往日繁华只在梦中。亡国破家之愁恨,长久郁积于心,才有了这样凄凉哀婉的词句。

离别还在更长的时间、更大的空间中,以更大的规模展开,譬如历史上客家人的迁徙。从西晋永康年间开始,客家人祖先离别中原故乡,拉开了漫长迁徙的序幕。为了躲避战乱、灾荒和瘟疫,也为了人口繁衍、拓展生存空间,在长达十几个世纪的岁月中,客家人先后历经五次大规模迁徙,一步步在南方诸省扎根,并陆续走向海外。每一次迁徙都是一次集体的大离别,以脚下的故乡为坐标原点,向着陌生的远方行进,而最初的中原故乡,已经遥远恍惚仿佛神话和传说。

这样的离别,涉及的是族群、历史和文化,是无量数的史诗的题材,高山大海一样的丰富浩瀚,想起来就令人眩晕。

四

离别在今天，是怎样的面貌和姿态？

时代发展，技术进步，改变了很多东西，让生活大为便利。一百年前去大洋彼岸的美国，乘船需要几个月，有了飞机后骤减为十几个小时。几十年前，跨洋电话十分昂贵，今天，微信视频聊天可以随时随地，不需附加任何费用。

但此消彼长，获得经常伴随着失去。情感生活领域的一些微妙的东西，审美的感觉、诗的情调，在这个过程中被稀释和减弱了不少，成为技术进步的代价。离别的意味，在今天也产生了某种变异。现代化以前的漫长岁月中，离别带来的那种入诗入画的感受，是建立在"那时慢"的背景之上的。慢，让情感坚实，让思念浓稠。不说鱼传尺素的遥远的古代，就说三十年前，那时字斟句酌写成一封信，小心投进绿色邮筒中，估算收到对方回信的时间，耐心地等候。其后不久，电子邮件出现，按下鼠标即时完成发送收取，二者给予人的感受，显然有着幽微的不同。

尽管如此,"离别"这个词汇中最具根本性的意蕴,没有变化。

日月运行,春秋代序。雨水依然洒落,雪花依然飘飞,亘古如斯。人的基因构成未曾变化,情感内容也就不可能大幅刷新,变化的只是表达的形式和幅度,舞台和背景。

当年考上大学来北京读书,父亲送我到离县城几十公里外的一个城市乘火车,一直送进车厢。在火车缓缓开动的时候,他站在车窗外,又把此前说过多少次的注意事项再一次念叨。我的心思完全沉浸在对新生活的想象上,对他的话似听非听。但在将近三十年后,到首都机场送别去往大洋彼岸求学的女儿,在海关入口挥手告别时,看着她充满向往同时又心不在焉的神情,我忽然想到了当年父亲送我的场面。一个是嘈杂脏乱的简陋站台,一个是整齐洁净的现代化航站楼,这种外在环境的巨大差异此刻仿佛都不存在了,只有一个为父者的牵挂系念,在胸中氤氲流荡。

我想到了文学作品中对这种场面的描写,想到了朱自清的《背影》、龙应台的《目送》。靠做小买卖艰辛维生的平头百姓,在文坛政界都成就非凡的现代女性,当他们隔着一个多世纪的时光,与自己的儿子离别时,洋溢在心间的情感,并没有本质的区别。在阅读的某个瞬间我获得了代入感,化身为两个人——父亲和母亲。我感受到了一种人性的轮回,亘古如斯。

更不用说死亡,这个离别的最后的和最高的形式。不仅是"送君千里,终有一别",在它之上,更有"人生百年,终有一别"。也是龙应台,写下过这样的句子:"第一次的目送是成长,最后一次的目送却是永别。"永别、死亡,它给予我们的震撼,异代而同调。当亲人去世,我们的悲戚和泪水,与一千年前一样。在这种时刻,我们会想到一句话:太阳底下无新事。

是的,太阳底下无新事。这一种最后的离别,和在以往任何时代一样,是生命中"严重的时刻"。因为它的映衬,人生的短暂性便具有了鲜明生动的质感,如何活着便变得异常尖锐。就仿佛在深浓的黑暗中,光源最能够有效地显示自己的亮度。这样的时刻,是为生命确立标准的时刻。置身相关的情境中,一个人才最有可能收拾起一贯的漫不经意,穿透生活的浮泛表层,进入其内部和深处,认真省思生命的意义和价值。

语言是思想的外衣。为了取得警醒的效果,人们有时会采用某些尖锐乃至怪异的说法。譬如法国作家加缪就说过:"真正严肃的哲学问题只有一个,那就是自杀。"德国哲学家海德格尔更是将对人生的思考,置放于死亡的背景上,称其为"向死而生",将生命看作一次走向死亡的倒计时过程,借此强化生命的在场感,最大程度地激发出生命的活力。

因此,从死亡这个最终的离别生发的种种思绪,最终也可以凝结为一句话:我们如何确定自己的生活姿态?应该拥抱什么,告别什么? 每个人都需要得出自己的答案。

"何处是归程? 长亭更短亭。"

在生命的大幕拉下之前, 一个人不应该与这个命题离别。

隐去的背影

这里就是他的长眠之地了。

在父亲去世将近半年后,我们来到陵园,将在殡仪馆内存放的他的骨灰取出下葬。一个简朴的仪式,很早就确定下了。走下殡仪馆外面的台阶,八位身着深色制服的工作人员列队肃立,面前放着一具紫红色的棺椁。两个人揭开棺盖,我将骨灰盒小心放入。随着司仪一声"起灵",几个人举起黑伞和黄幡,其他几人抬起棺椁,迈动脚步。作为长子,我捧着父亲遗像走在仪仗队后,妻子、妹妹和妹夫跟在我后面,各自手捧鲜花,走向几百米外的那一处叫作梅园的墓地。这座陵园占地面积广阔,墓地被分为多个区域。

　　陵园位于昌平区,属于燕山山脉余脉的一处山麓中,距城内我的住处有五十多公里,约一个小时车程。岳父就安葬在这里。很大程度上是因为考虑到这一点,我们几年前就为父母在此预购了墓地,为了那个必然会到来的结局。这一做法被证明正确而及时,因为不久后就出台新的规定,墓地不允许预售。那样的话,他的安身之处很可能会在更为遥远和偏僻的地方。死亡无声而浩大,波浪一样永无止歇,墓地也日益成为稀缺资源。

　　我相信,很久以来,父亲对自己的身后事并没有清晰的考虑。早在十几年前,在一次家人的节日聚会上,因为父亲某个不久前去世的同事送回老家下葬遇到麻烦,引出了这个话题。父亲随口说:"将来我没了,你们可别费这么大劲,随便找个地方挖个坑,把骨灰埋进去,上面栽棵树就行。"父亲不是会开玩笑的人,但我们却只能用玩笑的口气回答:"您说得倒是容易,可哪里会允许这样做?给谁打报告申请这样的地方?"预购了墓地后,并没有告诉他们,后来父亲读到报纸上我的一篇文章,里面谈到这件事情,他主动问起来。得到确认后,父亲没有说什么,但他的表情中有一些意外，和更多的欣慰。

从那以后，他再没有提起过。他和这个处所的关系，仿佛是可疑的、似真似幻的，一直到几个月前他的骨灰盒送来存放时，终于坐实。

仪仗队进入梅园，在一条分开两边墓地的甬道上停住。工作人员放下棺柩，揭开棺盖，我俯身捧出覆盖着黄色缎布的骨灰盒，走到属于父亲的墓穴前。有几位落葬工在等候，覆盖墓穴的石板已经移开，搭在墓碑基座旁边。妹妹点着一沓黄纸，把手伸进墓穴里，上下前后象征性地挥动几下，这叫作暖穴。我弯下腰，将骨灰盒小心地放进墓穴底部。接下来便是封穴，落葬工将墓穴盖板安置严实，又将周边的缝隙用水泥封好。

从此阴阳睽违。父亲的一抔骨灰，将在无边的黑暗和无限的寂静中，陪伴春去秋来，年年岁岁，直到被无涯的时间渐渐消融殆尽。

落葬工离开了。我们把墓穴盖板擦拭干净，将捧来的几盆鲜花摆上，再放上几个纸托盘，搁进去几样父亲平时爱吃的水果和糕点，然后将几炷檀香插在带来的小香炉里，用打火机点燃。青烟袅袅，盘旋而上，浓郁的香味弥漫在墓穴周边。这是一个初冬的日子，天气晴朗寒冽，天空肃穆高远，那种清澈而纯粹的蔚蓝色，仿佛一直能够渗透进灵魂深处。

父亲，安息吧。我们会时常来看你的。望着大理石墓碑上父亲微笑着的影雕照片，我在心里说。

二

早就想到，父亲会有一天走进这个地方，永远地躺下。结局是注定的，只是不清楚会是在什么时间，以什么方式。

谜底是从去年三月底的一天开始揭开的。那天是星期天，傍晚时分，我和妻子正在住处附近的紫竹院公园里散步，手机响了，母亲的声音焦急而纷乱，带着一些哭腔："你们在哪里啊？你爸爸半天叫不醒，赶紧回来看看吧。"

平常来公园，都是步行二十分钟过来，恰好那天是开车来的，便小跑着赶到停车地点，急匆匆地赶回去。父亲倚在长沙发上那个属于他的位置，脑袋耷拉着，嘴角淌出口水，呼喊拍打都没有反应。情况不妙，赶紧拨打 120 急救电话。

实在是猝不及防。就在几个小时前，我俩还与父母坐在同一张饭桌边。每个周末至少一同吃一次中午饭，从近十年前他们搬到这个小区开始，已经是不成文的规矩了。饭桌上，父亲说想去离家门口不远的一家军队医院查查耳朵，要是需要就配个助听器。我当时有些诧异。父亲一只耳朵失聪已经有两三年，好几次提出带他去配助听器，每次他都不肯，说另一只耳朵还能听，不碍大事，再者听院里别的老人说过戴着不舒服。这倒也是，当年岳父就不习惯，戴了几天就摘下了，因此也就随他去了。但今天父亲主动说出来，看来是听力更弱了。父亲又说感觉走过去费力，想让我开车拉他过去。我当然一口答应，当时就定下第二天也就是周一上午，带他去医院。

除此之外，我并没有觉察到别的异常之处。父母就住在我旁边的单元。那天早饭后，我过去给他们送头一天买的糕点，在一楼电梯口，恰好碰见父亲拉着小车出来，要去小区净化水售水机旁打水，他依然如往常一样推开我伸出去的手，说自己没问题。不过妻子过后却很肯定地说，那天中午吃饭时，她就感觉到父亲说话口齿含糊不清，和平常不一样。

　　救护车很快来到楼下，将父亲拉到几百米外的医院，就是我准备第二天陪他去的那家医院——做脑部 CT，确定是否脑溢血。很快就被证实了，需要马上去有条件的医院实施手术。但接下来电话联系医院却不顺利，两家知名医院称没有床位无法接收，情急之下，只能听从救护车医生的建议，去了一家没有听说过的医院。还好没有耽误治疗时机，这家医院的神经外科也不错，当晚的手术很成功。主刀大夫走出手术室，径直走到等候在门外的我们身边，用很肯定的口气说，患者十来天后就能出院。出血点是在脑室部位，不怎么影响脑功能，恢复后和过去不会有太大不同。听了这话，我们几个小时以来一直紧绷着的神经，一下子松弛下来，一种前所未有的喜悦之感，潮水一样在心中漫溢。

　　但正如一个经常会听到的说法：超出预期的事情往往值得怀疑。这一点是在几天后才意识到的。父亲本来已经逐渐清醒，能辨认出家人，甚至还能简单回答问话，一切仿佛都在证明手术医生的判断，只要耐心等待就行了。完全没有想到，到了第十天，父亲却又第二次脑出血。更可怕的是,这次出血是在脑硬膜下,影响到了大脑的认知功能区域。医生给出了几种不确定的解释,听来也都有道理,但我将信将疑,还产生了另外的猜测。会不会是听主治医生的话服用了活血化瘀的牛黄安宫丸,或者是因为那个男护工捶背时用力过猛?我为此纠结了好几天,脑子里一团乱麻。

纠缠于过去毫无用处,理性的做法是只能向前看,而这样想事情就清楚了:只要能活下来就好,哪怕痴呆、活动不便,毕竟是活着。我们与后来替换上的甘肃庆阳籍的女护工商量好,父亲出院时请她跟着去家里陪护照顾,并且已经在网上商城选好下了一款轮椅,只等下单了。

但这个愿望也越来越变得虚幻。父亲病情一步步恶化,胸部积液不停地产生,总也抽不尽,房颤和极度心率过速日益频繁,血液中蛋白含量急剧减少,打针输液也补不上,只能又被送进重症监护室,一住就是二十天,比医生预料的要长,而且在每天一次短短五分钟的探望时间里,他始终是昏迷的,状态甚至不如在普通病房时。重症室也没有更好的办法了,又把他转回到神外病房。

父亲回来后第七天的上午,我坐在病床边,感觉父亲的呼气中有种难闻的异味,令人窒息,这是以前不曾出现过的。我想起听人说过的人濒死时的情形,心中掠过不祥的预感。我知道,最后的时刻就要来到了。

那天晚上轮到弟弟值班陪床。十点多钟,他打电话讲那会儿父亲退烧了,心律血压都还正常。那几天始终是这样,各种指标像过山车一样,大起大落,生命靠不停地输入各种药物维持着。但几个小时后,凌晨时分,在睡梦中又被他的电话叫醒,让马上赶过去。匆匆赶到病房,医生和护士围着病床,正在做最后的抢救,同室病人已经被转移到别的地方。一个护士俯身按压父亲的胸部,因为不停地用力,额头上沁出了汗珠。持续这个动作,只是为了等待我们到来。

终于,父亲的双腿一阵抖动,然后静止下来。床头的心电监护仪屏幕上,起伏的波形变成了一条直线。他的生命结束了,在发病整整五十天后,也是在度过八十六岁生日的三个月后。

三

在他弥留之际，我们兄妹几人守候在他身旁，并没有感到特别地悲痛。

最主要的原因，是在一步步累积的失望中，悲伤也逐渐地预支了。五十天中，各种治疗都不见效果，父亲日渐衰弱不堪，医生说法越发含糊，我们便明白，担心正在变作现实。既然挽救无望，那么死亡对他也是一个解脱。

还有一点，我们兄妹之间可以坦然地说起：就他的身体状况而言，能活到这样的岁数，已经是超出当年的期望了。不论是他自己，还是我们，都这样想。

父亲一直体弱，从我有记忆起，他就是一副病恹恹的模样。在县委大院，他的老病号身份尽人皆知，甚至在县委组织部干部履历表上的"身体健康状况"一栏中，也写着"有慢性病"。"彭科长喝过的中药药渣，能把他自己埋几回了！"这是我十来岁时，听父亲的一个同事说过的话。

他的病症是神经衰弱，正式的说法叫作自主神经功能紊乱，表现为容易疲倦、头痛失眠、心慌气短等，是一个复杂的症候群。记不得有多少次，他向亲戚、熟人甚至只是出于礼貌随口问起他的人，详细地、绘声绘色地描述自己种种不舒服的感觉，连我有时都觉得有点儿好笑，还有些难为情。病痛在他已经成为一种执念。

这样，养生就成为他生命中最主要的目标。他对饮食起居格外小心在意，到了匪夷所思的地步。他说自己是"气血两虚"，一点儿不能着凉，喝水一定是热的，一年四季穿着都比别人厚重，即便是去几步外的楼道里倒垃圾，也要披上外衣戴上帽子，连三伏天晚上睡觉时都要关上窗户。当了一辈子小学语文教师的母亲，嘲笑他就是契诃夫小说里的"套中人"。因为中年时期大量服用中药治疗效果不佳，退休以后，他又走向了另外一个极端，坚决拒绝吃一切中药，但对同属中国传统医学系统的气功却又深信不疑，每天花大量时间躺在床上，练习一种静养功。显然，他没有觉察到这中间存在着某种逻辑上的矛盾。不过看来长期练气功对他的确有效，晚年身体状况反而明显改善。虽然他还是习惯性地抱怨这儿不舒服那儿不舒服，睡不好觉，但这种时候母亲常常会戳穿，说："别听你爸爸说的，昨晚上他的鼾声可大呢。"

晚年不错的健康状况，给他带来不小的成就感。好几年前他就不止一次地说起，当年在沧州疗养院的上百个病友们，如今活着的已经没有几人了。另一个参照系，是同住在县委家属院里与他年龄相仿的同事和邻居，这些年来不断听到他们去世的消息，不少人身体看上去比他要强壮很多。每当听到这样的消息，他总会感叹，并为自己还活着而庆幸，这竟然成了一个让他感到安慰的话题。这时候，母亲也总会说他是"破瓦罐熬得过柏木筲"。这是家乡的一句谚语。

如果不是突发脑溢血，他还能够再活几年。他自己也这样认为。记得在六年前给他过八十岁生日时，他十分高兴，说感觉自己还能有十年的阳寿。他的话也让我们很受鼓舞，而且毫不怀疑。现在看来，这个念头是过于乐观了，对于耄耋之龄的老人来说，什么样的事情都可能发生。就仿佛一棵摇摇欲坠的老树，不知道会被一阵什么样的风吹倒。

一个同在京城的侄孙女辈亲戚，每年都会来看望父亲两三次。得知父亲去世，她在电话中说起，感觉这几年叔爷爷明显地老了。经她这么一说，我意识到的确从大约三年前开始，父亲体力、精神都明显委顿了。想是因为平时就在他身边,对他逐渐的衰老不敏感吧。这个过程在很长时间中是缓慢的,不易察觉,但到了某一刻,会以加速度方式突然发力。

随着年龄更大,身体更衰弱,他的生活越来越像是一种机械的、高度重复的、本能式的反应。这是一幅最常见的画面:简单的晚饭后,他就蜷缩在靠墙的长沙发南边的位置上,先看北京台电视新闻,再看中央台《新闻联播》,间或与母亲有一搭无一搭地说句话。八点钟前后,他就扶着楼梯的护栏,爬上这套复式住房的二楼他的卧室中睡觉。母亲说,他从上床到一层层脱完衣服躺下,这个过程就要花上半个小时。

过去很多年间,他的话还比较多,时常会就某个他关心的话题打听情况,发表见解,但到后来,尤其是这两年一只耳朵失聪后,他越来越沉默寡言,面容越来越枯槁,笑容也仿佛是在敷衍。在家庭聚会的热闹场合,他不知不觉地退缩到了边缘,成为一个似有似无的陪衬,一个在场的影子。

在回忆中,过去的日子仿佛一连串的镜头,次第显现在时间的广阔背景上。生命在耐心而无奈地等待最后的结局,等待黑暗在天空慢慢地累积和扩展。

直到某一天,黑暗以某一种方式降临,将他吞没。

四

最后的日子里,他的儿女们陪侍在病床前。在短暂的意识清醒的时候,他认出了我们,用力地点头,试图说话,却只能发出含糊的声音。

在那个时刻,我想,他心中应该会感到安慰的。

二十世纪六七十年代多子女家庭的好处,这时鲜明地体现了。我们和同在北京的妹妹妹夫不用说,家在上海的弟弟第二天也赶了回来。远在欧洲的小妹因两个孩子上学一时难以抽身,但也在父亲临终前的几天赶回,得以见上父亲最后一面。

因为这件事,兄妹们难得地聚集在一起,共同度过了五十多天。以往许多年中,我们都只是在春节几天匆匆相见,难以有更多的交流。那些天里,轮流陪床,一同吃饭,一些已经模糊甚至遗忘了的往事,也在随兴而至的聊天中被唤回,重新变得清晰起来。

更早的不说了。我是长子,不到十七岁就离开故乡,读书、工作、成家,头一个二十年的时光,不觉匆匆而过,对父母在老家的生活只有模糊的印象。从第二个二十年父母搬来京城开始,记忆开始变得鲜明。那时他们已经是多年的空巢老人,连最小的弟弟都工作好几年了。他们搭了一位熟人的面包车来京,那一天是 1999 年 2 月 2 日,再过半个月就是春节了。后来他们的银行存折,就拿这串数字作为密码。

那天,把随车拉来的各种零碎东西摆放好,已经很晚了,好不容易才找到一家还在营业的小饭馆。饭桌上,想到从此告别了长久分离,我们能够经常见面,每个人都感到欢欣不已。当时,那个位于城南京开高速公路边的住宅小区,尚未住进几户人家,晚上黑漆漆一片,楼下门口前面为埋设管道掘开的沟也还没有回填上,要踩着搭在上面的木板跨过。

大半年后,国庆节后第一天,我接他们进城,将车停在和平门烤鸭店的停车场上,一直步行到天安门广场。因为恰逢中华人民共和国成立五十周年大庆,那年的庆典活动分外热闹,每个部委和省区都精心设计制作了一部大型彩车,在参加完阅兵仪式后,停放在广场上供人们观赏。父亲一直兴致勃勃,坚持着穿越熙熙攘攘的人群,走过大半个广场,把每一辆彩车都看过了,也没有说累。那一年父亲六十六岁,比今天的我大十岁。

四年后,在离我住处不远的方庄的一家餐馆,我和妹妹为父亲过七十岁生日,并邀请了他的两个亲家,我的岳父岳母和妹妹的公公婆婆参加。记忆经常会在一些不起眼的地方闪烁出奇异的光彩,我还记得那天的主食中,有一种装着芹菜酱肉碎末的玉米窝头大受欢迎,离开时还买了几份,给每家捎上。

在不少类似的场合,父亲都表现得精神健旺,兴致很好,和正常人没有什么区别,这也正是母亲有时用一种揶揄的口气说他没病装病的原因。但这该是应了"人逢喜事精神爽"的说法吧,心情的愉悦减弱了躯体的不适感,而归根到底,是那时身体整体状况还算不错。

父亲的京城岁月,分为前后时间相等的两个阶段。在远郊小镇住了十年后,考虑到他们岁数更大了,下一步需要更多照料,弟弟便以他的名义在我居住的小区买了一套房子,让父母搬来居住。是在同一栋楼中相邻的单元里，几步之遥，抬脚就走过去了。因此，他们每天的生活，便都清清楚楚地呈现在我眼皮下了。

但一对退休老人的日子，又能怎么样？一日三餐，每天在固定的钟点下楼遛弯，几天去旁边菜市场买一次菜，晚饭后则是雷打不动的看电视时间。偶尔，我们会带他们下一回饭馆，去一趟公园，探望熟人和老乡，但次数都不多，掐着指头也能数出来。高度重复的平静和单调，淡化了岁月流逝的感受，让时间在记忆中更加显得短暂。于是，第二个十年的时光，竟然也这么快就过去了。

在老家亲戚朋友的眼中，在他们自己的感觉中，来京后这些年都是享福的日子，平稳安宁，令人羡慕。比起在县城里住平房小院时，生活条件改善了一大截。四个子女的生活都过得不错，一点儿也不需要他们操心。过了大半辈子的艰苦日子，他们对眼下的状况非常满足，言谈间屡屡表露出来。

父母搬来北京的那天晚上，在即将打烊的小饭馆里，一边吃着着急回家的厨师匆忙炒出的几个菜，一边商量着这两天还需要置备哪些生活必需品。我和妹妹举起茶杯，对父母说：“你们的新生活从今天开始了，衷心盼望健康平安,好好地过上二十年!"这个数字是脱口而出的,因为潜意识里觉得那是一段漫长的时光,最适合表达吉祥的祝福。

回想起那一天,一些场景和音容依然鲜明清晰,如在眼前,但已经超过二十年了。这个当年觉得遥不可及的距离,原来这么容易地被越过了。这样的时刻,对时光何其迅疾的感慨,便不再空洞浮泛,而骤然间具有了一种坚实尖锐的质感,仿佛手指头被针尖刺破。

二十年,让我得以贴近地观看和体验了一个生命走向衰亡的过程,老年的不同形态和表现。从最初言语动作的迟滞缓慢,到后来巨大深沉的疲惫,再到辞别的最后时刻,那一阵颤抖痉挛。

从此时间通道关闭。他的生命在亲人的记忆中,存留和延续。

五

然后是遗体送往东郊殡仪馆。告别仪式定在第三天上午,老家的几家至亲,一大早开车三百公里赶来,与京

227

城的亲友一起，围绕遗体环行一周。我们兄妹几人目送棺柩被送入焚化炉，被烈焰吞噬。取出骨灰盒后，放在他的房间的床头小桌上，每天焚香祭奠。又过了半个月，送到墓园骨灰堂暂时存放，等待秋天后葬入墓穴。

那是一段异于常规的日子。母亲作为未亡人需要陪伴和安慰，一些善后的事情需要处理，因此父亲去世后半个多月的时间，我几乎每天都要过去。坐在父亲住了十年的房间，望着他的遗像，回忆着他在这间屋子度过的沉闷时光，一种茫然空落的感觉，在心头久久盘旋不去。

父亲的晚年生活，不是一般地平静单调，应该用枯燥来描述更准确一些。房间里的陈设十年如一日，与他每天雷打不动的几个小时的卧床练功互为映照。记得有一年春节聚会，看到电视里的艺术栏目介绍罗丹的雕像《思想者》，我们兄妹调侃说，如果给父亲塑一幅像，就该是屈膝仰卧，双目微闭，鼻翼翕动。这是他典型的练功姿态。

因为饱受身体羸弱之苦，养生便成了他最执着的意念，占据了他大部分的意识空间，此外的一切都难以引起他的关注。我曾经认为这种兴趣寡淡与他一辈子从事行政工作有关，但后来发现周边不少老人，包括当年他的单位同事，退休以后大都能为自己寻找到合适的精神寄托，或者莳花弄草，或者习字学画，或者到各地旅游，自得其乐，过得有滋有味。搬来北京不久，我们就给他提过建议，但看他的神情显然并不关心，似乎是想都不打算想的。前后说过几次不管用，也只好随他去了。

他不喜欢旅游，有关活动一概推辞。就在搬来后的第二年夏天，我们筹划去北戴河住几天度假避暑，同行的还有岳父母老两口儿，交通住宿都安排得很妥帖，他却不肯去，说是多年前出差去过。弟弟妹妹开车去外地旅游，想带上他们，母亲当然乐意，父亲也不阻拦她，但自己却死活不去，还说谁都不用担心他，他会照顾好自己。话虽然这么说，但因为牵挂父亲，多数时候母亲不得不放弃了。这十年间，除了几次搭车回家乡办事，三两天即返回，他离京总共只有两次，都是和母亲一同去当时还在深圳的弟弟家。最长的一次住了大半年，但也不过是换个地方躺着。弟弟在电话中描述父亲每天枯燥的起居时，我仿佛看到了他脸上好笑又无奈的表情。

这样，用常人的眼光来看，他晚年的生活实在是索然无味，换成别人肯定难以忍受。即便他念念不忘于呵护健康,也不妨碍同时让生活尽量丰富有趣一些,二者并不矛盾。但他自己不以为苦,不觉得有改变的必要,在这种已经固化了的思维面前,我们的操心便显得多余了,仿佛成了庸人自扰。既然如此,又有什么强行让他改变的必要?

他也不喜欢运动,最多在母亲的督促下,到楼下小区里转上两圈就回来,仿佛是完成任务一样。他晚年越来越瘦弱,体重不到一百斤,尤其两条腿,瘦得像两根麻秆儿,皮肤下面就是骨头,显然是缺乏运动导致的肌肉萎缩。经常听他念叨"内练精气神",却从来不说另外一句总是被并列提到的"外练筋皮骨",这是不是一种偏好性的选择?他应该没有意识到这中间的矛盾之处。

总之,基于某种认识上的执拗,与个性中的自我封闭倾向结合,便造成了他的这种独特的生活景观。我想到了美国作家舍伍德·安德森的《小城畸人》,这是我十分喜爱的一部短篇小说集。它描绘了一个小镇上的各种年龄职业的居民,每个人都有自己抓住不放的真理。这些真理本身没有问题,但如果信奉者走向极端化,跨过了某个界限,就变成了乖谬,在别人眼中就变得怪异可笑了。父亲也是这种情况吧?

但退一步看，不是也有许多人，生活在各自的误区里，在形形色色的樊篱中，不曾省察地过了一生？我的姨父比父亲小十八岁，却比父亲早一年去世。他的人生与父亲有着霄壤之别，每天呼朋唤友，屋子里总是烟雾缭绕，一日三餐顿顿不离酒，最终因肝病而不治。这是烟酒不沾的父亲始终颇不以为然的，多年中每次提到时，都会说他这是自我糟践，没有说出的话里是对自己苦行僧般生活方式的自许——显然没有想到别人会怎样评价他的活法。

母亲设法督促他多活动，最常说的话是，"你将来有的是时间躺着"。那么，现在他就进入了这样的时间，在那个黑暗幽闭的处所，在那种无边无际的岑寂里。

但在消失了的肉体之外，一个生命的印迹和信息，仍然可能以某种寄寓的方式存在。我将信将疑，但不会再像过去那样激烈地否认。譬如我越来越喜欢独处，接到一些活动的邀请，下意识的第一反应是推辞；对各种加入微信群的邀请，也都置之不理。这也许就是来自血脉的传递。

六

在病床边，我听见自己内心有一个声音在说：爸爸，让我来伺候你一回吧。

除了在重症监护室的二十天，其他近一个月的住院时间里，轮到我值班的那个半天，我在一个本子上定时记录下父亲小便的排量、血压和血氧的数值。为了避免父亲生褥疮，每隔两个小时，配合着护工给他翻一次身，给他捶背，并将他的手臂用束缚带绑在床边栏杆上，防备他双手乱抓，拔掉输液管和排尿管。多次推着他下楼去拍CT，把因昏迷而僵硬的身体吃力地搬到扫描床上，再搬回病床。几十年来，我从来没有与他有过这么多的身体接触。

作为长子，四十年前我进京读书，既是我个人生活的重大事件，也开启了家庭的迁徙史。妹妹和弟弟，在其后十年间也先后考上大学，离开了县城老城墙下面家属院里的家，毕业后又在不同城市工作。因此，父母很早就成为空巢老人，既欣慰又无奈。他们习惯了寂寞，也习惯了什么事情都是自己做。一直到搬来京城，包括后面十年住在我旁边，他们都很独立地生活，极少依赖我们。

他们的日子极其简朴单调。在小地方过了大半辈子，形成了他们的生活习惯，也限制了他们的观念见识，虽然后来有了更好的条件，也想不到改变。一日三餐，去楼下小花园散步，与相熟的老人聊聊天，看新闻和电视剧，生活通常就循着这样的轨道运行。连出小区院子都很少，多半是老两口相伴着去超市和早市，偶尔有些其他零碎事情。包括去医院看病拿药，大都也是自己去，好在医院离得不远。只有遇到一些他们实在无能为力的才会提出来，比如去回访某个来探望过他们的老乡等，因为住得远，交通不便，需要我开车送他们去。每当这时候，父亲用的都是一种商量的口气，而且隐隐流露出一些不安，全然不像很多别的家长那种理所应当的态度。

这种态度与他们长久独立生活的习惯有关，也是不想轻易占用我的时间。

有一件事情，可以作为一个隐约的背景。来北京读书的前一年，我就参加过高考，成绩不理想，被本地一所两年制的师范专科学院录取；我不想去，年龄也小，就想第二年再考我喜欢的文科。当了一辈子"孩子王"的母亲，也不主张我将来沿袭她的生涯，同意我复读。但父亲却希望我去读，说将来有固定的工作，多少人羡慕呢，还说明年要是考不上怎么办。我记得当时感到很委屈，但又无法表达清楚，一着急竟然哭了起来。父亲当时有些手足无措，含混地说了几句什么，就不再提了，等于默许了，而且此后再也没有说起这个话题。第二年我考得不错，是恢复高考后本县第一个考入最高学府的，在全省都有名次。当时是二十世纪八十年代初，高考几乎就是一条改变命运的独木桥，不难想象此事在小城里造成的轰动。父亲拿着我的录取通知书，喜气洋洋地走在街上，见到认识的人就给人看，说"儿子被录取了"！

　　显然这让他感到极大满足，同时也可能给他带来了一些内疚，因为后来我听母亲说起过，父亲对她讲自己后悔了，当初不该反对儿子复读重考。我倒是一点儿也不觉得他有什么不妥，作为家长他当时那样想很正常，而且他只是劝说，并没有强迫的意思。不过在我变得模糊的记忆中，也是自那时起，他的态度有了明显的变化。像很多被工作和生活压得无暇他顾的家长一样，以前他对我们的学业基本上是不闻不问的，但此后这成了他关注的重点，鼓励弟弟妹妹好好学，说家里砸锅卖铁也会供他们；说起全国的大学来，居然也头头是道。后来弟弟妹妹都考上了重点大学，离不开家庭的大力支持。

在他眼中，孩子们的工作重要，不应该打扰他们。尤其是多年后，每当从我给他们订阅的报刊上看到我发表的文章，他总是细心地保存下来，拿给客人看。当他得知我当上某个小刊物的负责人，按体制内的惯例对应某个级别后，他曾在电话中告诉他过去的同事，说我比县领导还要高半个格。这是我过后有一次开车带他回故乡办事时，饭桌上听他的老同事说起的。我不由得哑然失笑。这完全没有可比性，但我明白这是一位父亲的可以理解的虚荣。二十世纪四十年代，他在老家农村读到高小——这在当时也算是高学历了——成绩很好，但因为家里贫穷，无法供他再读下去，早早地出去谋生了。他同学中坚持学下来的，后来有人当上了北大、北师大的教授，还有人当上了国务院某部的副部长。说起这些时，他明显地流露出遗憾情绪。如今在他眼里，孩子们还算有出息的生活，该是让他感觉到某种补偿。所有这些，与他个性里的谦卑、和善结合，便养成了能自己做决不麻烦别人的习惯，包括自己的孩子。

老两口儿的生活中,父亲掌管财务。二十年间,他自己去住处旁边银行取钱存钱,买理财产品,存款利率能记到小数点后两位数。父亲去世后,母亲从电视柜下面抽屉中拿出一个装糕点的铁盒,让我清点——这方面她是甩手掌柜,一直都是父亲操持——里面是各种票据、存折、银行卡,一个破旧笔记本上仔细地记着每一笔存款、理财的起止时间和利息,清楚准确。它们加起来,算得上一个不小的数目,连母亲都很感意外。她说有一次问过父亲:"你什么都舍不得,攒下钱又能做什么用?"父亲回答:"准备着将来养老看病啊。"母亲说:"几个孩子都孝顺,谁能不管我们?"父亲说:"别给孩子们添麻烦。"

　　其实这句话,我也好几次听他说过,都是老家多年未见的亲戚或同事来京时看他,称赞他气色不错时。这时候,他的表情里有一种得意欣慰,接下来会说把身体保养好,是为了尽量不给儿女们添麻烦。这话他每次都说得很自然,显然已经成为他的一个信念了。

　　父亲生活十分节俭,一辈子过得抠抠搜搜。当年在县城里,每次到集市上买菜,他都是货比三家,拣便宜的买。那时家里确实很困难,我记得很长时间内,父母每月的工资一人四十三元，另一人三十四元，几个兄妹都在上学，这些钱要负担家里的全部开支，有时还要接济在农村的亲戚和老人，每一笔花销都要小心算计。他晚年虽然手头宽裕多了，但习惯已经根深蒂固，行事依然是老样子。他自己去农贸市场旁的路边摊上，理几块钱一次的发。买到质量还不错的便宜货，是他的一大乐趣，但吃亏的时候也不少。他习惯喝蜂蜜，有一次碰到马路边有人推销，看上去成色不错，价格明显便宜，他一下子买了很多瓶，过不多久就发酸变质了，只能倒掉。母亲抱怨："便宜没好货，小孩子都知道的事！"类似的故事还能数出好几桩。我们当面笑话父亲，好脾气的他也只是笑笑，并不怎么辩解，仿佛是说"随你们说吧"。

在最后陪伴他的日子里，我们时常会说起各自记忆中的父亲。妹妹谈到，就在几个月前，有一次她去探望时，父亲忽然抓住她的手，说当年家里实在太困难了，所以才让她报账，让她要理解。我马上就听明白了，因为这也曾经是我的经历。读大学那几年，每次寒暑假回家时，父亲都会让我说一下这个学期花了什么钱，一笔笔地算，要与学期开始时带走的钱对上数。记得当时母亲在旁边表示不满，说没见过他这样的。晚年的他，回首往事时，一定是对当年自己的做法感到了后悔，才会对女儿做出那样突兀的举动。这样的情感表达，显然不是我们熟悉的方式。

但是父亲呵，你真的不需要歉疚，你的所作所为没有一点儿私念，完全是出于对家庭的责任感。它们无休无止地纠缠着，让日子看上去枯燥零碎，让一个人也显得乏味沉闷，但这背后那些持续的坚忍和付出，那种最容易被忽略的德行，正是让生活得以发展的可靠的凭依。

坐在病床旁，我看着昏睡中的父亲。因为忽然袭来的一阵疼痛，他瘦削枯黄的脸上刹那间掠过一种痛苦的表情，嘴唇扭曲，被束缚带绑着的双手也颤抖不已。我想到了他讲给母亲的那句话，"别给孩子们添麻烦"，心里一阵刺痛。父亲，我们准备好了，宁愿让你麻烦一下。只要你能活下来就是好的，哪怕身躯不能站立，神智无法恢复。我可以推着你，到小区里晒晒太阳，让暖和的风从你脸上拂过。一个瘫痪呆傻的父亲，仍然是父亲。

但即使是这样的愿望，也没有可能实现了。

就在父亲发病前不久，有一天早上，我打开厨房窗户透气时，随意向下看去，正望见他拉着买菜的小车，经过中心花园的甬道,去旁边的售水机打水。他身着那件穿了多年的土黄色棉衣,低头弯腰,步履蹒跚。我当时心里一动,在他的身影被拐弯处几株茂密的垂柳遮挡隐去之前,举起手机拍照下来。因为是在将近二十层的高处拍摄,有不小的距离,在楼房、花木、健身器材、晨练的人们所构成的广阔而庞杂的背景上,他只是一个渺小模糊的影子,要仔细看才能辨认出来。

如今,最常浮现在我眼前的,就是这幅图画。那个伛偻的背影,已经在记忆深处定格。

七

每隔十来天,我都会去父母的住处一次,给阳台的盆栽浇水。日子过得真快,还有一个多月就是父亲的周年忌日了。

这所房子已经空闲了大半年。父亲去世两个月后,母亲被弟弟接到上海他的家里去住,想让她换个环境,调适一下心情。她并没有像她曾经自称的那样豁达,丧偶的痛苦焦虑是明显的,记性也变差了,同一句话反复唠叨。本来打算春节后回来的，也不知何时才能成行。

朝南的房间分外明亮，阳光透过阳台的大幅落地玻璃窗，一直照到客厅里北面纵深的位置。这个十年中来过无数次的地方，如今安静得有些异样。想到老两口儿平静简单的日常生活，以及春节全家聚会时老少十几口人的热闹场面，忽然有一种恍若隔世之感。

该是因为这种异常的寂静，这种不真实的感觉，许多尘封已久的与父亲有关的往事，一些过去多年中从未想起过的场景和片段，在他离世近一年的时间里，在我一次次去父母家的时候，于脑海中渐次浮现。

我记得十多岁的时候，正是"文革"后期，意识形态控制有所松动，县城里不少人家养热带鱼，那些五光十色的漂亮鱼儿让我迷醉，总想养上几条。那时鱼缸都是自制的，没有地方卖。父亲禁不住我的恳求，请人用玻璃和白铁皮做了一个长方体的鱼缸，还自己动手给我制作了一个捞鱼虫的纱布抄网，这让在一起玩的小伙伴羡慕不已。他也央求过多次，但他父亲不理睬，最后一次烦了，狠狠扇了他几个嘴巴。

我考上大学，他把我送到几十公里外的德州火车站，托运了行李，送上车厢找到座位，把我匆匆托付给坐在旁边的乘客，说孩子小，从来没有出过门，拜托一路上费心照顾。十几天后，他又搭单位进京办事的车，辗转倒车来到学校，掏出一块凭票购买的崭新的上海手表送给我。

也是那一次，趁着周末两天没课，他带着我一次次换车，一路打听着，找到几个远房亲戚和他当年的同学家，把我介绍给他们，请他们今后给予关照。我记得拥挤的公共汽车，记得父亲住宿的招待所昏暗的房间，记得走在街上忽然下起了雨，落到身上有些冷，父亲从人造革手提包里拿出塑料雨披给我盖上，他穿着的的确良白衬衫却全被打湿了。

在我读到最后一年时，妹妹也考入了同一所大学，父亲又把她送进校园。那一年父亲五十岁，比我现在的年龄还要小几岁。妹妹同宿舍那些像正在开放的花朵一样欢快的女孩子们，叽叽喳喳地评价父亲，笑得前仰后合："你爸爸长得帅气，但是没派！"她们说得没错。父亲个头儿高，相貌英俊，待人和蔼谦恭，从来看不上一些小官吏装腔作势摆架子的样子。父亲做了一辈子信访工作，我记得小时候有一次正在吃午饭，一位上访人员不知怎么打听着找到家里来，父亲拿个凳子给对方坐下，又让母亲装了一碗饭菜递过去，边吃边听对方讲，像接待一个亲戚一样。

············

在这些回忆的中间，总穿插着出现近年的画面：他伛偻着腰，扶着护栏，从二楼悄无声息地走下来；他倚在沙发上看电视，神思昏沉，时常垂头打会儿瞌睡；他饱受老年前列腺增生之苦，排尿淋漓不尽，经常上厕所，每次都要待上半天；他对某个物业员工的帮助心存感激，在亲友来探望他时赠送的礼品中挑选，要找出一样东西作为报答，虽然这在对方是出于分内的职责……而在每一次回忆的最后，总会浮现出那个模糊的背影——他穿着厚重地去楼下打水，步履迟缓地走过追逐嬉闹的孩子们身边，由近而远，渐渐隐没在树丛背后。意识的流动跳荡中，是时空的交错和叠加。一个生命的漫长历程，被压缩成若干零碎的片断，在记忆的屏幕上，闪闪烁烁。

在这样的时候，我经常会感觉到胸中仿佛有什么在涌动。

父亲，一个普通乃至卑微的人，平凡到不会让人多看一眼,甚至除了家人,他的存在与否都不会被留意。但他给了你生命,将你抚养成人,以他能够做到的最好的方式,表达对你的爱,虽然这个字他一辈子没有直接说出过。这不是他的生活词典里的惯用词,但对它的意义、它的所指,他十分清楚且始终身体力行。

父亲,我记着呢,这一场父子缘分。

或早或晚,在另一个时空,我们将重逢,从此永不分离。

器物中的时光

母亲过世一年多后,我开始整理她住过的房屋。

这套房子与我的住处在同一幢楼里,两个单元相邻。家在外地的弟弟出资买下这套房子,也是考虑让当时已年过七旬的父母离我近一些,能够得到照应。在这里,父亲住了九年,因脑溢血昏迷,住院治疗近两个月后离世;母亲又住了将近两年,因为多年宿疾突然发作,而在两天内辞世。从此,房间一直空置着。

没有限期的要求,因此整理并不着急。我在半个多月里,断断续续地过去,每次一两个小时,慢慢地收拾。十一年的时间不算短暂,房间的每一个角落都储藏了很多记忆。收拾过程中,一些往事被唤醒,曾经的场景再次浮现,消失的时间重新返回。

回忆的开始，被一种欢快的气息包围着，仿佛春末夏初时节那样明亮惬意。那正是父母刚刚搬来的时候。离开生活了十年的远郊小镇，住进这套宽敞了很多的大房子，他们欣喜不已。新搬来的东西杂乱地靠墙堆放着，母亲将一个用床单打成的圆鼓鼓的大包袱拉过来，解开打得很严实的结扣，摊开在客厅木地板上，里面是一摞摞衣服、毛巾、枕头等。五月上旬天已经热了，母亲额头上沁出了汗珠，她用手背去擦掉，说，阳光真好。那种喜悦的表情，我至今记得很清楚。

　　关于这间房子的记忆，那一天是原点，是开启。仿佛一道时光的闸门被提起来，奔泻而下的水流，在漫长的时日中，汇聚成为一片浩渺无边的水面。这里那里，在并不清楚分明的方位上，闪烁着众多的光点。它们是我记忆中的场景和细节。

　　父母搬来的头两年，前后有几位父母当年工作时的同事或朋友来家里看望。他们大都也是退休后搬来这座城市，跟随儿女生活的。我也带父母回访过。但这些客人也和父母年龄相仿，出行不便，后来的联系也就只限于逢年过节时，互相打电话问候一声。

因此，对这一对老人来说，生活中勉强可以称得上事件的，便是孩子们的到来。这几间屋子里最热闹的时候，是每年春节前后的那几天，有时还有暑假中的某些日子。平日的安静寂寞，被聚会短暂地打破，仿佛平静的水面荡起了一丝涟漪。

印象最深刻的一次，是父亲的八十岁生日，正赶上那一年的春节假期。那时他们已经搬来三年了。那一次聚会人最齐，国外的妹妹一家也赶来了，祖孙三辈十几个人坐满了客厅，几个小孩子嬉耍打闹，十分热闹。全家围着餐桌吃年夜饭时，父亲很兴奋，说他要讲几句话，然后从裤兜里掏出一页纸，原来是事先写好的。他讲了几点，大意是感谢儿女们孝顺，让他们得以安享晚年，生活得很幸福。这种庄重的方式和他带有几分羞涩的表情，让大家笑成一片。

但这样的时候并不多。生活的主色调，还是日复一日的单调和平静，缺乏变化。

这一点首先体现在房间里的布设上。如果不是我们有时给稍微调整一下，所有的家具和器物，都会固定在最初的位置上。这种环境中的生活，也是一成不变的鼓点节奏。像每天的简单晚餐,总是摆在沙发前面的茶几上,两个人一边看电视一边吃,吃饭时看的永远是北京电视台的健康栏目《养生堂》,紧跟着是《北京新闻》,然后又是中央台《新闻联播》。接下来再看一两集电视连续剧,大约会在八点半到九点之间结束,就到睡觉时间了。

每个周末假日,两天中的一天,我们过去陪父母吃一顿饭。他们平常吃得很简单,但周末那顿饭总是要尽自己所能做得丰盛些。母亲轮流着做她的拿手菜,像焖饼、煎茄盒、用晒干切碎的马齿苋拌肥肉馅蒸出的包子等,都是我从小就熟悉的家乡美食。如今这些百吃不厌的味道,只能在回忆中品尝了。回想起来,心中时常泛起一阵愧疚:为什么那么多年中,我总是去父母亲家吃现成的,而很少进厨房帮着做几顿饭呢?仅仅因为他们多次阻拦,我就心安理得地坐享其成,养成了习惯,像一个受宠的长不大的孩子。

从这间屋子延伸出去,是他们极其有限的活动半径。

父亲习惯独处,通常是待在屋子里。偶尔外出时,一是与母亲一同去超市或菜市场买菜,二是独自到小区里的净化水售水机处打水。母亲喜欢热闹，每天上下午都要下楼去，但足迹大都也在小区院内。夏天在院子北面一片柏树林里，与一群年龄相仿的老太太们一起做保健操，冬天则移到楼下朝南的一处空地上，晒太阳聊天。

因为性情平和知足，饮食起居符合养生之道，因此在很长的时间里，他们有一个还算不错的健康状况。但自然的铁律无所逃遁，衰老和病痛不动声色地增加和升级，缓慢地降低着他们动作的幅度，一点点地蚕食着他们的肉体和精神。

母亲的膝盖开始有问题了。每次从沙发上起身时，要用双手扶着茶几用力撑一下。走平路还凑合，上台阶则明显吃力。她的卧室床边摆着一台红外线理疗灯，是我买来给她照射膝盖的。床头柜上的一瓶英文字母的药片，功效是补充钙质，如今还有小半瓶。父亲腰背越发弯曲了，因为缺乏运动，肌肉萎缩，两条小腿瘦得可笑。他始终坚持自己去楼下打水，最早是两只手各拎一桶，后来是一次只打一桶，再后来则变成用买菜的小车拉。

于是，屋子里器物的变化增减，也和生命的进程同步。此刻还放在客厅角落里的拐杖和轮椅，便陪伴了他们生命的最后阶段。

父亲发病前大半年，有一次说起觉得双腿没劲，走路发飘，我便买了这副拐杖。有一次陪同他到小区旁一家医院体检，他拄着拐杖慢慢地挪动脚步，几百米的距离走了很久。这也是我记忆中他唯一的一次拄杖。轮椅则是在父亲去世后，弟弟赶来处理后事时买的。父亲去世，给一向乐观开朗的母亲很大的精神打击，那种丧夫造成的哀伤，不是儿女的关心能够抚慰的。她外出时不再走路，是由于腿脚更费力了，但更可能是她放弃了。这一辆轮椅便成了代步工具，被雇来照顾她的保姆推着，沿着母亲走了十年之久的小区内外的道路街巷，又缓慢地走了一年多，直到有一天彻底停下。

自父亲突发疾病住院手术起，因为病情迟迟不见好转，过去偶尔才有且很模糊的一个想法，开始频繁地浮现在脑海中：那一天总要来的。随着父亲离去，这个念头开始转到母亲身上。母亲早晚将要面对的那一天，会是怎样的情形？看着她失魂落魄的样子，我不再觉得这种想法有什么不敬或不妥。

这是一个永恒的谜题，谜底因人而异，常常到最后才能揭开。但将近两年后母亲给出的答案，却大致在意料之中。那个胸腹部主动脉中的病灶，是数年前体检时发现，前后看过几位专家，都摇头说无法手术。母亲多次对别人自嘲地说肚子里有一颗不定时炸弹，说不清时间设置，只希望到爆炸的时候快一些，自己少遭些罪。它终于还是未能躲过，而且过程也的确如母亲愿望的那样。

不过对于我来说，不管答案如何，引发的感受都是同样的。我在院子里行走，经过净水机，经过柏树林，经过坐在一起聊天的老人们，再也见不到父母的身影了。一种空空落落的悬浮感，每每从胸间升起。

更强烈地陷入这种感觉，还是在房间里时。去世后大半年中，母亲的骨灰盒放在她自己的卧室里。我隔几天过去一次，给阳台上她养的几盆草花绿植浇水，给床头柜上母亲的遗像点上一炷香，再坐上一会儿。笃信佛教的妹妹，安装了一个巴掌大小的电子播放器，日夜不停地播放着舒缓柔和的佛教音乐，将房间里衬托得更加静谧。想到当年全家人春节聚会时的喧哗热闹，恍若隔世。

母亲遗像旁边，放着一册薄薄的《金刚经》。其中我最熟悉的是这一句:"一切有为法，如梦幻泡影，如露亦如电,应作如是观。"

　　母亲的骨灰盒，如今已经被埋进五十公里外的一处墓穴。两年的阴阳暌违后,一生相守的父母又在地下重聚了。我每次去祭扫,摆在墓碑前的祭品中,都有父母喜欢吃的稻香村糕点,像桃酥、蜜三刀、江米条等。过去许多年里,它们时常出现在沙发前那个巨大的茶几上。

　　如今,放茶几的位置已经空了,客厅越发宽敞。客厅和阳台之间的那道窗帘也已被摘掉,没有了遮挡,阳光更加明亮,一直照射到客厅北面纵深处。此刻我就坐在满地的阳光中,将一些需要保留的小件物品,临时放置在几个大纸箱里,以备将来仔细整理。

　　眼前还在的每一样东西,我都说得出来历。阳台上的那一张沙滩小圆桌和两把椅子，是我在他们刚搬来时买的,至今完好无损。夏天之外的三个季节里,母亲都喜欢坐在这里,让透过落地玻璃的阳光烤暖后背。坐在这里望过去,靠着客厅北墙的那个三层的储物架,下面两层是铁丝网,最上一层是木板,是节俭的父亲从邻居搬家时不要的东西里捡回来的，平时总是放着木耳香菇、挂面杂粮之类。

这是一套复式的房子，我又来到二层。靠里面那间屋子里，放着一台老式缝纫机，是二十世纪七十年代的产物。当年在老家的一间狭窄的屋子里，还是中学生的我曾经趴在上面写过好几年作业。母亲手巧，擅长针线活，大到衣服小到鞋样，都做得很好。我还记得她做的一个绣花绷子，画面是鲜花和小鸟，格外好看，在墙上挂了很久。有了这台缝纫机，她更是如鱼得水，记得她的同事和邻居们经常找上门来求她帮忙裁缝，而全家人的衣服，很多也出自这台机器。

我要留下这台缝纫机，留住一种怀念。但更多的东西，却只能舍弃了。

缝纫机旁边，是一个很大的落地衣柜，里面摞放了很多被褥。我结婚时，按照家乡习俗，母亲给做了几铺几盖，用的是上好的棉絮，好不容易打听到县城里有认识的人开车进京办事，求人家给捎过来。几十年了，只用过一套，其他的一直四处找地方存放。但如今房子早晚都要出手，无论如何也得处置了。

我挑出两床被子留下，其他的打算放进小区里的旧衣捐物箱。没有人可送，送也没有人要，如今一点儿钱就能买到松软保暖而又容易收纳的被褥。留下来的我也不会盖，只是为了保留一份母爱的记忆。想起人和物皆将亡失，不免有些感伤。

但感到慰藉的是，毕竟还有不少器物会长久相伴，它们足以牢靠地守护住记忆中我与父母共同度过的日子。

房间里的多数家具，包括一层客厅沙发前的那一个茶几，此前已经被运到远郊的一所住处。我退休在即，期待已久的宁静生活日益眉目清晰。家具都是木质的，结实耐用，我舍不得扔掉，拉回原厂家翻新了一遍。那处房子客厅要狭小不少，这边客厅里的几件家具放进去，立刻显得拥挤了。父亲卧室的全部家具，则摆放在了我自己的卧室中，每件家具的摆放位置和朝向，和之前完全一样。

这样，未来的日子就不会完全新鲜和陌生。旧物在穿越时光时，也将往日的一些东西留存下来，仿佛一头从密林间飞驰而过的鹿，躯体上沾着蹭过的树枝的汁液。一些形象和气息，可见的和不可见的，都附着在这些器具的表面上,仿佛油漆的幽幽光亮,等待回忆的目光拂过。

除了定下那几样东西的去向,我今天的另一个收获,是从一些书页间、信封里、抽屉中垫底的画报纸下面,找出了父母的一些零散照片。我按照时间前后,将它们分别放入几个父母的相簿中,准备带到那个住所,放在书柜最下层的抽屉里。想他们的时候,就拿出一册来翻翻。

我会看到父母年轻时的模样,看到兄妹几人小时候依偎在他们身边,看到带他们去各地旅游,看到许多次的节日团聚,看到照片上有了更多的孙辈,看到他们越来越衰老疲惫……他们普通的一生,被浓缩在几本照片集里。

迟早有一天,这一套房屋将改换主人,在里面展开别人的生活。那时候,我会在一百公里外的远方,被熟悉的家具和器物环绕,沐浴着和煦温暖的阳光,而不时泛起的回忆,也会像一阵微风,吹掠过我的心间。

公园记

来到北京后,去的第一个公园是紫竹院公园。

那是四十年前,一九八〇年的九月上旬,入学后的第一个周末。从学校门口乘坐 332 路公交车,在白石桥站下车,走几步就到了公园的门口。同学们围成一圈,听班上的团支部书记介绍那次活动的具体安排。

那是第一次校园外的班级活动。

初秋时分,正是北京最好的季节,暑热已经稍稍减退,蓝天白云,阳光明亮,树叶熠熠闪光,清新得像被水洗过。

团支书是一位来自北京的女同学,端庄大方,一口好听的普通话,微笑着提示大家游园的注意事项,一点儿也没有我刚刚告别的家乡中学里的女同学们那种扭捏羞涩的样子,让我有一种新鲜的感觉。

类似的感受,其实这几天中已经反复出现过了。当时入学刚刚一周,除了住在同一宿舍的,大多数同学还叫不出彼此的名字。一帮十七八岁的少男少女,来自全国各地,在一个陌生的环境里开始了自己的新生活,看什么都新奇,兴奋活跃,还有几分懵懂。

那次班级活动也是如此。一进公园门就是大片的竹林,茂盛浓密,我还是头一次见到这种植物。往公园深处走去,小路曲折纵横,经过树林和小丘,长廊和亭台,眼前是一大片辽阔清澈的水面,微微泛着波浪,水岸边荷花绽放,远处湖面上小船摇晃……这些景观,是当时刚刚从小县城里走出来的我从来没有见过的。半天转下来,眼花缭乱,没有记住一处具体景点的名字,一路看到的那些风景画面,相互叠加起来,铺展开来,在脑海里交织成一大片跳荡的色彩,形成了一个鲜艳葱茏而又缤纷繁复的印象,让我眩晕。不久后,我有机会观看法国印象派画家的作品时,产生的也正是这样一种感受。

这种微醺般的情绪,还有另外一个更重要的来由。

那时一个人考取最高学府的荣耀感,在今天难以想象。当时还是计划经济时代,高考几乎是年轻学子拥有美好前景的仅有的可靠途径,因此竞争远比今天激烈。那些有幸考上的,都会被视作天之骄子。戴着白地儿红字的校徽,走在街上,迎面投来的都是极为羡慕的眼光。得意也好,虚荣心也好,对于当时还不满十七周岁的我来讲,这无疑是一种极大的满足。相信不少同学也和我一样,尽管努力装得若无其事,但时时会意识到左胸上方衣襟上那个长方形小铜牌的存在。

因此,今天回想起来,对于一九八〇年秋天的我来说,来到京城后第一次走进的那个公园,就仿佛是我彼时生命的一个隐喻,存放了快乐和满足、梦幻与向往等等,虽然那时自己还不能意识到。一个小地方的懵懂少年,因为幸运,一脚迈进了首都,进入了一种全新的生活,这种生活的魅力就像早晨天上的霞光一样闪耀。在那个秋天,他的生命刚刚绽放自己的春天。

那个年龄,正是最容易将可能性和事实混淆的年龄。我不知道也不曾想过,将来的生活会怎样展开,会是什么样的面貌,却深信一切都会十分美好,就像当时映入眼帘中的风景,阳光明亮,绿意葱茏,碧波荡漾。这种信念甚至不是一种意识，而只是一团感觉。

我当然更不会想到，将近四十年后，我会频繁地走向它，在它的林间和水畔徘徊，被它的气息环绕裹挟。它将成为我的人生后半场的一个主要的陪伴者和见证者。

想象从这个地方拉出一条线，向东南方向延伸，穿过众多的街衢巷弄，止歇于陶然亭公园。它是第二个给我深刻记忆的京城公园。

这段距离其实并不算长，十公里出头，但我的脚步到达那里时，已经是四年之后了。

毕业参加工作，单位的大楼是一座建于二十世纪五十年代的苏联风格的建筑，与对面的前门饭店、斜对面的工人俱乐部、东边的友谊医院（最早名为中苏友谊医院），成为一组风格相近的建筑群，在以平房为主的平民集聚区的南城，是一个特异的存在。站在单位六层的楼顶上，俯瞰远近广大区域内一片连绵的平房屋脊，喧嚣的市声仿佛尘土一样飘浮上来。

单位距公园不远，15路公交车坐两站就到它的正门东门，但我更喜欢步行。更多的时候是穿过纵横交织的小

258

胡同，从它的北门走进公园。这个过程持续了将近五年，一直到成家搬离集体宿舍。算起来，它应该是我去过次数最多的公园。那几年主要上夜班，晚上九点多钟开始工作，第二天凌晨一两点钟下班，白天有大量的时间可以自己支配。这种日子隐约有着某种虚幻的特质，连我自己有时都能感觉到，仿佛飘浮在这个城市的上空，与周遭的生活若即若离。

这样的状态，正适合在公园里置放和展开。

清代康熙年间，这里是南城外的郊野荒凉之处，一位朝廷官员在建于元代的慈悲庵旁，修建了一座亭子，命名为陶然亭，这源自白居易的一联诗句："更待菊黄家酿熟，共君一醉一陶然。"此后便成为文人墨客聚会之所，因而各种诗文题咏留下了很多，我曾经有意识地搜集过一些，记在小本子上。像这一副楹联，"烟藏古寺无人到，榻倚深堂有月来"，是光绪皇帝的老师翁同龢书写的，题写在陶然亭正面的抱柱上。还有几位不记得名字的诗人的和韵诗里的句子，如"萧萧芦荻四荒汀，寂寂城阙一古亭""斜日西风浅水汀，芦花如雪媚孤亭"等，很能渲染出一种孤寒荒僻的氛围。

到了民国时期，这里依然是外地来京文人们的必游之地。在俞平伯的名篇《陶然亭的雪》中，它还是那么荒凉，旷野之上，到处是累累的荒冢，被茫茫落雪覆盖。而郁达夫在《故都的秋》中谈到"陶然亭的芦花"时，是将其与"钓鱼台的柳影""西山的虫唱""玉泉的夜月""潭柘寺的钟声"相并称的。

当然，这都是过去的事情了。今天这里已经热闹异常，晨昏时分，周边许多居民来此运动健身。公园中亭子众多，山丘上、湖水边，走不多远就会遇到一座。记得当时一处名为"华夏名亭园"的园中园刚建成不久，它汇聚了全国各地的历史名亭，将其完全按照相同的样式和大小建造，有兰亭、沧浪亭、醉翁亭、独醒亭、浸月亭……在它们之间行走，我时常会感觉到自己遁入了时间的深处。

与那些亭子上的楹联所透露的萧散气息相比，镌刻在二十世纪三十年代的青年革命家高君宇墓碑上的文字，则完全是另一种精神气质。墓地位于将湖面分隔为东西两部分的湖心岛上，锦秋墩北麓的小松林旁侧。"我是宝剑，我是火花，我愿生如闪电之耀亮，我愿死如彗星之迅忽。"这一首他剖白心志的短诗，被石评梅刻在墓碑上，同时她也刻上了自己的心声："君宇！我无力挽住迅忽如彗星之生命,我只有所把剩下的泪流到你坟头,直到我不能来看你的时候。"因为悲伤过度,她不久后也撒手人寰,被安葬在高君宇墓旁。这一对恋人生前未能合卺,身后始得并葬。两座方锥形的大理石墓碑,紧紧相邻,仿佛两条伸出的手臂,向苍天昭告他们的爱情。这样纯粹的、贯穿生死的爱,正适合那个年龄对于爱情的理解,又因为每次去岛上都要从墓地旁走过,因而对这个地方的印象也最为深刻。

但对于我来说,最真切的撞击来自那些刻在墓碑上的语句,它们激烈而悲壮,仿佛具有超越死亡的力量。某个时候我想到,他们的事迹固然可以镌刻于青史,但倘若不曾留下这样的文字,很难想象会有现在这样感人至深的效果。与这一理解同步,让自己的生涯与文字建立起关联,是那个时候开始逐渐明晰起来的信念。

我记得很清楚,那一年的春末夏初,坐在西湖北岸、澄怀亭东侧的一条长椅上,头上是一棵枝条披拂摇曳的垂柳,我读完了当时出版的沈从文的全部作品。眼前湖水潋滟的波光,让我的思绪飘向湘西,飘向那一条流入洞庭湖的、"美得让人心痛"的千里沅江。那么多残酷而美丽的故事，发生在这条河流的水边和船上。正是从这里，少年行伍的作者开始用自己的眼睛观察和体味这个世界，阅读"人生"这部大书。

那个年龄有着不知餍足的好胃口，域外同样也进入了我的阅读视野。印象最深刻的是两位苏联作家的作品，帕乌斯托夫斯基的《金蔷薇》，还有布宁的《阿尔谢尼耶夫的一生》。这两部作品鲜明的感性风格启发了我，一向混沌粗糙的感受仿佛骤然间被磨亮了。在两个漫长的夏季，我仔细观察大自然的种种表现，涉及光和色、声音和气味，把感官能够触碰到的方方面面记在一个本子上，期望将来某一天以此为素材，写出一本书。《夏天的美丽》——我甚至连书名都想好了。

那时社会上已经开始了向市场经济的转型，周围一些机灵活泛的同事和朋友，开始议论下海之事，甚至有所行动。但一种自我封闭同时也是不切实际的禀性，却让我对这些视而不见，而沉湎于某些看起来虚无缥缈的事物自得其乐。对于这样的气质，在种种可能的诱因中，文学显然极具优势。

来去公园的路上，经常会从中央芭蕾舞团的门口走过。这座高雅艺术的最高殿堂，却是一座毫无艺术色彩的老旧楼房，矗立于一片杂乱的平房屋顶之上，让人不免有一种错位感。那些挺拔美丽的姑娘走过时，像一道阳光，瞬间照亮了逼仄暗淡的小巷，梦幻一般。在我那时的感知中，文学与生活的关系，就仿佛她们和这片街巷的关系一样。

玉渊潭公园有比陶然亭公园更为开阔的水面。

第一次来这里，是参加工作后不久。大学同宿舍的一位要好的同学，按照当时的政策，要被派遣参加单位讲师团赴山西吕梁一年。临行前相约来到这里，租了一条小船划向湖面深处，一边吃着面包、火腿肠，喝着北冰洋牌汽水，一边交流工作以来的感受，勾勒未来—— 一些今天看来充满理想主义色彩的梦想。事先向单位同事借了一台相机，拍照留念。照片上的自己清瘦黝黑，一头乱发，胡楂好几天没有刮了。

再次来到这里，已经是几年后了。那时我已经成家，住在西城区百万庄，妻子家提供的一间房子里。每天的生活轨迹,变为在城区西北与东南之间的往返。百万庄离玉渊潭公园不远,婚后头两年,没有拖累,时间充裕,因此每到周末,经常两个人结伴骑车来这里。

游泳是最主要的目的。这里水面阔大,没有障碍,吸引了众多野泳爱好者,一年四季都有他们的身影。和陶然亭公园一样,这里的湖面也被分作东西两部分。我通常是从东湖的北侧码头一带下水,每次游上大半个小时。有几次独自游到靠近湖中间的位置,平躺在水面上,肚皮被水草轻柔地摩挲着,十分惬意。四顾茫茫,空旷无际,感觉身体与水和天融为一体,整个城市似乎都变得遥远虚幻。也曾经到什刹海游过泳,但在那里显然没有这种感觉。坐在岸边石头上等待的妻子担心了,站起身来摇晃手臂,要我游回去,身影望上去缩小了许多倍。

后来有了女儿,再来这里时更多是带她玩耍,与水有关的活动也改为坐鸭子船了。去得最多的地方,是东湖南侧码头后面的坡地,那里有一个儿童游乐场。年龄相仿的年轻爸爸妈妈,领着孩子爬滑梯、骑木马、荡秋千,表情中混合了开心骄傲和担心牵挂。

在这里,我遇到了一位大学同学,另外一个系的,但有几门大课是一同上。一次坐在一起，交谈中得知彼此籍贯相邻，属同一地区，在那个渴望乡情慰藉的年龄，备感亲近，此后多次去对方宿舍聊天。毕业后头两年还时常通个电话，后来联系就少了。上一次见面，还是几年前在琉璃厂秋季古籍书市上，记得各自都抱着一摞民国版万有文库丛书的散册，有些已经卷曲缺损，散发出一股霉味。这个细节之所以记得清楚，是因为这正是他的专业范围，当时围绕这套丛书他说了很多，神情陶醉。如今在这个场合见面，当然是出乎意料，互相问问工作和生活情况，相约多联系，但此后再无消息。又是近三十年过去了，不知他近况如何？

我们彼此成为对方人生中的过客。青年时期的那一抹记忆，很快被新的经历覆盖，如此层层叠叠，几十年时光呼啸而过。曾经鲜明的画面渐渐模糊漫漶，甚至踪影全无。生命旅途中遭逢的绝大多数的人和事，其实都是如此。

这个地方又经常被称为八一湖。据说是因周边部队机关较多，二十世纪六十年代清理湖中淤泥，他们贡献巨大，使环境大为改善。当时受最高领袖畅游长江影响，部队经常在公园中最南边的那个湖上进行游泳训练，它因此被命名为八一湖。曾经读到过一本部队大院子弟们写的回忆文章的结集，好几个人都写到小时候在这里游泳、打群架、摸鱼捉虾的往事，如今他们中最小的也已经步入花甲之年了。他们时隔多年后走进公园，觉得既熟悉又陌生。时光缓慢而不动声色地改变了许多，这里添加一点儿，那里抹去一点儿。

从西三环路上的公园西门到西湖北岸，有一大片樱花园。二十世纪七十年代初，中日关系解冻，当时访华的日本首相田中角荣，向周恩来总理赠送了上千株樱花，其中不少就种植于此地。其后数十年间这里又陆续引进了二十多个品种，树木多达几千株，成为公园的特色和亮点。每年的三月底四月初，在春天明亮的阳光下，盛开的樱花闪耀着梦幻一般的光彩，如同晴雪浮云，轻盈而灿烂。树下是蜂拥而至的游客，摩肩接踵。

樱花绚丽，但花期短暂，旬日之间即告凋零。一个有心人望着樱花飘坠，也许会想到这些：乐极生悲；热闹的事物难以持久；美的极致总是邻近了毁灭；最炽热的爱让人窥见死亡的面容……天道与世情，物理和人心，原本相通相证。当然，赏花的人们大多数不会这样想，他们正忙着摆出各种拍照的姿态,表情夸张,笑声连连。天气已经有点儿热了,额头上很快就沁出了一些微汗。

这座公园也是有历史的。玉渊潭公园始建于辽金时代,是金中都城西北郊的游览胜地。《明一统志》这样记载:"玉渊潭在府西,元时郡人丁氏故池,柳堤环抱,景气萧爽,沙禽水鸟多翔集其间,为游赏佳丽之所。"数百年间,一代代的游客走过,然后消失。那么,如果依照博尔赫斯的观念,眼前这热闹非凡的景象,从本质上讲,也不过是同一幕场景的无数次再现之一,而今后这一过程也还将继续重复下去,无尽无休。

二十世纪九十年代中期之后,从公园中的任何地方向西面望去,都可以看到西三环旁边高耸的中央电视塔。它是整个西部城区的地标,也是当时北京城最高的建筑。清朗的日子,它投进湖水中的倒影,它后面更远处西山山脉灰黛色的影子,都在印证着这座城市雍容端庄的气质。

又过了十几年,北京地铁 9 号线开通,有一段就从东湖中间位置的地下穿过。单独地看,樱花、电视塔和地铁,这些数十年间次第出现的事物,当然都新奇且富于魅惑。

但如果把它们放置在广漠的时间背景上看，对于这座自辽金时代就蹲伏于此的园林来说，这些变化，也无非是加在一大幅画面上的一道线条、一笔晕染。

不算不知道，又有好几年没有走进这座公园了，虽然每天上下班都要驾车经过西三环，望得到通往八一湖的昆玉河的粼粼波光。我还可能再回到东湖游泳吗？

这好像不是问题，只要我愿意；也没有听说过那里近来严格禁游，但肯定不会与二十多年前一样了。不仅仅是哲学意义上的"人不能两次踏入同一条河流"，更主要的是心境不同了。当年，我很佩服一拨六十岁上下的老人，每次去游泳时都能看到他们，其言谈中有一种不服老的豪迈，而今天的我也很快就要到他们的年龄了。

我想象我可能遇到的情形——有一个年轻人，得意于自己充沛的体力，更为等待在前面的无限丰富的日子而隐隐激动。他用一种尊敬但略带怜悯的目光，看了正在做热身动作的我一会儿，然后转身跃入水中，向着湖心处游去。他的身体犁出了一道波浪。

十五年前，单位搬到了东北方向两公里外的地方，邻近著名的天坛公园，于是得以经常走进这座明清两朝的皇家园林。出单位门口，穿过马路，走上不到十分钟，就是公园的北门。

与前面几个公园相比，这座园林的功能决定了它的特殊气质和气势。进门后，沿着笔直的中线甬道向南边走，穿过或绕过北天门、皇乾殿、祈年殿、丹陛桥、成贞门、皇穹宇，一直走到圜丘坛。走过这段一千多米的漫长道路的时间，正是内心的敬畏感迅速产生和积聚的过程。这种效果，足以表明仪式的重要性。

祭祀皇天，祈祷五谷丰登，一代代专横暴戾的帝王只有在这里才稍稍显出些许谦卑虔诚。核心场所祈年殿、圜丘坛中的各种建筑，其数目都是九或九的倍数，象征着天的至大至高。世界上最大的祭天建筑群、世界文化遗产……这些桂冠不是轻易能够得到的。置身这样的地方，显然有助于获得对传统文化具体而形象的认识。千百年来，与这座园林密切相关的许多知识和规制，其实是或显或隐地作用于每一位国人的生活的。

这些感慨更多是属于昨天的功课了。许多年前，曾经有几次独自或者陪同外地亲友来公园游览，为了不虚此行，仔细阅读过有关资料。但今天与它做了邻居朝夕相对，心情就变了，懒得再去思考它承载的意义，而更愿意将其当成一个日常生活的巨大容器。

天至高至大，祭天的场所自然也不能狭小。整个公园面积广阔，将近三百万平方米。被南北轴线贯穿的建筑群落两侧，是一望无际的草木区域，规模之大让人惊叹。这么多年中，我每次来公园，都是进门后不久就拐向右边，沿着围墙内的第一条小路，走向西北园区的树林和草地。随着脚步迈动，游人越来越少，景观越来越清幽。

不像其他公园中的植物，一看就经过了人工规划，天坛公园的树木明显呈现出自然的样貌。它们连同其下的杂草，都按照各自的物性滋生蔓长，茂密或疏朗都是天然的姿态，让人不由得想到了在乡野的阡陌田垄间的所见。这并非园林工人失职，而依然与承袭了历史文化传统有关，有意识地让其自然生长。历史上的祭祀大多在郊野中进行，故而有"郊祀"之说。

公园中有众多古柏树，树龄超过两百年的就有两千五百多棵，都挂着标牌，标注着各自的年份。而总的植物种类，据说超过三百种。在这里，我开始学习辨识一些草木,并有了不菲的收获,能够部分地读懂一本基础的植物分类学书籍。以树木为例,侧柏、圆柏、水杉、油松、银杏、粗榧、胡桃、枫杨……这些树种与这块土地一样古老,让我想到《诗经》里的吟诵。它们属于大自然,但是当转化为文化的符码后,也是其中最具美感的部分。

作为一名有些资历的养猫者,我总是被栖息在这片区域里的流浪猫拖住脚步。这是一个数量庞大的群体,从品种到花色都称得上丰富。它们安心地享受着这一处皇家园林,不愁吃喝,总有游客给它们送来,更多的是住在附近的居民。它们大多胖胖的,多了一种慵懒闲适,少了一份对人的提防。猫也和人一样,你会看到各种的模样和性格。

一年年过去,这些猫不知已经换了多少拨。家猫可以活十几年,它们不能比,不过应该比别处无人喂食的流浪猫要好一些。时常会觉察到,某一只熟悉的猫某一天看不见了,此后就再无踪影。或许是去别处了,但也可能是死掉了。比较起来,植物界的夭亡最不引人注目。多少年来,这里的灌木、杂草连同它们的生长姿态,好像都是一个样子,没有丝毫变化,但实际上已然经历过多少轮的枯荣了。

其实，人间的消息也是如此，如果不是刻意关注，很可能觉察不到那个熟悉的舞台上，已经几度暗换幕布。单位工会一年会组织几次活动，大都是来公园竞走，距离不长，时间不限，只要走到终点，就会得到一件纪念品，譬如一条运动衫、一双旅游鞋，实际上是变相的福利发放。这种活动带有娱乐性，也是不同业务部门的人之间不多的交往场合之一。记得有两三次，我意识到某一个人好久没见了，一打听，原来被调到别的单位去了，或者已经退休几年了。

离开那些正在舔毛或者打盹儿的猫，往西走然后再向南折，就看见公园的西门了。出门右转，紧挨着的就是北京自然博物馆。陈列在里面的那些巨大的恐龙骨架和小巧的鸟类化石，动辄以数亿、数千万年为标记单位。面对它们，无形的时间骤然具有了沉甸甸的重量，意识也在一瞬间变得既尖锐又邈远。

不免又要胡思乱想了：按照这样的尺度，这座公园悠久的历史，也不过是时间长河中的一刹那罢了。越来越觉得，商周秦汉，这些望过去云雾缥缈的朝代，其实也并非十分遥远。就说商代，起始于公元前一千六百年，距今三千六百多年了。如果按照常见的说法,以三十年为一代,这段时间相当于人世的一百二十代。这样的数字真的会让人惊诧吗?这种念头有些荒唐,也许还可笑,但却无端地让我觉得受用。

因为史铁生的一篇《我与地坛》,地坛公园成为一处文学胜地,但我每次读它时,脑海中却总是固执地浮现出天坛公园的画面。也许他描写的那个地方的整体格局,树木和草地,光线与气味,与这里有不少相似处。史铁生曾经设想有一位园神,与每天坐在轮椅上的他对话,开导他。我不妨也借用一下这个想象:如果此地的上方也有一位神灵的话,在它的视野里,在这片广阔的园林中或走动或歇憩的人们,该和一群群的蚂蚁差不多,倏忽来去,不留下丝毫的痕迹。

我通常在午后造访,寻找一种放松的感觉。结束了上半天的工作,来这里随意地走上大半个小时,在树荫下的长椅上坐坐,比窝在办公室里的椅子上打盹儿效果更好。阳光和煦,微风轻拂,树木投下淡淡的影子。这幅景象正适合映衬当下的中年心情:哀乐难侵,波澜不惊,很少再有大悲大喜的感觉。

如果哪一天提前到上午，我会在走出公园后，来到对面的街上，找一家饭馆解决午餐。与御膳饭庄、便宜坊烤鸭店等高档次饭店隔不多远，就是经营炸酱面、包子、炒肝、卤煮火烧、白水羊头等民间小吃的馆子，二者无意中构成了这座皇城的一个隐喻：金碧辉煌的紫禁城周边，就是寻常百姓的穷街陋巷。贵胄和平民，当然差别巨大，但有时也就那么一点儿的距离。实际上，每当王朝覆灭时，都会有一些皇亲国戚流落民间，隐姓埋名地生活下去。王谢堂前、乌衣巷口，这样的东晋故事，数百年后在这座城市也曾一遍遍地上演。

世事浮沤，人生漂萍，在感知到幻灭的同时，内心深处却也品尝到了一种从容淡定。

与初次见面相隔将近四十年后，我开始频繁地走进紫竹院公园。

出小区门口，沿着昆玉河的支流双紫支渠，向东走到西三环辅路，跨过紫竹桥立交桥南边的那一架人行天桥，再向东不远，就是公园的西南门了。全程走下来一共十七八分钟。

十五年前，我就搬到了现在的住处，但这么多年中只来过寥寥几次。这两年有了充裕的时间，一个月中走进公园的次数，超过了过去十几年的总和。

这座公园，可以说是我京城生活的一个起点，一处生命梦想最初绽放的所在。四十年后，在接近退休年龄的时候，又回到了这里，首尾相衔，让我想到了一个圆环。这里是开始，但也很可能是结束——如果没有不可预期的事情发生。而我现在看不到这种迹象。

记得当年读美国作家厄普代克的小说，对其中的一句话大感惊愕：那些二十四五岁、生命中已经没有多少可能性的人。在我当时的观念里，这个年龄，生命的大幕才拉开不久，精彩还在后头呢。又过了多年，遭遇了一些坎坷蹭蹬，认识到许多乐观的期盼不过是一厢情愿时，回想起厄普代克的这句话，觉得理解了。是作家敏锐的洞察力，让他做出这样的判断。的确，年轻时固然可以描画关于未来的无穷想象，但真正能够实现的并没有多少。

阳光被树冠筛过后变得细碎，落在地面上，有轻微的晃动。新换的运动鞋透气性好，走起来轻便舒适。多少年不曾有这样酣畅的体验了——悠然、平静，没有牵挂，也无所羁绊。在卸除了职责、名分等一干事务后,生活原来可以这般惬意。除了家人,不再需要别人,也不再被别人需要,更不觉得需要被别人需要。

荷花渡、菡苕亭、青莲岛、斑竹麓、箫声醉月、澄碧山房……我开始熟悉并记住了一个个景点的名字和位置。公园大致还是当年的样子,一些建筑和设施的增加与更新,并未影响到整体的格局。

但外面的世界就截然不同了。公园正门外那条中关村南大街,当年叫作白颐路,因南北两端分别连接了白石桥和颐和园。路的两边有几排高大粗壮的钻天白杨,被一丛丛灌木间隔开,浓密的树荫将地面遮蔽得严严实实,颇有几分乡村道路的模样,下雨时走在下面也不会被淋湿。二十世纪末,道路进行了大规模改造,几排大树被砍伐殆尽,为一条宽阔的城市主干道提供空间。道路两边飞速矗立起连绵的楼群,彻底隔断了往昔的记忆。

那么,那些曾经存在过的事物,只能指望依稀留存于当事人内心了,譬如曾经一同在那个秋日踏进这座公园的同学们。和我一样,当时他们自然不会想到会有这样的变化,也无从预知自己生命未来的方向。那位团支书女同学,毕业几年后就出国了,现在的身份是加拿大联邦政府税务局的高级电脑专家。她每年都会回国探望父母,在京的同学们有时会借机见面——这也几乎是如今聚会的最主要的理由。这样的场合,每次谈话总是散漫随意的,但大致都会说到当年的校园往事,具体内容取决于餐桌上的某个随机的话题或疑问。她还会想起自己当年在公园门口,向陌生的新同学们所做的介绍吗?应该不会。记忆也是有选择的,在那些浩如烟海般的往事片断中,一个人只会记住些许对自己有意义的。

我走在湖边的小路上,努力把头脑放空。说不定在某个时刻,忽然间,会有某一件往事的影子浮现在脑海里,触动它的可能是映入眼帘的一个风景画面,飘进鼻孔的一种气味,树林深处练习声乐的人的一句歌声。在那个瞬间,过去和今天叠加在一起,带来一阵轻微的眩晕。

沿着湖边走路的人们,或顺或逆,有着各自的时针方向。有一天我忽然意识到,我的目光更多是投向那些迎面走来的年龄相仿的中年同性。这与在陶然亭公园时注目年轻女性,在玉渊潭公园时留意别人家的孩子,大不一样。目光在进行比较,心情也随之波动。有时得意,因为感到自己要比对方显得健康年轻；有时羡慕，因为对方的体魄活力明显超出自己。这让我越来越相信一个说法：我们的情感和思想，不过是身体状况的曲折表达。

第一次遭遇至亲的死亡，也与这里有关。那个春天的傍晚，我正行走在湖北岸，接到母亲带着哭声的电话，说正在看电视的父亲忽然不省人事。匆匆赶回家，叫了急救车送到医院，确诊是脑溢血，马上实施手术抢救。但终因卧床时间过久得了并发症，导致多个器官衰竭，在住院几十天后，父亲离开了人世。

父母在，人生尚有来处；父母去，人生只有归途。对这句话中沉痛悲凉的意味，我开始有了深切的体会。死亡是以最鲜明和最悖谬的面孔，显示时间的存在。于是自那以后，在公园中游憩时的感受中，又加入了新的成分，有了某种隐约的急迫感。仿佛一个贪吃的孩子，一边嘴里含着，一边数点兜里的糖果还剩多少块。

生老病死，成住坏空。最初，它是我们需要加以理解的事物，然后，它成为我们置身其间的日常状态，最后，我们又用自己的生命，完成一次对它们的阐释和印证，虽然并无新意，也没有人关注。

不过眼下更应该做的，还是仔细品赏一番眼前的秋色。又到了北京一年中最好的季节。我从公园西南门走进来，沿着湖南岸一直向东，经过拱形的梅桥，又顺着中山岛南边伸进水中的白色石桥，走到南小湖北侧，望着湖中间那个被高大纷披的树木和灌木丛遮掩的袖珍小岛。小岛周边的水面上，长满了荷花和睡莲，风景极为清幽。

一只鸭子带着一群毛茸茸的小鸭子——看上去不足一个月——在荷叶下穿梭觅食，这里看看，那里啄啄。有一只扑棱着翅膀，竟然跳到了一片低矮的荷叶上，弄得荷叶摇晃起来。下面是睡莲圆圆的叶子，密密麻麻地紧贴着水面，有成群的小鱼儿探出头来，唼喋有声，荡出微小的涟漪。

我盯着它们看，不觉忘记了时间。

小区记

一

二十世纪七十年代，这里还是四季青人民公社下面的一个村子。下过一场雨后，村里的土路变成了烂泥地，泥泞不堪，难以找到下脚的地方。旁边是几个猪圈，被雨水泡过后又经太阳暴晒，气味极其难闻。几个女孩子提起裤脚，小心翼翼地走着，一个人忽然发出一声尖厉的惊叫，众人闻声望去，看到她的小腿上有一条蚂蟥在蠕动。

这个场景是妻子讲给我的，她当时就是那些女中学生里的一员。那时学校组织来这里学农，几个班的学生一早排着长队打着旗子，从校门口出发，感觉走了很久才到达。城市被远远地抛在了身后，眼前是十分陌生的村庄和田野。当年她走过的这条路，我如今每天上下班都要开车经过，仪表盘上显示两地之间的距离是五公里，并不算很长，但那时她的日常活动范围不过是从家门到学校，自然会觉得遥远。但更主要的，还是在这段行程中经历了从城市到乡村的巨大变化，强化了心理上的距离感。

她再次来到这里时，差不多是在三十年后了。看着车窗外的景色，她的表情有些迷惘，仿佛在努力回忆着什么，接着是一迭声的感叹，说出了记忆里的画面。但对于初次来到此地的我来说，它与别的地方并没有任何不同，都是标准的现代化都市的景观。这种不同的反应，印证了今天人们常用的说法：没有对比就没有伤害。

这次探访的结果是，我们买下了位于这条街道旁边的一个新建小区里的房子。这是一个只有八栋楼的小型社区，其前身是一家电子仪表厂，搬迁到郊区后，开发商量体裁衣，在原址上建起了这些楼房。与不少动辄几十上百座楼宇的楼盘相比，它实在是太小了。

但比起某些大而无当、甚至内部都开设公交线的巨无霸式住宅区，我更喜欢这种比较小型的规模。走在里面，有一种诸事可以被把握、掌控的感觉，而不会被那种茫然感、压迫感吞噬。正是因为小，我很快就熟悉了小区及其周边环境。住在一栋楼房二十层的高处，俯瞰周边，街衢楼宇一览无余。超市、饭馆、银行、车站、药店、花店、蛋糕店、咖啡馆、洗车店、美容店、健身房、社区卫生站、三甲医院……这些被列为现代化城市的标准配置的场所，基于某种以需求关系为依据的秩序分布排列，鳞次栉比，掩映在纵横交织的街巷之间。

在这些平淡无奇的寻常都市景观中，有几处相对比较有特色的资源，让小区拥有了一些属于自己的特色。

小区中有一片古松林，里面生长着上百株松树，据说树龄最长的几棵可以追溯到清代末年。松林周遭的空地上安装了一些健身设施，成了老人们的活动天地。从春天到秋天，这里都很热闹，到了冬季，则是一片空寂寥落，松树的墨绿色枝叶在凛冽的北风中摇动，发出瑟瑟的声音。

在一座巨型都市里，住所倘若能够邻近一处水体，无疑会给自身添加不少分数。小区就拥有一份难得的幸运。小区外面，隔着一道铁围栏，是一条勉强容得下两辆汽车相向开过的马路；路的外侧有一条小河沟，是京密引水渠的一道支渠，能将渠水输送到两三公里外的紫竹院公园里。河两岸的斜坡上，错杂栽种着紫薇、丁香、忍冬等灌木，其下则是玉簪、鸢尾、萱草等宿根类草本植物。它们的花朵衬托着水面上的鲜艳荷花，以及在水流冲击下轻轻摇曳的碧绿水草，给这一带的环境增添了不少灵气。这样的周边环境，无疑是一个亮点，因此在二手房网站上，小区连同相邻几个楼盘的房子，都被冠以"水景房"的标签。

住到这里，不觉将近二十年了。在时间的缓慢流逝中，小区自然也经历了一些变化。

一个住得足够长久的人，才会留意到并依稀记住这些变化，因为它们太平常也太细微，不足以吸引注意力。住进来不久，小区中心花园里原本光亮可鉴的瓷砖地面就被挖开了，换成了地砖，因下雨天湿滑难行，有老人摔倒骨折了。花园草坪上的灌木，多年来种类更换了不少。售卖过滤水的净水机，好几次变换摆放的位置。不知从什么时候开始，松树林旁边设置了一个旧衣物回收箱，我前后投进去了很多件不会再穿的衣服。靠近小区正门的一座楼的栅栏外面，曾经有一个室内游泳馆，常看到年轻姑娘三五结伴走出来，长发湿漉漉的，近年却改建成了羽毛球馆。

家里养了猫,妻子爱屋及乌,散步时总会留意院里流浪猫的行踪。她的爱心抑制不住地泛滥,先后用泡沫箱子自制过多个猫窝,放在它们经常出没的地方,比如紧挨着围墙的大树树根下,或者楼房避风的拐角处,散步时她不忘抓上一把猫粮撒在旁边。当然,这些猫历经不断地生灭繁衍,早已不是最初看到的那些了。

每次亲戚朋友开车来,找地方停车都要费半天周折。刚搬来时,因为入住人家尚少,小区停车位还能买到。由于当时买房子把积蓄都投进去了,且在小区外路边停车还比较容易,便没有买车位。但这种情况只持续了一两年。不久下班后,找到停车位变得很困难,而小区地下停车位价格一路飙升,从当时的十万元,逐渐涨到今天的一百多万元。后悔没用,只能怪自己缺乏最基本的远见:因为邻近河流,小区地下车库只允许建一层,相当于每两家才有一个车位。

我住的这栋楼对面,五六十米之外,是国家某部委的一栋家属楼。刚住进来时,位于长安街上的该部委的办公楼做装修,这里便成了临时办公地点,差不多有两年的时间,夜里整座楼房灯火通明,房间里人影晃动,直到深夜。

办公楼修缮完工后，这座楼房成为该部委局级干部的住宅楼。

十几年前，谷歌地图软件刚推出的时候，我把它下载到电脑桌面上。随着鼠标不断地被点击，指针后面的界面飞速地移动，一连串地旋转扩大，剥茧抽丝般层层绽开，终于找到了小区的位置。显然是卫星在一个晴朗的日子拍的，俯瞰中只能看到长方形的楼顶，更多的是楼房投下大片的阴影，花园草坪等原本空旷的地方，都被阴影淹没了，像是浸泡在水里的感觉。

又是十多年过去了，小区的设施开始老化。有的楼房墙面上的瓷砖剥落了，地下冷热水管道经常破裂，下雨时地下车库墙角处渗水。业主微信群里，物业发送的停水停电维修通知明显多了起来。时常有住户抱怨家里的墙壁泛黄，卫生间下水道不通畅，窗子关不严漏雨等；有些人家重新装修了房子。

这一类情况从来不曾让我感到困扰，更想不到抱怨。这些变化，其实和一个年轻的人逐渐走向衰老一样自然，你不能指望他总是青春洋溢，她始终笑靥如花。我宁愿着眼于那些让人心旷神怡的变化，一些流行词汇中被称为

"小确幸"的东西——虽然细微琐碎,但的确能够给人带来一点儿真切的欢悦。像楼下草坪上那几株新栽种的日本红枫,低矮而优美的树形、紫红色的锯齿状叶子,给周边浓郁的绿色衬托得格外好看;像中心花园里作为水景小品修建的那一道浅沟,在干涸多年后引入了活水,有一些鱼儿来回游动,吸引了还未上幼儿园的孩子们蹲在水边观看欢呼,伸出小手去捞,旁边的家长小心地看护着。

因为相处日久,不觉也对一些寻常景观投注了感情。单元门口前面十多米外的那棵桑树,从当年的一株小树苗,长到了如今十几米高,树干粗壮,树冠巨大,遮盖了很大一片地面。桑葚成熟时,有很多鸟儿啄食,果实落在地面上,被脚踩过,石板小径都被染成了紫色。从树下走过时,我经常感受到一种隐秘的愉快,它让我想到了自己在乡间度过的贫穷而温馨的童年。

那样的日子已经十分遥远,就像在北京中心城区长大的妻子,回忆起当年来到还是一片农田的这里。

二

当然,小区的主体和灵魂还是人,形形色色的住户构成了真实的小区生活。

仔细观察过蜂巢的人,想来会认同这一种比喻:以密集的高层住宅楼为主体的现代城市小区,很像是众多蜂巢的聚合体。在想象中让身体飞升到足够高的空中,俯瞰下方,会看到一幢幢楼房的一个个单元门口,有人走进或走出,就像是一个个微小的颗粒在慢慢移动,就像是一只只蜂在蜂巢旁飞翔盘旋。这样的移动永无停歇,看似杂乱无章,实际上有着各自的动机,朝着各自的目标。

存在决定意识。楼房这种空间样式,制约了居住者的生活范围和姿态,体现在人际交往上,便是一种疏离感,咫尺天涯的比况,说的正是这般情形。邻居见面时,秉持的是一种相同的尺度,彼此客气礼貌,但隔膜淡漠,蜻蜓点水一般。在各自的眼中,对方都是清晰而神秘的。

我住的楼房单元是一层三户。对门住着的夫妇,看上去比我们大几岁。男的一副憨厚模样,见面打招呼时笑得眼睛眯成一条缝;女人则总是低眉顺眼。这么多年,上下楼乘电梯，到楼梯口倒垃圾，见面次数不算少，却不知道对方的职业，也不想去打听，对方想必也是如此。有一次隔了很长时间才见面，得知他们为带孙子，去国外住了大半年。儿子读完研究生留在国外工作并成家，儿媳家也是北京的，亲家夫妇要过去替班了。这是多年来最有内容的一次对话。

而旁边的那一户，十几年中房子一直空置，我们得以长久地享受一份清静。中间只有短暂的几个月，房子被出租给了附近一家国营设计院，住进去几个新近参加工作的女大学生。早上出门时，好几次碰上她们也去上班，行色匆忙。这些走出校园不久的姑娘，神情姿态中还带着一些学生模样，一边睡眼惺忪地等电梯，一边从包里掏出小镜子匆匆补妆。

除此之外，这个单元里给我留下印象的就只有寥寥几家了。

下面一层的对门人家，有一个男孩儿，和我女儿同一年级，上的是附近的另一所中学。晚上散步有时会碰到他的父母，双方交流一些孩子学习的情况。男孩子个子高大，青春发育期的脸上长了不少粉刺，礼貌而拘谨，每次见面都毕恭毕敬地喊一声"叔叔阿姨好"。

中间位置的某一楼层，住了一对年轻夫妇。女方的父母从外地赶来帮着带孩子，母亲每天忙个不停，父亲则喜欢在院子里到处闲逛，见人主动打招呼，一脸逢迎讨好的笑容。后来他开始每天逐层从垃圾桶拣东西，将拣出来的旧报纸杂志纸箱等叠放捆绑好，用自行车拉到外面的一个废品收购站。有一次我看见他女儿制止和抱怨他，他的表情也有几分讪讪地，但过了些日子又重操旧业。大半年后老两口儿不见了，该是回了老家，不久后小夫妻也搬走了。小区尽是这一类有始无终的消息，没有人想去关心。

谈得上印象深刻的是一个老妇人，因为见面次数最多。开头几年，她总是和丈夫一同下楼，丈夫高大魁梧，腰板挺直，沉默寡言，手里牵着一只总是试图挣脱的小狗。每次走进电梯时，如果电梯里有人，他马上用一种抱歉的口气说"它不咬人"。后来丈夫去世，变成了老太太每天牵绳遛狗，经常被拼命奔跑的狗拽得脚步踉跄。再后来狗也没有了，只剩下她一个人。这些变化发生在多少年中？想起来，才意识到实在是一段不短的时间。

老妇人气质高雅，身材消瘦，脸上轮廓分明，一头白发自然卷曲,年轻时肯定是出众的美人,岁月流逝仍然无法完全磨蚀掉当年的魅力。她的口音是江浙一带的,我总猜测她是上海人,是租界洋房里长大的大家闺秀。她每天上下午都会出现在院子里,穿着整齐,总是斜挎着一个精致的小皮包,仿佛要参加一场聚会。其实她的活动半径从来都在小区中心花园附近,旁边孩子们在荡秋千滑滑梯,笑声喧哗。她从来都是一个人,安静地走路或者坐着,没有阿姨或别人陪伴,也没有见过和别人交谈。这种情况持续了大约有七八年,但最近我在外面住了半年后回来,十几天里再没有看见她。

刚搬进小区不久,妻子发现,她所在行业系统的一位级别不低的领导,也住在小区的一栋楼中。夫妇两人总是一同散步,妻子紧紧贴着丈夫,小鸟依人。有一次迎面碰到,妻子主动打招呼,说起当年曾经一同举办过某个活动,对方记起来了,很高兴的样子,并回忆起活动的有关情况。以后每次见面都点点头,微笑而过。但这样的交谈,却是多年中唯一的一次。

散步时经常遇见的,还有一个女人。她看上去三十出头的年纪,中等身高,齐耳的短发,圆圆的脸上总有一种怕羞的表情,像是电影里的旧时的日本女人。小区里的散步路只有一条,她走的是相反的方向,因此每一次都会迎面遇上几回,每当走近时,她便垂下眼睛,步伐似乎也加快了。时间久了, 知道她住在对面楼里最西头的那个单元。就这样过去了好几年,彼此间依然形同路人。她从来都是独自走路,不曾看到过身边有男人。一年年过去,她饱满紧绷的脸庞也渐渐变得有几分松弛了。有一段时间不见,再次见到时是在一个周末的中午,她正抱着一个婴孩在花园里晒太阳。这有些出乎意料,自然让我们猜测,有什么可能性发生在了她的生命中。

但有些情形是清晰昭然的,并不需要借助想象。靠近小区门口的那幢楼里住着一个侏儒,有很多次,车子驶出地库开到地面上时,看到他斜挎着一个背包向门口走,两只脚捯得很快,妻子说有一次去附近的一家餐馆,看到他正在厨房里洗菜。有一次他病了,坐在轮椅里,被一个老妇人推着在小区里走,头深深地埋在膝盖上,走到我前面时,车轮恰巧碾上了一块翘起的砖,颠簸了一下,他抬起了头,满脸的颓丧绝望。

这个世界的残酷和不公,落到某一个人头上时,并没有道理可讲。

相对熟悉一些的，是小区物业公司的工作人员。年轻的楼长定时上门查抄水表数，催缴物业费、供暖费等。从开始的淳朴土气，渐渐变得精明沉稳，也将妻子从西北老家接来了，在旁边超市当收银员，短短几年中有了两个孩子。借工作之便，他帮人办理房子和停车位的出租和出售，收取些中介费。一个收废品的河南人，干了也有十几年了，我有几种订阅和赠送的报纸，每过两个月都要清理一次卖给他。随着网购的普及化，近几年见面最多的则是快递员，我选定了一个老乡，每次都下单给他，他也尽量给我优惠一两元快递费。他十分勤快，每天多次地进出小区，上楼下楼，几年如一日。打工挣钱吃饭之外，他会有某种程度的融入之感吗？

旁边单元里住着一对老夫妇，平时由一个四川籍阿姨小李看护。周末老人的儿女过来时，小李就在小区人家中做些小时工一类的零活。她与我们同岁，性格开朗，十分爱交流，彼此很快就熟悉了。那家的老人是延安时期的老干部，将近一百岁了，老伴也快九十岁了。她照看他们已经二十几年，说起老人的高工资时啧啧不已，又感叹老人几个儿女生活都过得乱七八糟,没一人有出息,反而还要老人接济他们。老话不是说龙生龙凤生凤吗?这些孩子们怎么这么不争气?

我们出去旅游时,便把家里钥匙交给小李,请她给几只猫喂食铲屎。她的女儿从北京一所有名的大学毕业后,回到成都工作。其实当年留京还是比较容易的,但她女儿不听劝,执意要回去。几年间,从她的口中,我们知道她女儿谈恋爱了,结婚了,生孩子了,又离婚了,自己带着孩子。最后她以一句感叹结束:"儿大不由娘,自己的日子自己过,自己的路自己走,随她去吧!"

她用最朴素和通俗的话,揭示出了一个真相:每个人终究是孤独的。独自地选择和安排自己的生活,独自面对生和死,与他人之间有一道看不见的阻隔,哪怕是至爱亲朋。

亲人尚且如此,何况并没有什么交集的邻居。仅仅是居住空间上的相近,并不足以产生出实质性的联系。我与租给我车位的邻居就是这样的关系。将近二十年了,每一年年底,我与这位邻居结一次账,将租车位费通过手机转给他,连见面都不用,虽然他就住在我楼上一层,夏天开着窗子能听到房间里的说话声。

小区里的日子在平静庸常中流逝，仿佛波澜不生的流水。但几百个家庭，上千个生命，晨昏昼夜，起居行止，饮食男女，欢喜忧愁，一定有很多故事，在不曾停歇的梦想和追逐中萌生发育，绽放或者凋萎。

也许是年轻时曾经深度沉浸的诗的情绪尚有一些残留，我对身边的一些人，有时仍然会产生某种好奇，想象他或她的生活，快乐和哀痛，梦想之所附着，忧虑之所系挂。尤其是在夜晚，当浓稠的夜色模糊了万物的形体，现实性和真切感减弱遁隐，眺望远处那些亮灯的屋子中影影绰绰的人影，仿佛观看一部默片，时或会陷入某些缥缈的想象中。一种轻微的眩晕袭来，类似伏在悬崖边上下瞰深渊。

那些年中有一首歌曲《时间飞了》，大部分歌词都忘记了，但对那几句被反复吟唱的，所谓的副歌部分，还能记得清楚："时间飞了，时间飞了，飞的是你的梦想，变的是模样。"

梦想是属于个人的，是私密的，躲在面孔帷幕的背后，藏在内心沟壑的深处，在属于各自的轨道中，依着不同的节奏步调运行,他人难以窥知。与之相比,那些具有物质形态的东西,显然更容易把握一些。光阴流转,居住在小区的每个人的模样,也和小区的外观一样,都在时间中慢慢变化。年轻的变老,活力充沛变为日渐衰弱,遵循着万物都要依从的亘古的规律。

小区是空间的容器,却盛满了时间。

三

当初卖掉南城的房子搬来这里,是为了女儿上初中。虽然是首善之都,但这个城市的教育资源分布并不均衡。这一带周边有不少不错的中小学校,附近的几个新建楼盘,便被开发商打上了"学区房"的标签,吸引了不少家长来置业安家。

对于那一时段生活的回忆,是一幅杂乱零碎的拼接画面。女儿每天早上吃过早饭,匆匆下楼,骑着自行车到三公里外的学校上学。而我们大约晚半个小时出门,直接下地库开车上班。周末通常是各种校外补习班,以及轮流到两边父母家探望聚餐等。四年后,读完高中一年级的女儿出国留学。

　　此后长达十多年的时间，有关她的回忆，便集中于各个假期，有漫长的暑假，也有短暂的圣诞节假日。画面中总有她住的那间屋子，多数日子里都凌乱不堪，书桌上、沙发上、床上，随意地堆放着书籍、CD唱片、化妆品、挎包和衣服等。最整洁的时候，是在她每次回国的当天。头一天晚上，我们会花上两三个小时，把房间收拾齐整，玻璃窗光亮可鉴，地面一尘不染，在惬意的疲惫中上床休息，期待着第二天的降临。

　　如今，这些场景有时还会出现在深夜的梦境里，零碎片断，似真似幻。也许随着岁月流逝，女儿的气息会越来越微弱稀薄，梦里浮现的情景将会更为模糊。对我们来说，是希望这样，还是不愿如此？

　　不久前，我梦见了父亲，梦中场景是在小区里的净水机旁。我看到他正在打水，身影伛偻，神情落寞。我内心忽然涌起一种强烈的感情，快步走过去，伸出双臂搂紧他，手掌抚着他瘦骨嶙峋的背部的触觉特别清晰，心中弥漫着温暖的感觉。我醒来了，睁开眼，天花板在浓稠的夜色中泛着微弱的白光。我反复回味着梦中的场景。那时父亲去世已经四年了。

父母也在这个小区住了十年，与我同一栋楼，相邻的单元。每当想到这一种难得的经历，我都会感到欣慰。他们的晚年生活平静单调，甚至可以说很乏味，但在今天的回忆中，却总是被一道温馨的光亮笼罩着。

女儿留学期间，每一次假期回国，独自在家的日子里，母亲都要变着花样，给孙女做各种好吃的。每天临近中午，她都走过来敲门，或者打来电话，招呼孙女去吃饭。女儿尽管有时内心不大情愿，但还是会过去，因此母亲在和院里相熟的老太太们聊天时，多次夸孙女乖，懂事，听话，不像有的人家的孩子那么叛逆。

父亲离世后，一向开朗幽默的母亲郁郁寡欢，沉默少言，好像变了一个人。弟弟接她去自己住的城市散心，有在那里为她养老送终的打算，但住了半年后，她表示不习惯陌生寂寞的新环境，还是愿意回到住过多年的小区。从高铁站接母亲回来的路上，车子在拥挤的车流中慢慢挪移，我暗暗地下了决心，要好好地照顾母亲，让她可以数得出日子的余生尽可能过得愉快。

但命运喜欢不按常理出牌的游戏。仅仅几天之后，请来照顾母亲的保姆刚从内蒙古赶到，送母亲回来的弟弟还未及返回，我就得知了女儿身患绝症的噩耗。晴天霹雳一般，命运不可理喻的叵测和残忍让我惊骇不已。此后一年多，我仿佛生活在地狱中一样。

十几个月中，女儿先后几次手术，辗转于医院和家里之间。精神和体力都变得衰颓的母亲，已经不再主动过来我这边，我也不用担心她看见孙女瘫痪在床。我努力像往常一样，每个周末过去陪她吃一顿饭，同时一次次编造借口，解释以往都是一同过来的妻子为什么今天没有露面——她前后几次在十多公里外的医院病房里陪床，最长的一次近两个月。母亲不说话，我不知道她在想什么。

如今，在已经过去了两年多之后，回想起这一切，我仍然如鲠在喉，无法释怀。

母亲去世整整两个月后之后女儿也告别了人世。来路和去处，从此都成为一片虚空渺茫。

一年多的焦虑和期待骤然间消失，仿佛一个大步疾跑的人，突然停住了脚步。有一段时间，我像是梦游一般，身心被一种漂浮失重的感觉裹挟，空虚茫然，感觉接触到的一切似乎都不真实。

有一天黎明前就醒来了,再也睡不着,便出门下楼,走进那片古松林中,在一排长椅上坐下。过去多年中,差不多每天都从古松林旁边经过,但几乎没有进来过。

时间还早,眼前空旷无人。一幕幕情景在脑海中浮现。多年里,在春夏秋三个季节里的早晨,母亲都会来这里,做操,舞剑,练太极拳,再与认识的人聊上一会儿天。女儿生病期间,我去超市购买消耗量很大的各种物品,必须经过古松林旁边的那条路。松林被一圈铁栅栏围着,上面爬满了藤蔓,我躲在茂密的枝叶后面,做贼般地快速溜过,怕被母亲看见。但后来我意识到过虑了。母亲姿态木然地坐在轮椅里,那时她已经走路费力了。她并不朝这边扭头,和其他老人也很少交谈,倒是旁边的保姆在欢快地与别人家的阿姨聊天。小区的净水机也放置在距古松林不远处,父亲发病的当天早晨,他还拉着小车前来打水。

如今这一切都已消失,成为过去。如果我不记得,还能有谁记得?如果我忘记了,是否意味着不曾存在过?

椅子被露水打湿了,我这才留意到脚下的一丛开着紫色花朵的鼠尾草上缀满了露珠。"野每春其必华,草无朝而遗露。"眼前的情景,让我想到了西晋陆机的《叹逝赋》里的句子。当年醉心古典文学，这是我格外喜欢的一篇。这句话之前还有几句，我仍然背诵得出："悲夫！川阅水而成川，水滔滔而日度。世阅人而为世，人冉冉而行暮。人何世而弗新，世何人之能故。"如今遭遇这样的变故，才认识到当年读到它时的感伤怅惘之感，不过是青春期症候的表现，有一种"为赋新词强说愁"般的矫情造作。

天色明亮了，开始有老人陆续走进古松林，一边抻腰举臂，一边带着几分诧异地看着我。在这个时间，一个看上去还在上班年纪的人在这里呆坐，是有些不对头的地方。我只好起身离开，回到房间，回到又一轮煎熬之中。

我们把女儿治疗期间的器具物品处理掉，把未用完的药品赠送给微信群里的病友，似乎这样可以抹去一些伤痛的痕迹。过去多年中，电视机只是摆设，几乎不看，如今想打开时，才发现它已经老旧过时，无法收到信号。于是新买了一台智能电视机，虽然仍然不看，却经常开着，将声音放大，借以驱散房间中给人带来压迫感的空寂，也让自己有一种与生活连接的感觉。

有一天，电视的音乐频道在播放一首汪峰演唱的歌曲《时光倒流》。歌词交织了沉痛和期待。

只因为你已不再这里，

这思念让我心动。

我想哭，却流不出眼泪，

我想喊，却发不出声音。

我愿意，抛弃我的所有，

如果能，时光倒流。

女儿，我们也愿意时光倒流，流回到你生病之前。那时候的任何一段时间，从牙牙学语到蹒跚学步，从青春期脸颊上的婴儿肥到一头秀发飘逸飞扬，如今想来，都是天堂里的光景，祥光笼罩，仙乐飘飘。我们多想往事重现，那时的每一个瞬间，都会让我们欢喜，因欢喜而晕眩。

但仅仅时光倒流，还不是目的。时间的特性是无法停滞驻留，它会继续前行。必须是倒流到某一个时间节点，然后再更换行进的方向，这样，后面的一切才会不同。就像一位旅行者，回到几天前行经的一个交叉路口处站定，选择了一条与此前不同的路走下去，此后面前呈现的便是截然不同的风景。对我们来说，那个时间节点，要在听闻噩耗的那个日子之前,不,要在你的大脑里那一团细胞发生最初的恶性变异之前。

如果能够这样,我们愿意付出一切。但这怎么可能?

四

母亲和女儿离去两年多了。

我也已退休,踏上生命最末一段行程。为了让余生尽可能过得清静适意, 便在一百公里外的一个山水相连的地方,购买了一处住房。大部分时间我都住在那边,城里的房子反而成了客栈, 有需要处理的事情才回来住上一两天,而这样的事情并不多。

每次回到小区,都要打扫一次室内卫生,擦拭掉家具表面的浮尘, 在摆在钢琴台面上的女儿照片前的小碟子里,放上几个水果、几块糕点;然后去小区旁边的超市,买上够停留期间吃的食品,放进空荡荡的冰箱。

旁边紧邻的那间房子,在空置了多年后,终于住进了一对年轻的新婚夫妇。此前的装修,前后折腾了两年,装了拆拆了装,扔掉的废弃建材很高档,看来户主是有钱人家。我只看到过一次小夫妻的背影，倒是他们每次从门口经过时，脚步声经常引得屋里一只警觉的小狗吠叫不停。有一次他们家里来了不少人聚会，笑声歌声喊叫声一直闹腾到深夜。第二天一早出门时，看到楼梯口的垃圾桶里塞满了空酒瓶。

下面那一层楼的男孩儿去外地读了大学，毕业后又去国外读研，回国后在一家高科技公司工作。他的父母将房子让给儿子结婚住，自己搬去了在郊区新买的房子，周末才回来看看。男孩儿看来热衷健身，肌肉发达，见面问候还是那样彬彬有礼，但性格开朗了很多。有一次在电梯里碰见他的父母，对方问起我女儿情况：已经毕业了吧？找到工作没有？回不回国？我们含糊地应付了过去。

每次回来，我都会到旁边父母住过的空房子看看。

房子是弟弟当年买下来给父母住的，如今已经委托给房产中介公司挂牌出售。上门看的人不少，但真正有意向的不多，因此不着急完全腾空，一些物品就放置在原来的地方。好几本家庭相册，就一直放在书柜底层的抽屉里，我有一天过去时，集中翻阅了一次。几十年的记忆，浓缩在这些照片里，随着手指翻动，光阴飞速掠过。有一些照片,父母的年龄比我现在还要年轻,神采奕奕,目光明亮。

一张父母和女儿合影的五寸照片,被嵌在一个小相框中,放在书柜的最高处。照片里的祖孙三人,笑容欢畅,喜气洋洋。那是女儿出国几年后一次暑假回家时拍的,我去照相馆洗印出来。当时母亲将相框里原来的照片取出,把这张放进去,说这回总算能够天天看见孙女了。现在,祖孙三人已经在另一个地方相聚,再也不会分离。

因为屋子长久不住人,一些地方开始损坏。母亲的房间里,窗帘杆下面,窗框的顶端,有一截木板松散垂落了下来,悬吊在窗玻璃上。客厅阳台一扇窗子关不严实了,一次下暴雨,斜风将雨水从缝隙里吹灌进来,将木地板泡了,好几处地面翘起。我只做了些简单的修补处理,房子售出后,新主人肯定会重新装修。

如果停留的时间更长一些,我会到院子里走上一圈。

小区依然很热闹,总是有人在走动,但许多不是当年的人。一些人搬走了,新搬来的陌生面孔,以四十岁上下的人居多,大多数应该是中小学生的父母,给买这里的房子赋予了一种为子女未来投资的意味。想到了古希腊哲学家赫拉克利特的说法:一个人不能两次踏进同一条河流。河流依旧，但河床里流淌的已经是不同的水流。

有一次，很意外地遇见了照顾母亲近一年的保姆。她在辗转服务了周边小区的几户人家后，不久前又回到了这里，照护当年常与母亲在一起聊天的一位老人，她如今半身不遂了。我这才意识到，已经好久没有看到那位看上去很健壮的阿姨。走在院子里，与父母当年在一起活动的老人更少了，这不奇怪，毕竟时间过去了两年多。同样的时间，对老人意味着更多也更明显的变化。

有一天去外面办事刚回到家，有人敲门，是四川阿姨小李。她说："好久不见你们了，不晓得你们去哪里了，刚才在院子里看见背影，赶紧来打个招呼。"她照护的老干部，在过完百岁生日后不久去世了，两年后对方老伴也离去了。因为勤快能干，她被住在小区的一个公司老总看上了，请她去几公里外的公司打扫卫生。她说老总人很好，事情不多，给的工资不低，还给她租了一间房子住。她说："有事就随时招呼我哦，我抽空回来，路也不远，骑车一会儿就到了。"

一些熟悉的面孔，也在发生细微的变化。有一天傍晚走出小区门，正赶上小学放学的时间，几个家长牵着孩子迎面走来。其中有一位，正是多年前晚上散步时总迎面遇上的女人。她身边的男孩儿模样清秀乖巧，快到她的肩膀高了。女人的神态平静惬意，目光很坦然地直视前方，全然不见当年的那种羞涩躲闪。仿佛一具熟悉的躯体内，住进了一个全新的灵魂。

有一次回去，车开到小区入口处，新来的门卫没有像惯常那样给车抬杆，而是走上前来，问我去几号楼。显然，他把我当成了小区的访客。

忽然想到，若干年后，自己会不会也成为某个小区居民记忆中的一个瞬间，就像父母的身影时常闪现在我的脑海中一样？但很快沮丧地觉得不可能，没有人会在意我，这里已经没有我挚爱的亲人了。能够被人牵挂也需要资格。

女儿离去后，我们接连出去旅行了几次，想让大自然的阳光和风，驱散内心浓重的雾霾。第一次动身前，妻子将存款理财的凭单整理好存进保险箱，连同密码等一并写下来，交代给住得不远的外甥。我们彼此提醒，要预备接受一切突如其来的事情，包括意外和变故。不再相信某种所谓补偿之说，诸如已经遭遇过苦难，将来会获得救免。经历和见闻告诉我们，相比锦上添花，更常见的倒是雪上加霜。

不再规划长远的目标，做安排只限于眼前的范围，因为知道命途中有着太多的不可预测。但另一方面，对过去经常疏忽的细节却开始留意，像走路避开房檐，担心被高空坠物砸到，哪怕外出几天，也要把煤气阀门关上。这是大苦难派生出的小识见，知道了生命脆弱，意外随时可能降临。

当身如转蓬漂萍，穿行于一处处不同的地域空间，出入于一座座旅馆酒店的陌生房间时，偶或也会想到小区里的家，那个已经住了二十年的地方，此刻会是一片静寂，阒无声息。忽然觉得它也像是一间熟悉的客房，在曾经热闹喧哗后，迎来了长久空置的孤寂。

"夫天地者，万物之逆旅也。光阴者，百代之过客也。"李白在《春夜宴桃李园序》中，将天地自然比拟成一座大旅馆。的确，对于短暂的、与永恒的时光相比仿佛蜉蝣一样的肉身生命来说，哪个地方不是暂时寄身之地呢？天地是一座旅馆，每一个具体的处所就是一间间客房了。

我十分清楚，在若干年之后，等到年老体衰，行动不便,跑医院是稀松平常的事情时,我还会搬回这里,长久地住下去,直到生命终了,用自己浮尘芥子般微渺的一生,诠释过客的角色,印证上面的譬喻。

这一点将确凿无疑。

只是,这开始和结束的时间,没有人能够说清楚。

第四辑

书和远方

书和远方

家乡的一位领导，介绍一位喜好写作的朋友与我相识，我们互加了微信。他发来了一张照片，是我当年在他所居住的吴桥县城新华书店买的一本书的封面，我曾在一篇文章中提到过这本书。那是四十年前的事情了。他比我小两岁，当时正在县城里读中学，也在这家书店买过这本书。

生活中不乏这一类微小琐细的机缘，以其出乎意料而带给人一种轻淡的喜悦、一份隐秘的惬意。

那本书名为《恋歌》，一本爱情诗选，人民文学出版社一九八一年十二月出版，收录的是现当代中国诗人的爱情诗。湖蓝色的封面简洁朴素，右边自上而下是书名，两个白色的大字，左边并排着两颗心形符号，锁链一样套叠在一起。当时正进入开始向往爱情的年龄，一册这样的诗集自然不肯放过。

吴桥是著名的杂技之乡，与我的故乡景县隔着一条京杭大运河。它的县城有个诗意的名字"桑园"，离我住的县城只有十几公里，但在当时感觉已经是很远了。在那次买书之前，第一次来这里，还是在几年前，几个小伙伴刚刚结伴学会骑自行车，有人提议去桑园看火车，便一同骑车前往。津浦铁路从这里穿过，让我们十分羡慕。当一列开往南方的绿皮客车从身旁驰过时，每个人都兴奋不已。我知道，脚下这条被阳光照耀得闪闪发亮的铁轨，将通往那些陌生的地方：济南、徐州、南京、苏州、上海……它们遥远而神秘，让我内心充满了向往。

"诗和远方"，如今已经是一个十分寻常的譬喻。相对于日常枯燥琐碎的生活而言，远方以其陌生感，天然具有一种魅惑，因此还有一个类似的表达"生活在别处"。距离感是它得以产生的关键。而对于我来说，除了真实的旅行，这种走入远方之感，还来自书中所呈现的生活。

每一册书都是一扇开向世界的窗户，让我望见了一片天地。它既有地理意义上的真正的山河大地，也展开在情感和思想的维度之上，呈现为种种精神的风景。每一本喜欢的书,都会带来某些远方的消息,都参与了对阅读者精神人格的塑造,成为其成长之路上的一处处路标。

但这里我更想说的是,这样的事情若发生在旅途中,在日常生活的固定处所之外,无疑会带来一种特别的感受。地理上的远方叠加了精神的远方,就有了双重的意味,更为浓郁的诗意,自然让人更难以忘记。

参加工作后,这样的机会多了起来。第一次远行,是一九八六年的初夏,去贵州和云南出差。离开贵阳之前,在住处旁边的一家新华书店,我买到了英国作家乔治·吉辛的《四季随笔》,翻译者是李霁野。书的扉页上写着:滇行前日于黔京筑城。当时正迷恋古典文学,因此文字显得有些刻意和造作。接下来的一周里,在昆明跳荡流淌的阳光下,我仔细地读完了这本书,从文字间感受作者漫步于阳光照耀的夏日英格兰河谷中的惬意,那是他多年前住在伦敦阴郁逼仄的阁楼上,为赚取每天果腹的面包而拼命写作时根本不敢想象的享受。那种孤独中的恬适,那种从书籍和自然中获得的慰藉,让我感到了某种心性的亲近。读一本书,常常伴随着对于自我的发现。

然后是一年多后,在上海城隍庙的一家书店,买到了一册《六人》，是三联书店"文化生活译丛"中的一本，封面上"巴金试译"几个字，透露出一代大师的谦逊。当时仍然处于为意义而迷茫的生命阶段，这本德国人写的小书正对胃口。书中写了六个人物，分别是浮士德、唐璜、哈姆雷特、堂吉诃德，以及我已经忘记名字的两个人物，一位僧侣、一位游吟诗人，都是世界文学名著中的主人公。作者通过描述每个人的性格习惯和生活道路，用一种浓郁的抒情笔调，探讨了生命的意义，很有几分借他人酒杯浇胸中块垒的意味。大上海喧嚣纷乱，五光十色的街景，扰攘匆忙的人流，正契合了当时的情感状态，为阅读和思考提供了合适的背景氛围。

每到一个陌生的地方，买上一本书，并在书的扉页上记下购书的时间和地点，曾经是我许多年中的习惯，仿佛今天人们去某处旅游，喜欢拍照片发到微信朋友圈一样。但这些文字痕迹的意义，完全是属于我自己的，借助它们，某个记忆中的片段得以复活。

像这本《成都竹枝词》，购于成都热闹繁华的春熙路。书中收录的诗句跨度长达几百年，活泼清新，描绘了这座古老都市的年节岁时、风土民俗和百工技艺，文字间流溢出的风趣谐谑、优游乐生的气息,正是这座城市的精神底色。这本小开本的《蒙田随笔》,是在西安一个叫作小寨的地方买到的,收录的文章并不多,但作者对人类情感行为的冷峻观察,文字间透露出的强大的理性力量,却足以让我读得入迷,因此当多年之后作者的全集翻译作品出版时,我第一时间就将其买到了手。这本曹聚仁的《万里行记》购于福州西湖公园边。一代国学大师渊博丰厚的学养,让他得以用文化和历史的双重目光,观照每一个履迹所至之处,从而有了深刻独到的发现和感悟,远非众多浮光掠影的游记散文所能企及。

自从那次购买《恋歌》后,我再次来到桑园是在三年前。开车驶出京沪高速公路吴桥出口,不久便驶入了县城。到处街道宽广,高楼林立,没有一丝一毫记忆中的影子。不曾变化的只有两县交界处的古老大运河,但河面也比印象中要狭窄,河滩上长满了灌木杂草,夹出一道几乎凝滞不动的水流。只有那一座简陋的水泥桥梁,基本还是当年的模样。

岁月逝水,往事云烟。

这次回家乡,是为了办理父亲的后事。在他们生命的最后二十年，父母搬来了京城，住在我们附近。父亲可能并不知道，是他当年的一番话，让我在心中为自己设定了一个朦胧的远方。

记得在我十一二岁的时候，有一天，父亲给我提到了一个作家浩然。已经记不清楚起因是什么，好像是一次作文被老师表扬，作为范文油印出来在同年级几个班里散发。父亲很高兴，鼓励我好好写，说写好了能当作家，并举出了浩然的例子。那时正值文化浩劫的年代，能读到的文学作品很少，父亲也只是一个普通党政干部，对文学并没有多少了解。他提到这位作家，是因为他在当时可谓是最出名的了。那个年代的父母们，很少会为孩子筹划未来，所以父亲的这几句话给我留下了深刻的印象。我还记得，当时全家几口人住在县委家属院一间东西朝向、光线阴暗的平房里，和对面人家共用一间过厅兼厨房。

父亲未必会想到，他的话对我产生了多大的影响。我从此留意浩然的作品，但不太能读懂当时正在流行的他的长篇小说《金光大道》，倒是从一位同学那里看到了他的《幼苗集》，一本儿童故事集，非常喜欢，就希望自己也能有一本。县城的书店没有，我便央求父亲，他托单位出差的人在邻近的山东省德州市的新华书店给买了一本。那是一个地级市，比县城大很多。接下来的一年里，我把那本书读得滚瓜烂熟。

如今看来，这本书和作家的其他一些作品一样，都难以避免地被打上了那个时代的意识形态印迹，限制了它拥有更好的成色，但在满目荒芜的当年，它毕竟闪耀出一种动人的文学之美，仿佛一面蒙上尘土的玻璃，仍然能够依稀映出天空的蔚蓝。这种迷恋，在我的心中播撒下一粒梦想的种子。二十多年后，在北京东边的一座县城，我见到了这位自己从小崇拜的作家，这里正是他长期深入生活的地方。我由衷地表达了对他的感谢。

如今我的书柜里还有一本《幼苗集》，当然已经不是当年那本了，是后来从北京琉璃厂的古旧书市上买到的，作为一个纪念，一种对过往岁月的祭奠。看到它时，我总会想到父亲。父亲已经长眠在北京昌平的一处墓园里。墓园背靠逶迤的燕山山脉，宽阔的草坪连绵起伏，蔚蓝的天空下，树木苍翠，百花绽放，气氛宁静肃穆。

对我来说，离家五十公里外的这一个地方，是我的思念的边界，是远方的远方。

转身的写作

　　翻阅作家传记，读到他们写作生涯中的文体转换现象，感觉颇有些意思，似乎值得稍作谈论。

　　苏联作家鲍里斯·帕斯捷尔纳克，年轻时即以多部个性鲜明、不同凡响的诗集，奠定了自己在诗坛的声望，被誉为"诗人中的诗人"。但进入盛年时，他转而去写小说，用八年时间写出长篇小说《日瓦戈医生》，引发了西方世界强烈反响，并获得诺贝尔文学奖，虽然他因为当时的意识形态原因声明拒绝接受。

　　十九世纪的英国作家托马斯·哈代，则让人看到了一种反方向的行走。在写出《远离尘嚣》《还乡》《德伯家的苔丝》等多部著名长篇小说后，进入晚年的他转向诗歌写作，而且一写就是近三十年，出版多部诗集。他的诗歌获得的巨大影响和在英国文学史上的尊崇地位，丝毫不比其小说逊色。

写作者告别自己熟悉的文体，进入新的领域，仿佛一个行走着的人忽然转身，从此踏上新的道路，走向新的方向。这种现象中，有没有值得探究的意味？仅就小说和诗这两种文体而言，进一步想下去，可以获得一些信息。

作为两种最为主要的文学样式，小说和诗承载不同的功能，各擅胜场。小说是叙述世界，诗是体验世界。小说着重对于客观世界的真实还原，文本是靠种种物象及细节支撑起来的，写作者是看向外面的，笔端要触及外在事物的肌肤血肉。诗表达情感和心志、胸襟和旨趣，是个体灵魂的抒发，目光是向内投射的，其写作是内心世界的主观化和情态化，它可以是不及物的。智利诗人聂鲁达获得诺贝尔文学奖后，与其挚友小说家加西亚·马尔克斯有过几次长谈，其中有一次说道："关于诗歌和小说的区别，诗歌都要有某种与生活的真实、当前的真实及生命的真实远离的趋势。"这是不是在说，真正的诗，就应该从具体明朗的现象世界脱离开，直抵属于内在的本质性的范畴？

因此，当在描绘客观物质世界的图景时，叙事性的小说就具有无与伦比的优势。马克思说过,他从巴尔扎克小说中了解到的法国历史,要远比历史学家描述的丰富深刻。在这个意义上,小说有时被称为"活着的历史"。帕斯捷尔纳克经历了俄国十月革命前后的一系列重大历史事件,复杂而动乱的生活就像狂风暴雨,令人震骇眩晕,面向内心的诗歌,对此已经难以容纳,让他感觉到了限制,转而探寻另一种适宜的形式。帕斯捷尔纳克的同胞、在帕氏获奖近三十年后同样获得诺贝尔文学奖的诗人、散文家约瑟夫·布罗茨基,在其《诗人与散文》中写道:"一部涉及超过三个人物的叙述作品,会抗拒几乎所有的诗学形式,除了原始口头叙事诗。"帕氏由诗向小说的转变,也许可以从这个说法中得到印证。在长篇小说这种叙事文体中,他找到了让丰富复杂的感受与思考获得充分展开的阔大空间。血与火,生与死,苦闷与彷徨,集体力量与个人尊严,革命的霹雳手段与人道主义的怜悯宽容……一系列主题,通过众多的人物和曲折的故事,获得了寄托和表达,他因此认为这种新的写作比自己早期的诗歌更有价值。

而哈代的转身向诗该如何解释呢?有论者说与其长

篇小说《无名的裘德》出版后被宗教界指责为离经叛道有关，为了表示抗议，哈代不再写小说。但我有些怀疑，仅仅因一时的激愤，未必能够让他长期停笔。如果考虑到他年轻时的愿望就是成为诗人，倒是更合理些，毋宁说这一事件正是一个契机，让他借此重温旧梦。但我感觉还有另外一种可能，就是他已经对小说经由形象来揭示主题的迂曲暗示的表达方式感到倦怠了，而愿意直接抵达形而上，诉诸存在的理性内核。

这或许与伴随生命流程的自然选择有关。就像冬天的树，树叶落尽只剩下树干一样，随着年事增高，老年人往往只对事物的本质内涵感兴趣，如果他是写作者，更倾向于删繁就简，省略外在直奔内里。我就听一位老作家说过，年轻时爱读小说，篇幅越长、故事情节越曲折跌宕越好，现在却喜欢读篇幅较短的散文和古典诗词，甚至是格言谚语。其实，有一些长篇小说的题旨，实在也可以用很简短的话来概括。莫泊桑的长篇小说《一生》，写了一个败落贵族出身的女子饱经磨难的一生。她原本天真纯洁，对生活和爱情充满憧憬，但好色的丈夫屡屡背叛她并因与人私通而丧命，骄纵任性的儿子耗尽家财后离家出走，她只能孤独地生活，所幸是得到善良的用人及其子女的关爱。小说的结尾，进入老年的女子逗着一个婴儿——儿子和妓女生下后送给她抚养的孩子——很高兴的样子。用人在旁边说出这样的话："你瞧，人生从来不像意想中那么好，也不像意想中那么坏。"这是饱经沧桑后的人生感悟，与诗作为对存在的蒸馏和抽象，正有着相似的生发路径。

总之，晚年的哈代以诗歌的方式，表达了他曾经在一系列小说中寄寓过的主题，一种严酷的人生观：爱情的脆弱和短暂，战争的罪恶和愚蠢，大自然的力量强悍而盲目，人生是一系列挫折和失败的冒险，而造成这一切的根本原因是本能与欲望的驱使……尽管文体样式不同，但所表达的思想理念，与他的小说是一致的。区别只在于方式，他不再耐心细腻地触摸肌肤来感知身体的结构，而让指头直接触碰坚硬的骨骼关节。

不过，这些转向后的作品，仍然会被打上写作者此前的作品的烙印，那是他们的"原生家庭"。毕竟帕斯捷尔纳克的第一身份还是诗人，他的《日瓦戈医生》也被研究者认为是"客观史诗叙事与主观抒情叙事的结合"，更被秘鲁著名作家略萨称作"诗人写的小说"，"像完美的诗歌那样让我们感动"。与大多数长篇小说客观冷静的叙述不同，《日瓦戈医生》中作者主观性的投射丰富而鲜明：嵌入全书的数十首之多的诗歌，充满跳跃的诗体结构，多次出现的离奇的情节巧合，疾速多变的节奏和紧张激动的语言，都让人感觉到这是一部叙事文学中的另类。即便是那些环境描写，叙事作品中最具有物质现实性的部分，也总能够让人联想到他的诗歌中的画面：夏天尘土飞扬的道路，被暴风雪卷刮着的台阶，桦树林、蘑菇和耕地的气息……它们以一种强烈的抒情的方式被展现和描绘。

同样，尽管晚年哈代以诗人的身份面对读者，但他的诗歌中，也带有小说家的清晰性和坚实感。诗作中的诸多背景，坍塌的教堂、荒凉的沼泽、阴沉的墓地、冷雨和寒霜，都适合表达阴郁孤寂的情感。湍急的河流成为自杀或杀人的现场，酒馆里的放纵畅饮导向堕落，让少女失身少妇失贞。情感的抒发和哲理的概括提炼，也都指向明确，毫无含混飘忽之弊。

这两位大作家写作中的转身，提供给我们一种眼光，得以对其作品呈现出的丰富深邃性进行打量，并获得部分性的解读。对他们来说，写作生涯中文体选择的变化，既源自所要表达的内容，也关乎生命流程与经历遭际。如果一个人既是小说家又是诗人，那么其不同样式的作品之间，往往存在一种同构互证的关系，无论是对存在本质的揭橥宣示，还是价值观上的迎拒取舍，都仿佛花园里有不同色彩的花朵在绽放摇曳，背后衬托的却是同一道白色的围墙。这一点应该是没有争议的。

在扩展的背后

一

一个醉心阅读的人，随着目光的不断扩展，他心中将会浮出这样的发问：他读过的成百上千本图书之间，有没有建构起来某种联系？是楚云燕雨，相互隔绝遥遥无缘，还是吴山越水，彼此呼应地脉相连？

不论开始时情形如何，这早晚会是他要遇到的问题。在某个时辰也许他会发现，伴随着这种发问，某一个可能的答案，会以一种诉诸画面的形象的方式，在他的脑海中缓缓浮现和展开。

这幅画面可能是一幅山水风景，他读过的每一本书，都是这个画面上的一个细节、一道笔画、一处局部。哪一本犹如岩石兀立，哪一本好像修竹摇曳，哪一本看似出岫之云，哪一本仿佛高翔之鸟？

它也可能让人想到一张刚刚被拉出水面的渔网，在阳光下水珠闪闪发亮。众多丝线和辅料，被编织连缀为一体，以完成捕获鱼类的任务。在诸多彼此勾连交织的线绳中，谁来作为开始着手编织时的网纲？谁来充当连缀众多网片的一个个绳结？谁又是卡住落网之鱼胸鳍的网囊？那一串串沉重的铅坠又是如何封入？阅读的行为，有时也会让人想到仿佛是在编织一张渔网，每一本书都作为零部件被嵌入相应的位置。

如果将想象的尺幅放大一些，那么你可能面对一片广袤的田野，阡陌交错，原隰相连。田埂区分开不同的作物区域，而一排排树木连同其所掩映的道路，则成为相邻的村庄的分界。这样的每一条路径，都是在阻隔中完成了连接。阅读时不是也常有这样的情形发生？你以为脚步是在某一个知识领域，却不觉迈入了另外的领地。

这并非是出现在阅读者眼前的真实空间，但对于一个得其三昧者，在他的心中，那种连通却是真切的。

如果他不满足于仅仅从远处观赏这一幅幅场景，而是走人其间，行走端详，他会有源源不断的发现，会认识到这些画面中诸种元素之间的勾连、纠结和缠绕，都可以归属于一个关系的范畴之内。它们别有洞天，丰富多彩，真实而又玄妙。

二

中国古代文学史中，有一个颇为突出的现象。一位作家诗人，因为气质禀赋相近，或身世遭遇类似，对前代的某一位同行格外倾慕，备感投契，将其尊奉为心目中的良师益友。仿佛一只野兽，能够隔着茂密的树丛嗅到同类发出的气味。

陶渊明作为"隐逸诗人之宗""田园诗派之鼻祖"，于今无人不晓，但在他生活的时代，以及身后数百年里，却是籍籍无名的。尽管梁代昭明太子萧统在其所编《文选》序言中对他大加褒扬，唐代李白、孟浩然、白居易等诗人也都表达过对他的仰慕之情，但总体上并不广为人知。一直到了北宋，因为苏东坡的推崇，他的价值才获得了广泛的认可，真正确立了其在文学史上的地位。苏东坡乐观豁达的天性，对于平淡冲和生活的向往，让他格外喜爱洒脱淡泊、委运任化的陶渊明，准确地把握了陶诗"质而实绮，癯而实腴"的风格特质，并写下了一百多首"和陶诗"。苏东坡堪称是当时的超级文化宗师，他的喜好自然会影响到民众的欣赏趣味。

"庾信平最萧瑟，暮年诗赋动江关。"杜甫在自己的诗篇中，多次提到两百年前南北朝时期的诗人庾信，这两句诗更是被后人广泛地引用。北魏降将侯景的叛乱，导致梁朝覆灭，江南繁华尽毁于连年兵燹。作为梁朝使者的庾信，被迫长期滞留北朝的西魏和北周，无法回到故乡。社稷倾覆，身世蹭蹬，儿女夭亡，血泪交织的沉痛感慨，在其晚年的名篇《哀江南赋》中表达得淋漓尽致。杜甫经历了开元天宝的盛唐时代，遽然遭逢安史之乱，陵谷变迁，流离失所，与庾信的遭遇格外相似。这位充任了时代的书记官角色、写出了"三吏""三别"等泣血诗篇的悲愁诗人，时刻为国家的前途忧虑，为百姓的苦难哀悯，见花开而溅泪，闻鸟啼而惊心，因此很自然地会对庾信其人诗作产生共鸣，可谓异代而同慨。

作为后来者，他们倾慕仿效的文字仿佛一道道火烛，照亮了幽暗中的一条通道，显现了昏昧时光中彼此之间的感应和映照。这是一个长时段的故事，缓慢地展开在千百年浩漫的时光中，你仿佛看到一个伫立在田野中向着远方拜谒的人，身影被日光投射在地面上，拉得很长。因此，对于一位阅读者来说，这些前人仿佛是一个个路标，竖立在他的阅读之路的旁侧，指示他迈步的方向。

这样一种穿越岁月的联系，有时呈现为一种群体行为，时代精神的激荡，成为背后最为强有力的推手。以韩愈、欧阳修为旗手的唐宋古文运动，力求摆脱六朝骈俪文章的浮华靡弱，向先秦两汉散文的朴质厚重汲取营养。几百年后的明代中期，类似的一幕再次搬演，前后七子的复古运动，抨击的目标则是当时流行的内容贫乏、形式雍容的台阁体文风。虽然这一思潮主要体现为诗歌的变革，其成就和影响也无法比肩前者，但就其本质而言，却同样是一次名为复古而旨在创新的对于时弊的反拨。

沿着这种路径而展开的阅读，其实质是一种寻找和呼唤，仿佛鸟翔于野，"嘤其鸣矣，求其友声"（《诗经·小雅·伐木》）。站在某个立足之处，他望向四方，寻找视野中的相关风景，在心中为它们归类。而随着不停地迈步行进，他会拥有更多的站立处，也因此会不断地扩大和累积眼中所见。

对于一位真正的阅读者，这种行为在时间中的展开，是视野的步步扩展，书籍的不断积累。这一种状态可以伴随他很长时间，也许是终身。在某个时候，他会惊叹于自己丰富的拥有。那一份坐拥书城的感觉，不亚于南面而王。

这种现象，会让人想到南方山野里经常见到的风景，一棵榕树陆续地孳生出新的气根，向周围延伸，几十上百年后，原来的独木已经繁衍成一片树林。

三

金克木先生写过一篇文章，题目叫作《书读完了》。他提到一则逸事，大学者陈寅恪年轻时曾拜访一位历史学家，老先生对他说，你能读外国书，很好；我只能读中国书，都读完了，没得读了。

估计很多读者乍一听到这个说法，会感到不可思议。中国古籍图书浩如烟海，谁敢说自己能够穷尽？这个说法不啻一个挑战，一种对于常识的颠覆。但一个阅读饶有心得的人，大概率会像金克木先生一样会心一笑。他不认为这是哗众取宠，为了吸引眼球而故作惊人之论。这种反应，来自他在阅读实践中获得的对于书籍之间关系的认识。

书籍固然数量浩如烟海，但其轻重分量不同，不可等量齐观。大量的书实际上可有可无，不读也没有明显的损失。只有极少数才真正具有原创意义，是那种被称为经典的书籍，是书中之书。作者是这样说的："总有些书是绝大部分的书的基础，离了这些书，其他书就无所依附，因为书籍和文化一样总是累积起来的。""因此，有些不依附其他而为其他所依附的书，应当是少不了的必读书或者说必备的知识基础。"

金克木先生列出了一个符合这种标准的书籍及作者清单：《诗经》《左传》《礼记》《论语》《孟子》《庄子》《道德经》《史记》《资治通鉴》《文选》……作为一名学贯中西的大学者，他同时也把目光投向域外：《圣经》《古兰经》，柏拉图、笛卡尔、康德、荷马、但丁、莎士比亚、塞万提斯、歌德……它们作为不同文化的根源和基础，都具有元典的意义。

这一类的书籍,在每一种文化中,也不过几十种。围绕着这些书,又会产生很多注解和阐释,然后是注解之注解、阐释之阐释。后者都是依附之书,数量翻倍地增加,仿佛水面上一圈圈扩散的涟漪。这种现象,按照金克木先生的说法,就是构成了一种"古书间的关系"。那么,对于老学者所说的"书读完了",就可以这样来理解:"显然他们是看出了古书间的关系,发现了其中的头绪、结构、系统,也可以说是找到了密码本。"这个密码本在手,可以有效地辨识出彼此是否属于同一阵营。

在同一篇文章中,金克木先生还写道:"这些书好比宇宙中的白矮星,质量极高,又像堡垒,很难攻进去。"但如果想进入一种文化精神的内部,洞悉其基本结构和质地,就别无选择,只能迎难而上。

试着运用这种眼光,就会获得新的发现或者理解。像儒家思想,无疑是绵亘于中国文化精神广阔原野上的一条主干道。早在先秦,孔子、孟子、荀子等人为这条大路立下了奠基开辟之功,汉代董仲舒则推动了心性儒学向政治儒学的转变,大幅度地拓宽了路面。到了宋明时期,程朱理学给予了创造性的发展,弥补了传统儒学在本体论和思辨性方面的不足，构建了更为精致和系统化的哲学及信仰体系，仿佛在为一条年久失修的老路重新加固时，采用了新的技术和材质。一条通和变、继承和创新的清晰可见的线索，贯通于两千年的漫漫时空中。

这些经典所阐扬的精神，又寄寓在包括文学在内的各种门类的书籍中，以不同方式得到播扬。诗言志，心声的抒发化为诗词歌赋。就行仁道、安斯民、固社稷这一儒家精神的核心内容而言，屈原的"亦余心之所善兮，虽九死其犹未悔"，杜甫的"致君尧舜上，再使风俗淳"，范仲淹《岳阳楼记》里的"先天下之忧而忧，后天下之乐而乐"，文天祥《正气歌》中的"人生自古谁无死，留取丹心照汗青"，都是这种理念激发出的情感表达。它们在历代人们的口中不停地吟诵，成为一种集体的潜意识，作用于世道人心，潜移默化地实现着人格的铸造。

因此，如果将这一个丰富的思想文化系统，比拟为一个广阔的园林，那么四书和五经是参天大树，众多的集解注疏仿佛其下茂盛的灌木丛，至于那些开蒙家训等读物，则不妨将其看作林下的一丛丛野草杂花。而卷帙浩繁的诗词文赋，是不是可以想象为一阵掠过林间的风，挟带着松脂的香气和叶片的簌簌声？

从这些不同的作品和书籍中，我们看到了母体和子嗣、源头和水流、树干和枝叶、枢纽和节点、核心和外围，懂得了纲举而目张，看到了牵一发而动全身，了解了种种繁复纷纭的逻辑关系。"振叶以寻根，观澜以索源"，刘勰《文心雕龙》中对文学的本末源流的探讨，正可以看作是对这种联系的特点、方式与途径的写照。

我们恐怕永远没有资格说出"书读完了"这样的话，但却可以借助这个说法里透露出的那种思路，对所读和将读的书籍进行辨识和甄别、筛选和归类，让彼此之间脉络宛然，眉目清晰。

四

很多时候，书籍之间的联系是天然的，是一种先期的预设，是阅读者不假外求就可以获致的认识。从根本上讲，它起源于事物本身的多维属性，来自世界构成的混同状态。

最常见也是最直观的联系，往往体现于同一本书的内部。这样的一本书会显示出不同的面相，就仿佛东南亚国家的四面佛雕像，向着四方投送出慈悲的微笑；又像是一栋公司大厦里众多外观完全相同的房间，其实承担了不同的科室功能。尤其在知识尚未被细致分工的时代，这种情况十分普遍。许多书籍就其文体形式而言，没有泾渭分明的清晰界定，非此即彼，而是经常体现为一种交错融合状态，亦此亦彼。譬如在中国古籍中，《左传》和《史记》是历史著作的典范，《水经注》和《洛阳伽蓝记》是地理志书的楷模，但同时它们也是文学作品，是古典散文的巅峰，是一代代后人的范文摹本。更不必说《庄子》的汗漫恣肆，《老子》的言简意赅，各自折射出一种极致状态的美学风貌。所谓文史哲不分家，就是对此现象的一种通俗的表达，而其实质正是知识形态的相互渗透，难分轩轾。

面对这样的情况，与其说阅读者要建立不同知识形态之间的联系，不如说是要努力发现这种联系。就像一个人走进莽莽苍苍的原始密林，看到一棵苔藓遍布的粗壮大树上，缠绕了不同的藤蔓，对他来说，重要的是分辨出植物分类学意义上它们各自的科属。

文学作为对生活的复杂而生动的提炼整合，这一特点表达得最为明晰。陆游把恢复被金人占据的中原作为毕生志向，用情之深，执念之重，世罕其匹，既浮现在深夜的梦境里，也发抒于绝笔之作中。"夜阑卧听风吹雨，铁马冰河入梦来""王师北定中原日，家祭无忘告乃翁"……夙愿难酬的沉痛，被抒发得淋漓沉痛。吟诵辛弃疾的《水龙吟·登建康赏心亭》，仿佛望见一个孤独英雄伫立秋风的悲凉身影："落日楼头，断鸿声里，江南游子。把吴钩看了，栏杆拍遍，无人会，登临意。"这位开创一代词风的大家，更是一位既有勇气又富韬略的将帅之才，但皇室苟且偷安于残山剩水，不以光复为念。他壮志难酬，被迫赋闲数十年，"却将万字平戎策，换得东家种树书"，愁闷只能向山水间排遣。即便是仅仅为了深入理解上述诗句，也需要了解这一段先之以宋辽对峙、继之以宋金仇怨的历史，了解杨家将的民间传说、徽钦二帝屈辱的"北狩"、岳飞《满江红》中的壮怀激烈。这是发生于阅读中的一种自然的催迫，驱使你的目光穿梭于诸多领域，就像脚步跨越广阔原野间的一道道田埂。

也有另外一种缩敛退隐的人生，向着大自然的深处，草木茂盛的桑间陌上，云霭缭绕的山中泽畔，缓缓迈开步履,归去来兮。欲熟谙陶渊明,怎么能不去了解一番庄子?"纵浪大化中,不喜亦不惧""死去何所道,托体同山阿",喜怒哀乐不入于胸次,让人想到庄周在妻子去世时的鼓盆而歌。想读透王维,如何能够对佛教一无所知?"松风吹解带,山月照弹琴""行到水穷处,坐看云起时",澄怀静虑,风神萧散,仿佛世尊拈花,迦叶微笑。或朴素平淡或清新明丽的诗句后面,关联了不同的智慧资源。

一种书籍的内部是这样,那么在同一时代的不同书籍之间,最为常见的情形,是彼此都受着相同的时代精神的浸润。仿佛盛夏季节的一阵豪雨,落在树丛间,落在江河里,落在田垄中,湿润的气息更是弥漫于天地之间。

东汉末年,皇室衰微,军阀混战,白骨蔽野,民不聊生。以三曹父子和"建安七子"为代表的政治家和文学家,发出了匡扶社稷、救民于水火的呐喊。"戮力上国,流惠下民,建永世之业,流金石之功。"曹植的这番豪气干云的话,表达的也是集体的心声,发为诗文,便形成了悲凉慷慨、极具感染力的整体风格,被后世誉为"建安风骨"。到了唐代初年,在新兴王朝开放昂扬的时代氛围中,以王勃、陈子昂等"初唐四杰"为代表的年轻诗人,满怀建功立业的豪情，为诗歌注入了刚劲豪放的精神，其睥睨古今的倜傥意气，也让人想到建安风骨的梗概多气。二者都是特定的时代精神产物。博尔赫斯曾经反复表达过一个观点，"历史总是不断地再现"。这两个前后相隔四百多年的作家群体，也为这一观点提供了一个文学角度的佐证。

总之，只要开始了阅读，一种机制便自动开启运作，在这个过程中，与阅读者的心驰神骛相同步，一些想象中的樊篱被撤除，屏障不复存在。一种范畴会自动延伸，与另一种范畴连接；一个时代的声音，在另一个时代发出回响。它们会主动地寻找和辨识，呼朋唤友，连类比物，声气相投，惺惺相惜。

精神的产生和发育，在每一个地方都有迹可循。生态文学在今天的美国已经蔚为大观，其理论渊源是哲学家爱默生在《论自然》中所表达的超验主义思想，其挚友梭罗又在散文名著《瓦尔登湖》中，对其给予了形象化的阐释，强调了大自然对个人成长的启发。一百年后，生态伦理学的奠基人利奥波德，在代表作《沙乡年鉴》中强调自然环境的主体地位，进一步将人的姿态放低，认为人类作为土地共同体的一员并没有特殊的权利，任何僭越的行为都是对大自然和谐状态的戕害。接下来又是蕾切尔·卡森，她的划时代的《寂静的春天》，直面技术畸形发展导致的生态污染恶果，大声疾呼停止饮鸩止渴的行为。近两百年间，以这三部被誉为"美国自然文学三部曲"的作品为代表，几代作家用数量可观的作品，丰富并提升了这一后起的文学流派，使得这一文学新树种不断地开枝散叶，茁壮生长，成为文学园林中一角美丽别致的风景。

五

如果说在上面的情形中，联系体现在同一个民族、同一种文化的内部，随着时光的延伸而生长繁育，是一种时间维度中的存在，那么它同样也具备跨越地域的属性，构成空间维度上的映照与呼应。

基于人性的相通，不同民族和文化之间，相同远远大过相异，共性明显多于个性。这一点也成为彼此间产生关联的一条情感纽带，为文化交流的可能性奠立了基础。人同此心，心同此理，这种朴素的说法，正可以作为统摄这种相通性的总纲。一根琴弦，埋设在不同的文字之间，等待被心灵的手指弹拨,琮琤作响。

一衣带水的东邻日本,曾经受到中国文化长久而深刻的哺育,因此读《方丈记》《徒然草》等日本古典随笔时,每每感受到一种颇为熟悉的情味。白雪消融、残月在天、樱花凋零,都能唤起作者们内心的怜惜和哀愁;大自然景物的变迁,让他们感悟生老病死,诸行无常。一种被称为"物哀"的美学意识,弥漫在众多篇页之间,这些岂不令人想到《古诗十九首》中反复吟咏的主题?就像那首《驱车上东门》中所咏叹的:"浩浩阴阳移,年命如朝露,人生忽如寄,寿无金石固。"如果说后者更为沉痛凄怆,该是与彼时的社会背景有关,天下板荡,世积乱离,命如草芥,朝不虑夕,让思索变得更加深切和尖锐。

生死事大,死亡永远是一个凝重的话题。还是同样的喟叹,这次目光自中土开始,向着西方挪移。西晋时代的豪富兼文人石崇,在其洛阳金谷园别墅举办"金谷之会",邀召著名文士宴饮歌咏,兴尽悲来之时,各自赋诗并结为一集。石崇在为其所作的《金谷诗序》中,揭示了这些作品背后的核心情感:"感性命之不永,惧凋落之无期。"几十年之后的东晋永和年间,另一场远比它更为出名的文人雅集,在浙东会稽山下的兰亭举行,作品亦被汇集成册,王羲之为之作《兰亭集序》,表达了类似的怅惘感慨:"向之所欣,俯仰之间,已成陈迹。"自华夏一路迢迢向西,走入群山环绕的伊朗高原,古代波斯的诗人奥玛·海亚姆,在《鲁拜集》中的一百多首四行诗中,感慨人生如寄、盛衰无常。"天地是飘摇的逆旅,昼夜是逆旅的门户;多少苏丹与荣华,住不多时,又匆匆离去。"郭沫若的译文,流溢着中国古典诗词的韵味。面对随时可能降临的消逝,诗人鼓吹及时行乐:"开怀畅饮吧,趁年华尚未消失,明日陶工将用你我的尸土,把陶罐制成。"对于作为读者的我们,这样的关注应该是必要的:如何发现辨识其间的同与异,它们分别来自所属文化中的哪一种规定性。

另一方面,有焦虑忧惧,同样也有豁达从容。"知其不可奈何而安之若命",这是先秦时代庄子的旷放达观。一千多年后,北宋理学家张载则有这样的说法:"存,吾顺事;没,吾宁也。"这种顺生安命的姿态,是时间之流中的延续,也是儒道学派的共识,可谓是中国智慧达成的一个公约数。万里之外地中海旁的古代希腊,一个被称为"斯多葛主义"的哲学学派的生死观,也会让人嗅到同样的气味。这一学派后期的重要人物，古罗马皇帝马可·奥勒留，在其《沉思录》中表达了对生命必将走向消亡的镇定泰然："请自然地通过这一小段时间，满意地结束你的旅行，就像一颗橄榄成熟时掉落一样。"

上面都是属于生命与生活的根本层面的问题，当涉及某些专门领域和具体话题时，这种连通就更是毫无阻隔了。像前述已经成为西方社会主流思想的生态保护意识，在东方这一片信奉"天人合一"的广袤土地上，也正在被如火如荼地传播和实践。"绿水青山就是金山银山"便是一种形象化、大众化的表述。当然，它能够获得呼应，首先因为它的许多理念原本也属于本土固有的精神资源，如《孟子·梁惠王上》中就涉及这一内容："数罟不入洿池，鱼鳖不可胜食也；斧斤以时入山林，材木不可胜用也。"当代众多秉持这一理念的写作者，也正在热情地描绘属于中国自己的生态自然文学景观。

如果能够梳理出这样的脉络，阅读就不会故步自封，就没有边界，就会努力敞开胸怀拥抱广阔。某一个灵魂发出的信号，会跨越高山大洋的距离，穿透语言文字的障碍，被遥远地方的心灵发现和接受。

六

凡此种种,最终都会通向这样的认识:阅读行为的实质之一,便是发现和建立联系。

这个过程,是一种从不止歇的积累和开辟,仿佛一股水流,从一口泉眼中汩汩涌出,向前流淌,一路上不断有新的水流次第汇入,它们分别来自许多个另外的泉眼。

每一个最初的泉眼,对于阅读者,便是开始时的某一部或某一类读物。它因人而异,具有一定的偶然性,仿佛一个人降生在不同地域,牙牙学语时说的是当地的土语方言,但随着他长大成人,就需要使用一种通用的语言和文字,因此它又总是通往必然性。一个真正的阅读过程也是如此,初始时可以林林总总、良莠错杂,但到了某个阶段,便会向着一些世有定论的经典之作进发。这个过程是殊途同归,是万法归一,是条条大路通罗马。

阅读中的联系,体现为因果接续的无数次循环,手头的每一本书,都是这个进程中的一个环节。它常常会是此前一本书的结果,又成为后面的一本书的原因。这样的阅读的开展,早晚会接近于一种广阔浑然的境界,就好像大地上众多的河流,在流淌中不断地交融汇集,直到有一天汇聚成为一片浩渺无垠的水面。那是《庄子·秋水》里描绘的场景:"秋水时至,百川灌河。径流之大,两涘渚崖之间,不辩牛马。"

到那样的时候,一个阅读者会发现自己进入了一种澄明之境。那种舒卷自由、毫无拘囿的感觉,借用南宋词人张孝祥的名篇《念奴娇·过洞庭》,差可比拟。时近中秋,他月夜泛舟于洞庭湖上,月光云色,倒映在明镜般的浩瀚水面上,欣然中他写下了这样的句子:

> 玉鉴琼田三万顷,着我扁舟一叶。素月分辉,明河共影,表里俱澄澈。悠然心会,妙处难与君说。

对面是书柜

一

一间十几平方米的屋子里，有一张靠着窗户的书桌，一个搁放复印传真一体机的木架，一个能够伸缩调节的单人沙发，旁边是一个方形小茶几，搁放水杯和零碎杂物。此外的地方便都是书柜。六个直抵天花板的书柜，严严实实地遮住了两面墙，完全相同的样式，普通的刨花板材：一个书柜的中间横隔板被压得弯曲了，另一个书柜门的合页损坏变形，难以关严。

这是我的书房，布置毫无特色，书柜材质也普通廉价，无法与一些朋友们或高档或充满设计感的书房相比，但我并不曾感到惭愧惶惑。就好像在一家餐馆里享受了足够丰盛的美味,为什么还要在意杯盏不够精美呢?

每天下班后,回到这间屋子,站在两排书柜前,望着满柜的图书,真正有一种放松之感,仿佛倦鸟归巢,悠然惬意,心满意足。尽管这很可能会被人嘲笑为书生迂腐,我却是真实地享受这一点,其确凿之感丝毫不用怀疑,就像阅读一本新书时,耳边的沙沙声和手指翻动纸页的细腻的触感。

饮水思源,有时我会想到它们汇聚到这里的过程。

书的积累,是在数十年的漫长时光中渐次完成的。它们从不同的地方来到这些书柜里,仿佛每年征兵季从四面八方奔赴同一支部队的士兵。但接兵的人会记得,这些相互之间原本素不相识的新兵,分别来自那一个省份,是城市还是乡村。有一些书,我也依稀能记得购买时的环境背景,周边街巷的模样,不同季节里光影闪烁的情形。

有一些书的扉页上,很郑重地记着购书的时间和地点,它们对应的是个人藏书史的早期阶段。这本诗人戴望舒翻译的西班牙作家阿索林的散文集《西班牙小景》,是二十世纪八十年代中期一次旅行的收获。那时我从北京乘坐了几十小时的火车到福州,换乘长途汽车到厦门,然后继续一路南行直到广东汕头，为了去看一看建立不久的汕头经济特区。我在福州西湖边上的一家书店，购得这本薄薄的小书，在此后几天的旅途中随时翻上几页。当时我参加工作不久，新的生活正在眼前缓缓展开，时常会感到内心激情涌动，对作品中弥漫着的时光流逝的忧伤，麻木凝滞的生活的哀愁，一种源自古老文化的衰弱无力感，还有一层隔膜，直到二十年后重读时方才有了深切的感受。当时印象更深的，是在泉州街头看到的惠安女的奇特的打扮，是车窗外低矮的丘陵上连绵无尽的荔枝树，绿油油的叶子在阳光下闪亮。

这本署名"山东大学中文系《杜甫全集》校注组"的《学诗访古万里行》，则让记忆闪回到另一个方向——大西南群山环抱中的成都盆地。在成都春熙路热闹的街头，我买到了这本书。它是师生作者们沿着杜甫的平生行踪实地考察的记录，自然包括诗人在安史之乱后"漂泊西南天地间"的流亡岁月，也成为我接下来的杜甫草堂之行的向导之一。草堂时期是诗人难得的一段安宁时光，他写下了不少表达内心愉悦的诗篇，成为其苦难生涯中的一抹罕见的暖色。这本书连同此前的一册人民文学出版社的普及版《杜甫诗选》，引领我进入了浩瀚深邃的杜甫诗歌世界，其后数年间，我又搜集了多种版本的杜诗研究著作：仇兆鳌的《杜诗详注》、钱谦益笺注的《杜工部集》、冯至先生的《杜甫传》，以及我的大学老师陈贻焮的皇皇三卷本百万字《杜甫评传》……从一颗伟大诗魂中发出的精神光芒，从此长久地闪耀在我的眼前。

我的履痕自然不限于上述地点，因此也就有更多的书，在跨度很大的时光中，从天南海北次第走进这间书房，栖身于不同的书柜里。这些书籍扉页上的题记，让我想到西安古都巍峨厚重的古城墙，华北县城雨后的清新宁静，太湖边江南小镇上秋日浓郁的桂花香气。一些生命的记忆，留存在这些封面已经泛黄起皱的书中，就像气味被密封进瓶子里。

当然，书柜里大多数的书籍，还是来自栖身数十年的这座城市。它们在来此安家之前，曾经分别暂居于王府井书店、西单图书大厦、海淀书店，还有名头没有那么响亮的众多书店。尤其是那些从古旧书店淘得的旧书，记忆最是鲜明。有数年之久，当时还是单身汉的我，周末休息日的一个常规节目，就是骑着自行车，连续不停地逛多家旧书店:琉璃厂海王村书店、东单南口中国书店、东花市大街中国书店、新街口中国书店,最后一站是海淀镇的数家旧书店……线路事先规划好,依据的是多多益善的原则。一天跑下来疲累不堪,但一待回到宿舍,把一天的收获摆放到桌子上,翻阅摩挲,浓郁的愉悦感很快就充溢胸间,将倦怠感驱逐殆尽。如今回想起当年的这一幕,恍若隔世。

当然,我也并非不懂得与时俱进,近年来选购图书,大多是网上下单,三五日内就送上门。没有了那些奔波和期待,附着其上的回忆也失色了不少,可见任何便捷总是要付出代价。寻觅很久的一本书终于在某家书店一处不起眼的角落里被发现,耐心细致地清洁修补另一本书脏污漫漶的封面,这一类的快乐,非同道者难以体会。

书的积累最初是缓慢的,一是因为囊中羞涩,买一本书不免要斟酌踌躇,二是当年的出书数量远不及今天。因此,那些书虽然买得很早,但因为读得用心细致,记忆也最为清晰,仿佛一个人的少年阶段,世界新鲜明亮,如朝日之初升。随着时光推移,购买越来越不成为负担,于是书柜迅速扩容,书籍急遽增多,但这些书反而看得不深不细，甚至还有不少从来没有翻阅过，仿佛幽处冷宫的佳人，再无望受到宠幸。因为书房日益逼仄拥挤，更因为未来属于自己的时光越来越少，近年来我基本上不再购入新书，仿佛一位老人开始注意养生节欲。

书柜里还有一些是赠书。当它们映入眼帘时，往往会叠加浮现出一张张面孔。

譬如张中行先生的著作，《负暄琐话》《顺生论》《流年碎影》《诗词读写丛话》等，几乎占据了半层书柜，其中好几册的扉页上有他的签名。在人民教育出版社的一间宿舍里，我曾数次亲炙他的神采和教诲。附近的沙滩红楼，便是先生年轻时就学的地方。一位和蔼平静的老人，阅尽人世沧桑，看遍云翻雨覆，晚年火山喷发一样写下那么多文字，温婉絮叨波澜不惊中，透露出丰厚渊深的国学素养，对民主自由理念的笃信执着，那正是五四前后那一代知识人共同的风骨。

先生如今已经化作云烟，但其著作仍在不停地印刷传播，今后也还会有一代代的读者，印证了"书比人长久"。通过书写抵抗虚无，让生命获得恒久的寄托，这是写作者共同的追求，而写下的书籍，便成为他们生命存在的另一种方式。

二

与书柜材质粗糙及摆放随意一样，我的书柜里的图书排列也甚为凌乱，毫无章法可循。

曾经走进过几个朋友的书房，发现其书按照内容门类分别排列，秩序整饬，让人肃然起敬。如果那时我恰好戴着帽子，说不定会忍不住脱帽行礼。我的书柜看上去却总是杂乱无章，同一层搁板上的数十本书，彼此之间风马牛不相及。一卷《乐府诗集》挨着一册《植物分类学》，一部以史料考据严谨客观而备受赞誉的历史著作与一本描绘火星移民的想象力驰骋的科幻小说为伴。一部研究原始社会巫术与宗教的名著，毗邻一册量子力学理论的普及读物，尽管能看出后一本书的作者煞费心血，努力放低身段，以一种面向补习班学员的口吻言说表达，可惜我读来仍然如坠云里雾里。这些书籍挨挨挤挤，看上去未免有几分古怪，让人联想到时装设计中的混搭风格。

当然，如此这般也并非我的本意。在藏书量可数可控的最初几年,它们倒也大致各安其位,只是随着数目不断膨胀,整理起来变得费力,索性随心所欲,不再为它们划定居住区域。翻过一本书放回书柜时,看哪里尚有空当就随手一插,于是原来想象中的栅栏被撤除,边界消失,书籍们胡乱排队,变成了如今的样子。仿佛一场大灾后,临时聚集在一起的来自四面八方的难民,操着各地的乡音方言,彼此间并无关系。

诚实地讲,这种外观上的杂乱无章,倒是从来不曾带给我真正的困惑。我知道事情并非如此,或者说,看上去缺乏头绪无从把握的后面,其实有着一条潜隐的线索。就好像鼹鼠在地表下挖出的纵横交错的通道,乍看很凌乱,其实有着严密精巧的结构。我知晓这些图书之间联系的逻辑和脉络,我清楚个中的草蛇灰线,联络图就存放在我的心里。

有一些书之间的连接显而易见。寻绎最初喜爱文学的缘由,不知有没有人和我一样,不是因为跌宕惊险的谍战故事、寻死觅活的爱情悲剧,而是从着迷于书中的风景描写开始。早在二十世纪七十年代末期,我还是中学生,课余时间的一大爱好,就是把当时能够看到的文学作品

352

里的自然风景描写段落,抄录在一个本子上。鲁迅《社戏》里的故乡景物、孙犁《荷花淀》中的白洋淀风光,以及屠格涅夫《猎人笔记》对俄国中部广袤平原和森林的描绘,都让我心驰神往。此后多年中,我离开故乡走向远方,这一处文字丛林也急遽地扩展疆域,有了更多的树木种类,更多的笼罩和覆盖,随着脚步的迈动一路伴随伸延。哈代的英格兰乡村、都德的普罗旺斯田园,川端康成的京都郊野,都次第进入我的阅读视界。虽然我早已不再抄录,但心仪依旧。这种喜好一直延续到今天,目光投注的对象范围更加广阔,内涵更为丰厚。譬如美国的自然生态文学,两百年间几代作家的积累蔚为大观,从梭罗《瓦尔登湖》到奥尔森《低吟的荒野》,风景之上又叠加了思想和哲学。那么,在以上这些跨越了地域时代和语言、看上去差异多多的书籍之间,谁说没有一种亲属般的关系?

联系还会跨越媒介形式。几册印象派的画册摞在一起,斜放在书柜的中间一层,书头书脚紧撑着上下两处的木板。这些画作分别属于凡·高、莫奈、雷诺阿和西斯莱。因为开本大,它们只能以这种局促的姿势容身。我时常抽出一册翻上几页。画家对大自然形色光影的捕捉,比文学描绘更为直接。阳光跳跃颤动,照在乌鸦的羽翼上,照在游船上午餐的人们身上,也照在妇人镶着花边的帽檐上,又在她的脸上投下一片阴影。麦田里的阳光金黄炽烈,睡莲上的阳光清凉柔和。绘画当然是自足的,但借助文学语言,对其中的情调意蕴会把握得更为准确细腻,就像阅读过凡·高和弟弟提奥的通信后,更能理解他的美学追求。文学和艺术由此而相通相证。风景当然不仅仅袒露于阳光下,沉静阴郁也自有其魅力,像在俄国画家列维坦笔下,伏尔加河两岸的荒凉破败,及墓地十字架上空笼罩的阴云,表达的是另一种色调的精神和心情。此刻一册《列维坦画集》就立在旁边的书柜里,谦逊地陪伴着同行们。

不同书籍因内在关联,聚合成为一种生命共同体,这个生命体扩大的过程,萌生、发育和繁衍之间,也有迹象可循。整整四十年前的大学暑假前夕,我去湖南实习,在武昌火车站等待换乘时,于附近书店里买到一本黄裳先生的《金陵五记》。原本把它当成散文游记来读,不期却看到了一角晚明历史的天空,对那个时期的兴趣由此而生。此后数十年间,书柜里陆续进驻了若干有关这段历史的书籍:《南明史》《明季稗史》、夏完淳《续幸存录》、孔尚任

《桃花扇》、余怀《板桥杂记》、陈寅恪《柳如是别传》……从正史到野史，从事件到人物，从史学笔法到文学呈现，从亲历者的记录到后世人的伤悼，这个谱系逐渐地丰满。它们连接在一起，拼接出了一段明清易帜的动荡岁月，抵抗与杀戮的血光将江南的天空映红。我至今还记得四十年前江城那个湿热的夏日午后，如果不是为了消磨漫长的候车时间，我也就不会来到书店并购买那一本书。机缘的建立，最初往往源于某种偶然。

相对于上面这些算得上比较醒豁的联系，其他一些书籍之间的关系链条，就显得模糊了，只有当事人自己才清楚。譬如这一本张承志的《北方的河》，以理想主义的高亢呐喊，引发了一代青年的强烈共鸣。我也是其中的一员。谁会想到，小说作者本人也未必认可，我在内心中，曾经将它和尼采、萨特等人的作品列入同一脉精神血缘。那是二十世纪八十年代，意识形态的坚冰融化，个人的声音在集体背景中凸显出来，多少年轻人都把罗曼·罗兰的《约翰·克里斯多夫》当作自己的《圣经》，尼采"成为你自己"的大声疾呼，萨特"存在即选择"的冷静辨析，在众声喧哗中分外响亮。这些人物和思想，发出的都是不甘于苟

355

且平庸、不屑于盲目跟从的叛逆之声，都关涉到一个人的生命姿态，都与时代脚步的迈动产生了共振。青春的充沛激情和生命力，成为拥抱它们的动力。今天，四周弥漫着优雅而又萎靡的气息，望见那些曾让人热血偾张的书，静静地躺卧在书柜的某个角落里，多年未曾被翻动，耳畔隐约响起了某句悼亡的乐声。

忆想这个书籍聚拢的过程，眼前浮现出一个画面：几棵稀疏的树，彼此隔着一段距离站立，每一棵树都不断地生出气根，分蘖出枝条，长成一棵棵新树，并各自向周边蔓延，渐渐地又连结在一起，成为一片蓊郁的树林……一个人的藏书由少到多，由单纯到庞杂，数量的扩大和内容的丰富，其实呈现的也是这样一种图式。许多属于不同时代、众多国度的书，因为这样那样的某种关联纠结，聚合在一起，无数的砖石构建出一座楼厦。当然，这座书籍建筑的施工图纸，只有书的主人才清楚。

由此出发，一个称得上够格的爱书人，是天然的世界主义者，是地球村合格的公民，狭隘与他无缘。与此相关，一个人在书房里浸淫久了，也会成为一个谦抑的人。他会对蒙田的那一句"我知道什么呢"产生深刻共鸣。是的，我只知道自己的无知。知识培养见识,见识造成修养,所以,为什么那么多的大师,通常都十分和蔼低调。这不是故作姿态,而是自然真实的人格展露。

书籍是博物馆,存储着发生过又消逝了的一切:梦想和争斗,功业和荣耀,情爱和仇恨,青春的激情和垂暮的幻灭。它们以过去完成时态,映照着鲜活的现在进行时态。太阳底下无新事。世界的秘密藏在阿里巴巴的山洞里,书便是开门的芝麻。想到这一点,便会产生一种慰藉。

因此,博尔赫斯才会说:天堂就是图书馆的模样。

三

书房的主人站在自己书柜前的时候,通常会是至为欢愉的时光,是享受的极致,庶几与幸福相类。"此刻万物皆备于我",他有一种君临天下的感觉,一时间忘却了现实中的种种烦忧。众多文章都写到过这种快乐,将爱书人的自恋表达得淋漓尽致。

心情总是会诉诸姿态动作。在这样的时刻,通常会伴随着某种目的性模糊甚至阙如的行为。他从书柜里抽出这本翻上几页，又拿出那本读上几行，取舍之间充满了随意性。这样的画面会不定时地出现，手臂伸出又收回，脚步挪移目光游走，具有某种属于个人的仪式感。对他来说这是一种真实的惬意，虽然在旁人眼里显得有几分可笑。

有一些书，他看到时会很愉快，类似见到儿时的玩伴，友情终生不渝。如果他像我一样出生于二十世纪六十年代，大概率会读过管桦的《小英雄雨来》、张天翼的《宝葫芦的秘密》以及高尔基的《童年》《在人间》等。它们连接着少年记忆，也是我们这代人最早的文学启蒙。如今虽然时过境迁，我不会再去阅读，但它们仍然受到善待，享受着荣休的待遇，在书柜十分逼仄的空间中保留了位置。还有一些书，看到它们时仍然会觉心动，仿佛多少年后邂逅了初恋对象，不过那种思慕不休、辗转反侧的感觉消失了。时光和经历改变了许多。

但并不是所有的面孔都是友好的。一排拥挤的书脊中，时常会闪现出一个表情阴郁的家伙，它们是陀思妥耶夫斯基的《死屋手记》，是卡夫卡的《变形记》，是波德莱尔的《恶之花》和《巴黎的忧郁》，诸如此类。它们散发出孤独、幽暗和阴冷的气息，仿佛是一种让生命窒息的迷雾。

这些书中表达的情绪，是一个人本能地躲避拒斥的，但它们此时仍然端坐在书柜里，也是我请来的，并非自己翩然而至。毋宁说，这是随着生命的展开，意识到生活中弥漫着荒诞绝望之后，主动向有关书籍寻求解释的结果。胸怀向着世界的丰富复杂性敞开，旨在获得确证，但最终还是为了求得解脱和超越。

因此，仅仅用愉悦感来描述读书，还是过于简单了，它毕竟不是出席一次好友聚会，自始至终言笑晏晏。事实上，书籍唤起的是复杂多重的情绪反应。书籍容纳和记载了一切，自然界的电闪雷鸣、人世间的喜怒哀乐、个体生命的一切境遇和感受，分别浓缩在一本本不同的书里，书房中充斥着难以分辨分贝的各种回声。因此，面对着塞满了书柜的数千册书籍，也就是面对生活的全部和整体。一个人的阅读行为，既是印证自身的经历境遇，也是发现个体之外的丰富与广大。那么，这些凝结了不同作者生命精血的书籍，当被赋予精神食粮的意义时，便仿佛是高能量的压缩饼干。

书籍的盛衰存亡，也像是潮汐的涨落。秦灭六国后，为了钳制思想，将诸子百家著作悉数焚毁。南北朝时期，南梁为北周所灭的江陵之难，十几万册珍贵古籍化为灰烬。这样的情形在历史上曾经多次出现。其实也不用稽古述往，在我的少年岁月，可读的书就少得可怜，就像那个物资匮乏年代的冬储大白菜，长达几个月里都只能吃它，此外别无选择。但如今已经远非昔日，书籍无比丰盛，这就可以做出自己的选择，选择适合自己胃口的精神食粮。

那么，我需要一份什么样的食物？就像口味会变化一样，对它们的选择也会随着年龄而变化吗？"对一个人是毒药，对另一个人是蜜糖。"这句西谚是不是也适合某一本具体的书籍，从而证明价值的相对性？当灵魂受伤得病时，什么样的书具有药石之效？

我也曾经有过与劫难相守相伴的时刻，痛苦仿佛潮水淹没头顶，仿佛暗夜吞噬光亮。那些日子里，我从史铁生的《我与地坛》中，从苏东坡乐观豁达的诗词中，从古罗马皇帝马可·奥勒留那一部出色地表达了斯多葛哲学的隐忍思想的《沉思录》中，获取信心和支撑。即便被视为消极遁世的佛教，我也从其缘生缘灭的基本理念中汲取了一种勇气——既然诸行无常，那么苦难也该会和幸福一样，无法凝滞，难以持久，将会适时减弱或者消退，呼吸也会逐渐由窒息变作通畅。

由此可以说，不同的书，会分别对应着生命的某个阶段，印证着生命的某种状态。当一个欧美国家的儿童合上《爱丽丝漫游奇境记》，拿起一本《蒙田随笔》，似懂非懂但饶有兴味地翻看时，生活的广阔和复杂开始在他眼前展开，虽然他此刻的心智尚难以理解字句间的蕴涵。一个在华夏文化氛围里长大的古代读书人，从先秦儒学到宋明理学，内圣外王、修齐治平的种种理念，都会在他的灵魂中打下印迹。如果他盛年不再、壮志难酬，或者怠倦了世事纷纭、官场溷浊，面对世界的喧嚣选择转过头去，那么他会把目光投向《庄子》，投向陶渊明的《归去来兮辞》，在江上清风与山间明月中安放一颗倦怠的心。

这样的读者数点着自己的藏书，仿佛在回看一路走来的脚印，一番感慨，几多唏嘘。书籍此时变成了一面面镜子，映照出的是主人肺腑里的峰峦沟壑。他知道自己的精神表情中，某一道笑容是某一本书的投影，某一个音调来自某一本书的回声，就仿佛不同的食物提供各自的营养。书籍增加的过程，与他的心灵的开疆拓土相同步。这样，书籍就会成为精神能量的不竭来源，仿佛《山海经》中的息壤化育万物,或者希腊神话中的不老泉汩汩流淌。因此,站在书柜前巡检自己所拥有的书籍的主人,此刻或许有一种灵魂出窍的感觉,会感觉到有一双眼睛,在高处俯视它所寄寓的那一具肉身,如何从牙牙学语的孩童,渐渐成长,变得骨架坚实,肌肉丰满,长成此时此刻的样子。这般种种,都可归结为一句话,即人与书的关系的建构。

看到过一个说法:不要轻易给人看你的藏书,否则别人会对你的分量底细有一个准确的掂量。这当然是戏谑之言,但其中倒是有不少真理。你的书柜所呈现的,就是你的灵魂的模样。你被剥光了衣服,躯体袒露着,任人指点长短,评说肥瘦。

知晓了这样的内在机制,再来审视某些行为乖张的爱书人,就会觉得他并不比迷恋权位者更为可笑。他享受一种类似帝王南面天下的君临之感,但并不产生真实权力运作中的众多危害。他不过是被书籍的魅力俘获,为文字的神奇陶醉。一股看不见的电波,从字行间篇页中迸发出来,照射进他的灵魂。

少年高尔基在阅读巴尔扎克长篇小说《驴皮记》时,对其中出色的描写技巧惊愕不已。他曾把书高举起来,翻开一页，想透过阳光的照射，看看其中隐藏着什么魔法。这个画面，其实是关于书籍魅力的一个最好的隐喻。

四

因爱好而迷恋而集书不止的过程，经常会带给人一种幻觉。一个简单的事实是：只要有意愿，一个人就能够累积起众多的书。该是基于这一点，在行为和意识之间似乎产生了某种曲折隐秘的关联，一个潜在的声音告诉他，他的生命会无限延长，衰老和死亡只是一种观念上的存在。这一种潜意识鼓励了他，让他停不下脚步，虽然这完全是两回事。

但是，总有某个时候清醒会降临，认识到未来时日无多，即使看瞎几双眼睛，也无法读完他已拥有的满坑满谷的收藏，更遑论还有新书源源不断地进入。那么，这般孜孜矻矻挖山不止一般的行为，其意义何在呢？

在《四季随笔》里，晚年的乔治·吉辛借虚构的主人公之口，发出自己无奈的感慨："那些不能一读再读的书呵。"一个觉悟了的爱书人的叹息，只会更为深入剀切，他会想到无法越度的绝境，一切悲哀的巅峰，即生命的消失。诸行无常，万法皆空，一切都会消逝：我自己，连同我此刻面对的这些书。

这样的时刻，他不免会顾念身后书籍的下落，就像一个有责任心的父亲，会牵挂自己过世后儿女们的生活。在我活着时，它们备受宠爱，即便因为我年龄增加带来了惰性或者病痛，懒得去整理，摆放得凌乱不堪，但不必担心它们会被抛弃，仿佛中古时期那些士族门阀破落了的后代，尽管往昔奢华不再，但也风雨不侵，衣食无虞。不过一旦我故去，情况就会大为不同，它们不可能长期踞守于等待出售或挪作他用的房子里，早晚会被驱逐，就像家世最终败落得极其不堪者的子女，要外出讨一条生路。那么，它们的去向会是哪里，公共图书馆的捐赠处，还是旧书流通市场？

如果是这样，还算不错。我的一些藏书中，扉页上签着知名作家学者的名字，多数是他人之间的赠予，少部分我从旧书店或地摊上购得。何以会如此？无从知晓，也没有必要去探究。它们到了我手中，或者到了同样喜欢书的别人手中，毕竟都是不错的归宿。但更常见的情形，恐怕是被卖到废品收购站，等待打成纸浆。

捷克作家博胡米尔·赫拉巴尔的中篇小说《过于喧嚣的孤独》，把这种困窘描绘得最为真切透彻。小说主人公是一个废纸回收站的打包工，他每天的工作就是在苍蝇成堆、老鼠成群、潮湿恶臭的地下室里，给书籍浇水，再用压力机将其碾碎后打成纸浆。其中不乏珍贵的图书，像歌德、席勒、尼采等人的著作。他把这样的图书挑拣出来，藏在身上带回家中，晚上一边喝啤酒一边阅读，"嗫糖果似的嗫着那些美丽的词句"。这样的工作他干了三十多年，为知识和智慧被无视被毁灭而忧伤。小说的结尾是，他将自己打包进了废纸包，和书籍一起飞升到了他心目中的天堂。

我的思绪没有驻留在这个悲剧结局上，而是忍不住地追溯：那些已化为纸浆的书籍，是通过怎样的途径，来到不同人家或华丽或简陋的书柜中的？它们是被认真阅读过或是仅仅用来装点门面？它们曾经被一双什么样的手翻动书页？在主人的生命历程中，它们是否产生了某种影响？它们必定曾经有所不同，虽然今天殊途同归。

这样想下去，一幅书籍的命运图式便在眼前展开：从逐渐积累聚集，成为一支颇具阵容的队伍，到不断散落飘零,不知所终,多么像是人生历程的一面镜像。终有一天,此刻眼前的一切,眼睛看见的、手指触摸到的,连同围绕它们生发和展开的经历和心情,外在和内在的一切,都不复存在,就仿佛从来不曾存在。

想到这一点难免会黯然。那一刻,古典诗词里的那些吊古伤怀之嗟、物是人非之叹,都可以移来给这种情绪做注脚。谁会知道为了买到这本《美的历程》,当年我跑了几次书店?谁会在意我曾经花五元钱买了一本萨特《存在与虚无》中译本?在二十世纪八十年代,这个价钱足够几个人下饭馆美餐一顿。而要命的是,这本砖头一样厚重的书,我迄今未读完一页。

郁闷如云雾一时弥漫,但深入想下去,也总能够找到排遣化解的办法。一切有形的房屋器具、金银珠宝,无形的盛名令誉、丰功懿德,最终都不属于自己,都会化为乌有,仿佛掬水满捧,都会从指缝间流尽。"大都好物不坚牢,彩云易散琉璃脆",白居易的这句诗,揭示的正是一切事物必将衰败的定律。既然如此,又为什么不能接受书籍的流散?皮之不存,谁会在意附着其上的毛?生命已经不存在,作为派生物的东西又有什么好说的?据说法国国王路易十五说过一句话："我死之后，哪管洪水滔天。"这句话被称为昏君名言之最。不过客观地讲，去除伦理的考虑，从某种超越的意义上看，这种态度中倒是有一种旷达和决绝。

仅仅退一步讲还不能完全服人，迎面而来的说法才更容易有效力。如果说上面白居易的诗句及背后的观念，令人想到是佛教的成住坏空的基本教义的话，那么，好像一只手掌的正反两面，佛家的另一个并行的论断，是万法缘生。它可以从相反的方面，让人了悟这种关系的本质，从而产生出新的感悟。一切现象的存在，说到底都是诸多因素的凑泊，这些书籍得以共聚一堂，也是因为情感心志、空间时间各种成分共同作用的结果，是充满偶然性的存在。当这些条件发生异变，书籍的境遇也就跟着改换。缘起了，它们四方来集聚居于斯；缘散了，它们流徙各处。认识到这点，还有什么不可以释然的呢？

这样，事实还是同一个，但由于打量的角度不同，带来的却是迥异的感受。就好像电脑上的视力测试游戏，将鼠标光标稍稍点击一下，图像转动角度，虬髯大汉就变成了秀发美人。

这种想法,很自然地通向这样的结论:且不管今后山河如何倾覆,先享受此刻的月白风清。古代波斯诗人奥玛·海亚姆的《鲁拜集》里,有一首诗值得再三吟诵:

> 心底不应留下忧伤的痕迹,
> 应把欢乐的书卷一页页翻启。
> 痛饮甘醇,欢天喜地地过活,
> 有谁知道还在世上勾留几许。

是的,关键是当下。意义就存在于当下。不论是哲人深奥的宏论玄思,还是芸芸众生喜欢的心灵鸡汤,都说到了这一点。尽管不过是老生常谈,卑之无甚高论,但此外也找不到更能够带来宽解的说辞。

此刻,我仍然在自己的书房里,站在几十年中辛苦搜罗聚集的数千册书中间。它们真实地寄身于书柜里的每一层搁板上,或站立或躺卧,或庄肃或慵懒,各自挟带了一份岁月侵蚀的痕迹。机缘之线尚未断裂,虚无还是将来的事情,还在一个遥远缥缈的地方等待。

这就够了。朝着书柜里的某本书,我又一次伸出了手。

在大自然的怀抱中

一

有多少人的写作爱好，是起步于欣赏文学作品中的自然风光描写？

这或许应该成为一个研究课题或者方向。文学开始于感觉的发育、情感的觉醒，所以一个人在少年时代爱上文学，是一件再自然不过的事情。两性情感的最初的萌生，对生活的奥秘和意义的疑惑，当然也都是重要的触发因素，但这些需要机缘，也需要灵魂的敏锐。

相比之下，恐怕来得最为直接和普遍的，还是大自然的影响。

回想起自己对文学最初的爱好，总是伴随着对田园风光的记忆。小时候生活在农村，记得那时冬天特别寒冷，但每年开春的那些日子，阳光变得格外明亮和温暖。房檐上垂挂的长长的冰凌，开始滴滴答答地融化；村边小河里厚厚的坚冰，也生出一道道的裂纹。土壤开始返潮，有些地面湿漉漉的像被水浇过。包在厚棉鞋里面的脚指头变得发痒，和小伙伴们追逐嬉耍时，脑瓜会冒出热气，棉袄也穿不住了。这样的日子总是带来一种欢欣雀跃，和多年后初恋时的心境极为相似——人和自然，不同的对象，却同样成为美好的源泉。多少往事都淡忘了，但这些画面始终十分鲜明。等到几年后搬到县城，开始接触文学作品时，首先喜欢上的便是其中对大自然的描写。

二十世纪七十年代，能够读到的文学作品还很少，像《小英雄雨来》《向阳院的故事》《三探红鱼洞》等，我都反复读过多遍。印象最深的是浩然的作品，那个年龄读他的长篇小说《艳阳天》《金光大道》似懂非懂，但他写乡村儿童生活的短篇小说集《七月槐花香》《幼苗集》等，因为描写的是京津一带的农村，风土人情与我在华北平原的故乡极为相似，因此我读得如醉如痴，还专门将我觉得写的精彩的段落摘抄在一个本子上，其中风景描写占了大部分。

然后便是模仿着写,写树林和田野,写朝霞和落日,写风和雨,写县城东门城墙外月光照耀着的小河,写城西公路边一处古墓地秋天长满野草和酸枣树丛的景色,还写对小时候生活过的农村风光的记忆,为此又专门在暑假到姥姥家所在的村子里住了好几天。

对文学作品中大自然描写的迷醉,从那时开始,一直持续到今天。

二

改革开放,国门大开,世界各国文学给予中国作家丰厚的收获和启发。各种主义、流派纷至沓来,从写什么到怎样写,让人眼花缭乱,深刻地影响了好几代写作者。在不同的时期,我也程度不同地关注过其中的某些流派、作家和作品,有些浅尝辄止,有些浸润较多。但有一点始终没有改变,那就是对描写自然的文学作品的喜爱。少年时代的爱好不但未曾改变,反而随着阅读视野的扩展,变得越来越执着。

显然,在范围广阔的外国文学中,这方面的内容是一座存量巨大的宝库。这个话题过于浩大，有无从下手之感。为方便计，我想缩小一下范围，以散文作品为例。

按照接触时间的先后来排序，最早无疑是苏俄文学。其中，屠格涅夫的《猎人笔记》，牢牢镌刻于记忆深处，也可以说是进入我个人的大自然文学作品收藏库中的第一部作品。十九世纪中叶的俄国乡村，广袤的森林和原野，大自然的美丽和农奴制的黑暗，都是那样令人惊心动魄。但在当时的年龄，我本能地更偏爱作家对自然风光的出色描摹，尤其是像《白净草原》《树林和草原》那样抒情气息浓郁的篇章。即便在几年后重读时，尽管已经深入理解了作品中那些社会批判性的内容的价值，但大自然描写的动人魅力，并未因此而有一丝一毫的消减。

几年后，二十世纪八十年代初期，我又读到了帕乌斯托夫斯基的《金蔷薇》。翻译者是李时，上海译文出版社一九八〇年九月新一版。白色的封面上，左侧三分之一的位置，是一高一低两枝花和各自的几片叶子，线条简约，颇有几分绢花意味。封底右下角书号和定价的上面，印着"内部发行"字样。

发现这部作品，对于我来说是一个影响终身的重大事件,甚至要超过《猎人笔记》。这本书的副标题是"关于作家劳动的札记",它是一部教导作家写作的书,对几代中国作家都产生过非同寻常的影响,我就多次读到不同作家们在文章中深情地回忆这本书给予自己的启发和引导。几年后,我还读到翻译家戴骢的名为《金玫瑰》的译本,这个版本借当时外国文学热方兴未艾的天时之利,发行量更大。

这本书是一部别具一格的创作论。作家从切身感受出发,谈及灵感、主题、人物、情节、细节、氛围、节奏、语言等写作中的诸多方面,独出机杼。书中风景描绘的内容非常丰富,而且围绕上述许多命题的阐释,都可以说是借助风景刻画来实现的。

譬如,为了强调情感性记忆——他形象地称之为"心上的刻痕"——对构思的作用,他结合自己一部短篇小说的写作,描述了他所居住的乡下破败庄园深秋时分纷飞的黄叶,低垂的乌云和连绵的冷雨,这种萧瑟、阴郁和凄凉,反而使他逸兴遄飞:"我永不会忘记这种秋天的悲哀,它跟心灵的轻松和平凡的思想奇妙地结合在一起。"再如,为了论述文学语言的精确性,他以对下雨的描写为例,说雨有"毛毛雨、晴天雨、霪雨、梅雨、疾雨、牛背雨、斜雨、骤雨、暴雨"等诸多种不同的状态,这在俄语中都有着相对应的词汇。

因此,在这部书里的最后一篇中,他这样总结式地写道:"应该沉浸在风景中, 好像把脸埋在一堆给雨淋湿的树叶中,感觉到它们的无限的清凉、它们的芬芳、它们的气息一样。"因为"只有当我们把自己的人的感情移到对自然的感觉中去,只有当我们的精神状态、我们的爱、我们的欢乐和悲哀完全和自然相适应, 自然才会对我们发生极大的影响"。

这部《金蔷薇》让我第一次鲜明地认识到,原来人与大自然是这样的一种关系:大自然不仅仅是客体,是人观看和描绘的对象,还是人的生命的组成部分。它既是人内在心灵世界的一个源泉, 也是人情感和精神投射的外部目标。大自然有灵性,有魂魄。在其后陆续翻译出版的帕乌斯托夫斯基的大量作品中,像《面向秋野》《猎户星座》《一生的故事》等,这些观念都得到了充分而动人的表达。

与它几乎同时进入我的视野的,是蒲宁的《阿尔谢尼耶夫的一生》,据说这部作品的出版是让他荣获诺贝尔文学奖的重要原因。在某种意义上,它可以被看作是对《金蔷薇》中许多涉及自然的观点的形象印证,虽然它的问世早于帕氏作品二十多年。这部自传色彩浓郁的小说,有着鲜明的散文化风格。他描绘了俄国中部乡村的生活和田野风光,夏日铅灰色的白昼、风雪凄迷的冬夜、牲口棚下的牛蒡、池塘边的白嘴鸦、圆木搭建的古旧的教堂、荒凉的乡村墓地,都是最为寻常朴素的景色。这些大自然的丰富形态,光线、气味、声音和色彩以及它们之间的联系,都能够给他带来或强烈或微妙的情绪反应。作者在书中写道:"我对大地和天空色彩的真正神妙的涵义,一向都有最深的感受……这种透过枝叶显露出来的淡紫色的蓝天,我临死也会想起……"只有一颗挚爱自然的灵魂,才能产生这样的感受。

不论是沙俄时期还是苏联时期,都有众多描绘大自然的作品,仿佛一桌桌丰盛的宴席。短短的几年中,我读到许多这类的作品。珍宝得来如此容易,每每令我在潜意识中有一丝不安。像被誉为"大自然的调查者"的普里什文的《大自然的日历》《林中水滴》《大地的眼睛》等众多作品,阿斯塔菲耶夫的《树号》和《俄罗斯田园颂》,拉斯普京的《贝加尔湖啊，贝加尔湖》，卡扎科夫的《橡树林里的秋天》……仅仅是列举书名，就会是一个长长的单子。不同时代意识形态的差异和对立，在别的方面可能十分明显，但是在对大自然的态度上，却体现出了令人惊异的前后一致性。这是一种源自民族文化血脉的贯穿。

我那时参加工作不久，上夜班，白天有大量的时间，可以到处游荡闲逛。在那个夏天，我让自己用帕乌斯托夫斯基、蒲宁那样的方式，感受和记录下大自然的状态。它们不仅仅是通常认为的可以被摄入镜头的"美"的景色，更是这个季节中大自然的纷纭芜杂的种种表现，像烈日下某一扇半开的玻璃窗的耀眼反光，像柳树树枝被风翻卷时瞬间呈现出的色彩的深浅差异，像骤雨落在屋顶上激起的团团雾气，像街边垃圾箱里西瓜皮发出的甜丝丝的馊味。我希望将来能够写出一本《夏日随笔》。虽然后来只写过两篇不长的散文，但由此获得的感受和记忆，却是异常深刻的。

三

我需要尽快转换话头，以免让人以为这篇文章是有关苏俄文学的专论。

其实，在世界各国，关于大自然的描写都是文学中的重要内容。非洲的沙漠，澳大利亚的牧场，北欧的峡湾和湖泊，南美的森林与大河，椰林摇曳的太平洋岛屿，驯鹿出没的加拿大荒原……哪里有生活，哪里就有爱，而大自然便是爱投向的对象之一。

书桌左前方，台灯旁边，那个小小的地球仪，陪伴我超过二十年了。对于生活在"地球村"时代的人，这是一个必要的配置。每次用手指轻轻拨动它，我都会感受到一种隐秘的惬意。此刻，地球仪上我的目光直对的那一片微凸的球面，正是蔚蓝色的地中海区域。

海水颜色的上方，也就是地理位置的北方海岸边不远处，有一个地方叫作普罗旺斯，如今已经成为小资读物中的热点与标配，相关出版物可谓坑满谷盈。其实，早在一百五十年前，短篇小说名作《最后一课》的作者、法国作家都德，就在《磨坊书简》一书中，写出了这个曾经的古罗马帝国行省的风土人情。河谷坡地上的磨坊,风车慢悠悠地转动;一垄垄橘子树起伏绵延,树叶仿佛涂了一层釉彩,在阳光下熠熠闪亮;远处,阿尔卑斯山的山脊映衬着蓝色天幕,好像一道道剪影。薰衣草浓烈的芬芳,寂静中突然传来的木笛声,树枝间轻轻抖动的精致的蜘蛛网,早餐桌上的无花果和麝香葡萄,繁星点点的夜晚牧童的奇遇,用当地方言写作的执拗而快乐的乡间诗人……质朴、恬淡、清新、谐谑,一幅汇聚了众多动人细节的明媚画卷出现在眼前。

目光掠过海面,向着西南方向滑动,落在伊比利亚半岛的南部、西班牙古老的土地上。从安达卢西亚到卡斯蒂利亚,阿索林写下了淡淡的哀怨。荒凉的田野,寂静的村庄,杏树、橄榄树和石榴树,客栈、斗牛场和教堂尖塔,更夫从冷清的街道上走过,铁匠打铁的声音击破了沉寂,花园里残破颓圮的水池,小城夜晚怅惘的笛声,分别成为一篇篇散文的背景。那些农夫和女仆、修伞人和卖货郎、绅士和法官,不论身份卑微还是尊贵,都负载了这一块土地的沉郁忧伤。时光在递嬗中展开着生命的轮回,永恒的哀愁贯穿了不同的时代,是隐忍平静,是达观知命,是"知其无可奈何而安之若素"。作家致力于探讨的"西班牙的灵魂""深奥的西班牙精神",就藏匿在一系列丰富的物象中。

与在其他文学形式中一样,散文里对于大自然的描写,也被打上了作家们各自美学的、民族性的烙印。

目光再由此折向北面,跨越广阔的法兰西原野,掠过狭窄的英吉利海峡,落在英伦三岛上。英国人的绅士派头,也表现在他们的行文中,从容、优雅、冷峻,鲜见直白的情绪宣泄,最强烈的感受也总是被智性有效地约束。像吉尔伯特·怀特的《塞耳彭自然史》,就被文学史家誉为"十八世纪留给我们的最愉快的遗产之一",是书信体写作的范本。一个偏僻的英国乡村的风光,草木虫鱼、飞禽走兽、气候和景物的变化,以及宁静舒缓的古老生活的魅力,被其娓娓道来,令两百年来的诸多代读者为之倾倒。在狼奔豕突的现代生活中,那样的日子越发让人怀想。更晚一些,十九世纪后半期,又有威廉·亨利·赫德逊。他自小生活在南美阿根廷的牧场,细致描绘了种植园的美丽风光,大草原上的雷雨和蜃景,鸟类迁徙时的队列和歌声,被他的同胞、英国小说家高尔斯华绥称赞为"是眼光最敏锐、心胸最博大、最理解自然的一位观察家"。晚年他迁回英伦本土，目光仍然延续着几十年的关注，在汉普郡的一个村庄里，观察他早年就结识的鸟类的踪影。斑鸠的鸣声、夜莺的歌喉，在他看来胜过最美的音乐。

乔治·吉辛的《四季随笔》，更是具有一种交响乐般的恢宏效果。他一生贫穷坎坷，晚年才因获得一笔遗产而摆脱衣食之虞，得以从容地享受生活，欣赏自然。它以春、夏、秋、冬四个章节结构起整部作品，所有的回忆和向往、感受和思索，都在季节的怀抱里、四时的风景中展开。春天小路旁吐露新芽的白屈菜，夏天明亮的花园里花草的芳香，秋天细雨轻敲树叶的声响，冬天壁炉里跳跃的火焰映着窗外的积雪……大自然呈现的丰裕之美给予他深长的慰藉，大半生的蹭蹬和屈辱，在笔下变得云淡风轻。书中这样一句话让人读来动容："我临死前头脑中最后想着的，将是那照耀着英国草地的阳光。"

沿水平方向向左拨动地球仪大半圈，眼前出现了另一个岛国。不能不说到我们的东邻，一衣带水的日本。德富芦花、国木田独步、东山魁夷、水上勉、井上靖……它们分别描绘了东京的郊野，京都的四季，北海道无边的雪原，伊豆半岛春天鲜艳的梅花。一位著名盲人音乐家宫城道雄，甚至通过聆听自然中的种种声响，来细腻地感知四季的情趣，并将其化为美妙的文字。川端康成获得诺贝尔文学奖后的那篇著名的演讲《我在美丽的日本》，就深入地谈到了大自然对于日本人心灵的深刻影响。同样是东方民族，中国读者容易理解那种细腻和敏感，一朵花的开放，一片叶子的飘落，自然界景物的微妙变化，都能在他们心中唤起丰富复杂的感应。

永井荷风的一段文字，颇能写照这种情与景、心与物紧密交融被称为"物哀"的审美状态："雨夜啼血的杜鹃、阵雨中散落的秋天落叶、落花飘风的钟声、途中日暮的山路的雪，凡是无常、无告、无望的，使人无端嗟叹此生只是一梦的，这样的一切东西，于我都是可亲，于我都是可怀。"这样的表达，分明会让人联想到杜甫的诗句"感时花溅泪，恨别鸟惊心"，只是在东瀛作家那里，更容易也更多地呈现出某种决绝的、极端的意味。

上述种种，仍然只属于举例说明。写出来的，只是我接触到的多少分之一，因此也只能代表一部分阅读印象。好在这样的文字不属于学术研究，因此不必过多考虑是否周全严整等。我只是试图表明，文学中的这一方领域，是多么辽阔广大。

四

不用说，充沛的感受性是大自然题材散文的基本立足点和共同属性。但还不仅仅如此，精神性也是充分地寄寓于其中的。相当数量的散文，在让人产生情感共鸣的同时，也会有理性的收获——"诗"之上，还有"思"。

托物咏志、借景抒情的修辞方式，在东西方都是一样的。在一位日本作家看来，路边的一株蒲公英，被经过的人们反复踩踏，因此扎根很深，长成了趴伏的姿态，令人想到一些卑微的、备受命运作弄的人生，虽然只能以扭曲的姿态活着，却仍然坚韧顽强(壶井荣《蒲公英》)。在一位东欧作家笔下，被狂风吹到辽阔田野上的两粒种子，生根发芽，长成了两棵远远分隔开的参天大树。田野里再没有任何别的树木，它们遥遥相望，相互思念，相互倾慕。这个意象，仿佛在诉说着人类永远的、本质上的孤独，和一切摆脱孤独的努力(埃林·彼林《孤独的树》)。

但这里我想说的，还是那种整体性的理性观照。

被称为"德国浪漫派最后一名骑士"的作家赫尔曼·黑塞,在其作品中广泛地思考了"回归自然"这一主题。他热爱古老的东方文化,寄情老庄、陶渊明,认为只有投身大自然中,大工业时代带给人的精神困惑才能得到纾解。于是在天地山水间的漫游,便成为他的作品的一大主题。他继承了荷尔德林"人诗意地栖居在大地上"的精神血脉,也延续了将哲学寄托于诗歌中的德国浪漫派的文学传统。在《山口》《农舍》等一系列散文中,我们读到了这样的交融。他伫立于阿尔卑斯山的山口高处,世界之美以一种宽广的面貌呈现:一边是北方德国的景物和房舍,积雪微弱的闪光中散发出凛冽的寒意;一边是南方意大利浅蓝色的山谷,暖风中隐约飘来葡萄和杏仁的清香。这里是地理的分界线,也是语言的疆界,但对于一个像他这样以"流浪者"自称的人,每一片土地都是他的国土,都是他怀着乡愁的冲动不断地张望的地方。

同样是德语诗人,里尔克也习惯于从大自然中,发现、印证和表达他关于世界和生活的观念。创造的本质及途径,是他关注的一个核心命题。俄国之行,一望无际的、辽阔的苍穹、土地和水域令他惊愕,在《彼得堡记事》中他这样写道："我迄今所见只不过是土地、河流和世界的图像罢了，而我在这里看到的则是这一切本身。我觉得我好像是目击了创造。"他甚至感慨："我赖以生活的那些伟大和神秘的保证之一就是：俄国是我的故乡。"不难想象，这种体验一定会增进他对那个长久关注的话题的思考。几年后，当他在与一位青年诗人的通信中写出后面这些话时，俄国冰雪皑皑的漫长冬日后的春天的田野景色，大自然在孤独和沉默中孕育新生命的坚忍，也应该会闪现在他的脑海中，成为他的思想的一个来源。"艺术品都是源于无穷的寂寞""不能计算时间，年月都无效，就是十年有时也等于虚无。艺术家是：不算，不数；像树木似的成熟，不勉强挤它的汁液好好地忍耐，满怀信心地立在春日的暴风雨中，也不担心后面没有夏天来到。夏天终归是会来的，但它只向着忍耐的人们走来"，一种整体性的来自大自然的启发，又通过自然界中的具体物象加以寄托和表达。

相比里尔克平和冷静的理性表达，法国作家纪德的《人间的食粮》，则是一次激情洋溢、滔滔不绝的诉说。在一个对生活抱着热切憧憬的年轻人的眼里，人世间的一切遭遇，都是喂养灵魂的粮食，"每一触及我感官的东西，都给我带来了快感,就像我触摸到幸福一样"。他要"把欲望引向大地上一切美好的事物",其中就包括大地上的无限风光。这部由日记、诗歌、旅行笔记、道德箴言等成分构成的近十万字的长篇散文,有大量段落是对自然界的风景物事的描摹。作者的感官彻底敞开,视觉、听觉、嗅觉、触觉都被充分调动起来:被沙漠热风吹得飒飒作响的棕榈树,湖中水草下面淤泥的气息,被揉碎的无花果叶子的清香,茴香繁密的茎秆在日光下金黄色的闪光……以上都是他贪婪地感受、品尝、沉醉的对象。对生命的肯定,对生活的热情,都体现在这样的渴望中,其本质是一种在感性领域追求无限的浮士德精神。跟随本能的召唤,摆脱伦理道德的束缚,这些借助鲜明的形象发出的呼喊,正是那个时代"重估一切价值"的精神思潮的折射。

五

有时,来自众多的作家的目光,投注于一个共同的领域,因而获得了一种整体性的浩大气势。它令人想到一支队伍的行进。

譬如美国的自然文学流派。这一流派起源于十七世纪，经过不断的发展，至今已经蔚为大观，在美国文坛有着重要地位和广泛影响。这个流派中的不同作家，在描写自然时有着各自关心和侧重的范围，但也有一个最大的公约数：探讨人与自然的关系。

对其源流做一番简单梳理，有助于加深了解和认识。它在本土的思想渊源，发端于十九世纪爱默生的超验主义哲学。在他的时代，人们更多看到的是自然的实用价值，而他却用一种超前的眼光，看到了自然所蕴含的精神价值，明确指出"自然是精神之象征""每一种自然过程都是一篇道德箴言"。也是在长文《论自然》中，爱默生问道："从一片风景中，在对一片风景的每一瞥中，我们难道不能看到上帝的神圣和伟大，不能看到上帝的容颜吗？"因此他写下这样的判断："我们与自然陌生的程度与我们同上帝疏离的程度是相等的。"他呼吁"让自然渗入我们生命中"。他的这些核心观点，极大地影响了同时代的自然文学作家，成为自然文学的理论基础，成为后来的那一条泱泱大河的源泉。

他的挚友和信徒梭罗，用后来成为自然文学经典的

《瓦尔登湖》等多部作品,对爱默生的多少显得有些抽象的思想进行了形象的阐释,使大自然获得了可视可嗅、可触碰可扪摸的生动质感,也为那一眼泉水注入了新鲜水源,使其成为一条活泼跳荡的溪流。《瓦尔登湖》如今已经无人不晓,也就毋庸再做更多的介绍评价。

倒是另外一部作品,值得稍微多花些笔墨。美国文学史上的不朽诗集《草叶集》的作者惠特曼,是爱默生赏识的作家,也是梭罗的密友,他将爱默生"研习大自然"的倡导,诉诸真实的行动。在病魔缠身的晚年的某一天,他坐在小树林中的树墩上,写下了散文集《典型的日子》的开篇。在这本日记形式的作品中,惠特曼张开每一个毛孔来感受自然的魅力,文字中处处散发泥土和青草的芳香。读读这些动人的标题吧:《致清泉和溪流》《初夏的起床号》《日落的芳香—鹌鹑的歌声—隐居的画眉》《裸身日光浴》《最初的霜》《一棵树的功课》……凭借这种真实的沟通,从肉体到灵魂,他都深切地感知到了大自然的疗治作用:"多谢了,无形的大夫,感谢你那无声而清香的补药,你的白天和夜晚,你的河水和空气,你的河岸、树木甚至野草。"

在这些先驱者身后，走来了一批倾心于天地原野的作家。大自然以其丰富浩瀚，为他们各自的书写提供了个性特异的空间。巴勒斯徜徉于鸟类王国，缪尔跋涉于群山世界，奥斯汀走入干燥的新墨西哥沙漠，贝斯顿则栖身荒凉的大西洋海滩。一种高度的契合感，存在于这些生活在不同时代、大自然的不同形态里的作家之间。"在丛林中我们重新找回了理智和信仰"（爱默生），"只有在荒野中才能保护这个世界"（梭罗），"在上帝的荒野里蕴藏着这个世界的希望"（缪尔）……这些句子里，有着令人惊异的紧密性和一致性。

当然，传承中又有新的发现和创见。二十世纪的自然文学作家们，让爱默生和梭罗等人关于自然的观念，获得了进一步的拓展。在这方面，利奥波德尤其可以作为一个路标、一座里程碑。

对于土地的情感，在他那里被提升到前所未有的高度。他在威斯康星河畔买下一座被废弃的、几乎沙漠化了的农场，进行生态修复的实验。他将这个过程和有关思考，写进了《沙乡年鉴》（或译《沙郡年记》《沙郡岁月》等）一书中。他认为人类对赖以生存的自然界有一种道德责任,主张保持生态健康,培养"生态良心",明确提出了"土地伦理"的概念。他因此被称作"生态伦理之父",这部作品也被誉为"土地圣经"。

当然,任何归类都意味着某种程度的过滤和排除。譬如我十分喜爱的美国散文家怀特,可能就不会被划入这个派别。但新英格兰地区缅因州的农场风光,冬日的暴雪、夏天的飓风,还有那些憨态可掬的鹅、浣熊和狐狸,在他极具个性色彩的语言的描绘下,分明别有一种鲜活美妙的情趣,让人过目难忘,迷恋不已。

因此,无论我们怎么称呼它们,自然文学也好,生态写作也好,呼朋引伴也好,独来独往也好,那些成功的作品,一定是遵循着一个美学呈现上的最大公约数——它们是形象鲜活、气韵生动的。你看到雪花缓慢飘坠的姿态,听见鸟儿急促地拍动翅膀,闻到稻草烧成灰烬的气味,感觉出脚掌踩进淤泥时的清凉……大自然的美就在这些声色形相中。

即便是在利奥波德那里,深入凝重的理性思考,也不曾干扰他对于文学功能的清醒认识。他深知,"探索人类与自然的和谐关系是诗人的领域",美是一条通往真理的可靠路径。在《沙乡年鉴》中，他依照日历的次序，逐月记录他眼中的大自然风光，每一个场景。首先是一幕美的画面：一月，臭鼬的足迹印在开始融化的雪地上；二月，闪电撕扯下一大块栎树的树皮；三月，雁群列队鸣叫着飞过；四月，紫荆花绽放；五月，北美鸳鸯在树洞里筑巢；六月，林中小溪里的鳟鱼上钩……

六

因为具备这般丰厚深邃的质地，我对大自然文学的喜爱，随着阅读的扩展而不断加深。如果说少年时的迷恋多少还带有某种偶然性，那么今天的执念，便是洞见其底蕴之后的主动趋奉。

文学源自生活，又成为一种自足的存在。秘鲁作家略萨写道，他第一次去爱尔兰都柏林时，满以为会看到乔伊斯《都柏林中》中写到的阴晦的天空下精神萎靡的人们，但目睹的却是一座欢快的、充满活力的城市，迎面走来的陌生人，友好地邀请他去喝上一杯啤酒。这让他有一种"被出卖的感觉"。

但阅读那些描写大自然的杰作，你不会产生这样的感觉。如果你已经去过，它会是一种印证，并以作者敏锐的发现、独特的关注，补充你的经验，提升你的感悟。如果你准备前往，它又是一种提示和导引，仿佛掀起花房门口的一角帘布，让你预先感受里面的斑斓和馥郁。

依然是缩小范围，以美国为例。这个国家幅员辽阔，自驾旅行是亲炙大自然的无边美丽的最好方式。就我而言，有至少两次印象深刻的经历，其原因很大程度上来自于旅行与阅读的互动。

一次是在美国南部，沿着墨西哥湾北岸，自路易斯安那州的新奥尔良，西行至德克萨斯州奥斯汀。我对河流总是怀有一种特别的向往，这次行程就是为了去看两条大河，密西西比河和科罗拉多河。我有意选择了一条穿越密西西比河三角洲低洼地带的道路，为了充分观赏它的沼泽景观。在三角洲的上端始点、路易斯安那州首府巴吞鲁日，我站在平缓的河岸上，望着大水汤汤，想到马克·吐温的长篇游记《在密西西比河上》中的描写："伟大的密西西比河，雄浑庄严、秀丽无匹的密西西比河，在阳光下泛着粼粼碧波，涌着一英里宽的大潮奔腾向前，极目望去，使人如临旷古如斯的大海，充满宁静、壮美。"这一切此刻正在我眼前展开，而《老人河》浑厚苍凉的歌声，也仿佛从水面上传来。几天后，几百英里之外，我又站在奥斯汀城里的一座山顶公园上，俯瞰科罗拉多河有如一条缎带穿城而过。河面宽阔，水流舒缓，两岸茂密的树木倒映在水里，清澈澄碧，如诗如画。然而，眼前风景的秀美妩媚，并没有改变约翰·鲍威尔《科罗拉多河探险记》一书让我生发出的想象。多年前阅读这部十九世纪的名作时，这条西部大河的气势就让我神驰不已：湍急的河水从陡峭的大峡谷中奔泻而下，狂野不羁，河道中巨石嶙峋，水流撞击的轰鸣声如同巨兽咆哮。借助作者雄浑豪放的文笔，这条河流给予我的记忆如镂如刻。那是它的中上游景观，距离此地尚有遥远的距离。我梦想着有一天站在那里粗粝的风化岩上，感受那种让人心惊目眩的壮美。

另一次是在东部，从弗吉尼亚州首府里士满出发，一路向南偏西，穿过多半个北卡罗来纳州，再向西北折返，转入西弗吉尼亚州的群山中。这一段路程，大部分位于贯穿美东地区的阿巴拉契亚山脉的东麓谷地中，经常开车一两个小时都见不到人影，只有连绵的牧场、围栏和牛群,让人真切地感觉到大自然的辽阔苍茫。根据查尔斯·弗雷泽的同名长篇小说改编的电影《冷山》,描绘的就是南北战争时期发生在这一带山地中的故事。旅途中,我充分享受着五月末山野中的温暖与芬芳,脑海里却同时叠印上了这里冬天寒彻肺腑的风景。这自然是因为我曾经对那部小说有过深入的阅读。在小说中,大自然的风景被笔墨酣畅地描绘,成为一种人格化的存在,成为情绪、愿望和意志的外在投射。那个名叫英曼的南军士兵,自感生命已经所剩无多,从战场逃离,忍受着病痛、孤独和不可测知的凶险,在风雪弥漫中长途跋涉,只为了回到偏僻的故乡冷山,回到孤独的妻子艾达身边。冷山是他的救赎之地,也是他和她之间坚实的纽带。在与追捕者一番激烈枪战后,中弹的英曼倒在雪地上,死在艾达的怀里,艰难的爱情化作了一个凄美的传奇。

当然,这里谈论的已经不是散文了。

没有关系。这篇文章的开头就说过,从散文进入,更多是出于便利的考虑,为了努力达到事半功倍的效果,但只要这个话题稍稍展开,就一定会冲破人为设置的文体樊篱,向着广大的范围涌动。在散文中揭示的这些题旨,在诗歌中,在小说中,在文学的广阔的领域,同样也有着寄托和表现,甚至要更为深刻和饱满。譬如在一些长篇小说中,像挪威作家汉姆生的《大地的成长》,像澳大利亚作家怀特的《人树》,大自然的丰富和深邃,其外在形态和观念性存在,对于生命的启发和引领,都因为篇幅的浩瀚,而得到了充分的发掘和有力的表达。那样的规模和体量,令人想到一座高山,一条长河。

大自然与文学,文学与大自然,就是这样互相包孕,互相映照,互相成就。那么,一个虔诚的写作者,无疑应该牢记美国自然文学作家亨利·贝斯顿的名作《遥远的房屋》中的这句话:"抚摸大地,热爱大地,敬重大地,敬仰她的平原、山谷、丘陵和海洋。"

写作是毕生的劳动(代后记)

——答《中国青年作家报》记者问

您的文学启蒙从什么时候开始，您又是如何走上文学创作之路的？有何关键的人或事吗？

我出生在二十世纪六十年代，童年和少年时代正赶上"文革"，精神生活一片荒漠，没有什么书读。有的作家有祖辈传下来的丰富藏书，或者因为某种机缘走进过封存的图书馆，得以在适宜的年龄读到许多文学名著，我很羡慕，但是我没有这种幸运。有一次在新华书店里，我买到了浩然的儿童故事集《幼苗集》，爱不释手，读了不知多少遍。此前，当小学教师的母亲被下放支教，因此我在农村生活了五六年。这本书里描绘的也是华北地区的农村，我读来十分亲切。童年的感觉最为敏锐，因此对那段生活的印象格外深刻。回想最早喜欢上文学的机缘，这本书应该是比较确定的线索之一。我写作中的一些题材，像对大自然的倾心，应该说是在那时埋下的种子。

然后便是读当时能够看到的一切文学作品，如今还记得书名的有《向阳院的故事》《新来的小石柱》和《沸腾的群山》等。今天看来，它们作为文学的纯正性有待怀疑，但却是那个精神食粮高度匮乏的时代难得的养料，因此仍然值得我铭记和感念。

您为何会一直专注于散文写作？

我可以这样说：散文是最为自由的文体。小说要有人物、故事和结构，诗歌讲求意象和节奏，这些都是最基本的要求。相对来讲，散文不是这样，所受限制更少，进入的门槛更低。当然，它也有"易写而难工"的一面。这也都是常见的说法。

这些自然都是真实的，但小说家和诗人们，在写作属于自己的体裁时也是风生水起。因此我想对某些作者来说，恐怕更多还是一个习惯问题。写作也是一种因缘际会,开始时从某一种文体下手,后来就形成惯性,专注于这种文体。每当有所感触,就用散文的方式来表达,而那些不适合用这种方式表达的内容,也许就被忽略或被过滤掉了。这可能在一定程度上属于所谓"写作发生学"的研究范畴,这里不再赘述。

其实,写小说曾是我最初的梦想。十几岁时,我就写过一部中篇小说《战斗中成长》,写的是抗日战争中的儿童故事,该是与当时读小说《小英雄雨来》等有关。结果是收到编辑的退稿信,让我要从自己熟悉的生活写起。成年后,工作忙碌,总想着等有了充足时间再说,这颗梦想的种子一直没有能够重新发芽。现在有时间了,但好像又太晚了。这样看来,小说将会成为一个固化了的诱惑。多年间我读过的中外小说作品的数量,肯定要超过散文,其中的一些,成为我的读书随笔中的话题。我安慰自己,就这样作为一个资深的读者,在远处望着那一片小说园圃里百花盛开,姹紫嫣红,目光中充满羡慕,也不错。

站在文学编辑的角度,您的选稿标准是什么?在您看来,什么样的文章算得上一篇好作品? 编辑身份对您的写作思维和风格有哪些影响吗?

我曾经长期担任报纸文学副刊的编辑。因为媒体面向大众的属性,决定了所刊发稿件的内容要更偏重公共性,也因为版面限制,要求文章尽量简短,文字精简凝练。如果是文学期刊,择稿的尺度标准会有相应的调整,篇幅空间会较大幅度地增加,内容上也鼓励更多的个人化表达。

但我想,不论是发表在什么样的载体上,好的作品都有一个公约数,那就是符合文学的根本标准。它们要么是情感的真挚,要么是思想的深刻,这些是属于文学的内在规定性的因素,不会随着时代而变化。文学不是技术,不遵循线性发展的规律,并非越向后越好,作品生命力取决于其拥有本质的程度。这就是我们为什么今天仍然要读《诗经》和楚辞,读乐府诗和《古诗十九首》。

做编辑要与各种作者打交道,要面对各式各样的作品,因此,应该有一种开放兼容的心态。这一点延伸到写作中,便是对别人作品的内容和写作风格给予尊重,认识到多样性的可贵,即便不合己意,也不要情绪化地否定。

您曾提出,文学创作要为作品赋予具有新鲜感的内涵或层面,散文写作同样要向深处发掘,为此您提出了"有难度的写作"。这种"难度"体现在写作的哪些方面?

如果诉诸主观感受的话,从写作者的角度看,"难度"通常是构思和写作中的滞涩阻碍之感,而不是那种一泻千里式的流畅顺滑。而作为接受者,则体现为从阅读中感受到了某种新质,这使得该作品与众多同类之作有了明显的分别。

对于一个写作者,人云亦云,说别人说过无数次的话固然没有意思,一再重复自己同样不好,哪怕最初说出它时曾经让人眼前一亮。因此在每一次写作中,都应该抱着有所创新的念头,哪怕只能够落实一点点,哪怕只是体现为细枝末节。它们可以是情绪体验的某种新鲜之感,也可以是诉诸理性沉思的一道闪光。"难度"还包括给内容以恰当的形式,应该努力找寻到相适应的叙述语调,分别体现在结构、节奏、语言等诸多方面。如此种种，做到其中的一种都不无困难，如果能够更多，那简直要说是上苍的格外眷顾了。这样就会形成属于作者自己的特点，所谓标志性或者辨识度。

不论是在一部具体作品的创作中，还是在整个写作生涯里，"难度"始终存在。出于积习或者惰性，人都在有意无意地给自己造出一个窠臼，有时候待在里面还会感到舒适，但要想不断提升自己，必须懂得突围。这一点有难度，即便意识到了也未必能做到。在此意义上，也可以说写作是一桩带有悲剧色彩的行为。

您的笔下涉及的题材范围很广，从乡野到都市，从自然风光到人文景观，关注当下的同时也时常遥望历史烟云，作品也兼具理性与感性之美。这是您有意识的美学追求吗？

文学表达的内容尽管丰富浩渺，但概括来看，不出乎感性和理性、情感和思考的范畴，或者取一个更简练的说法，也是大文学家歌德给自传所起的题目，是"诗与真"。

写作就是在这两种维度构成的浩大空间里驰骋思绪。它们各自有着自己的广阔丰饶。当然有理由偏重于一个方面，但倘若因此而疏忽另一方面，也总是让人遗憾。而且，在大多数情形下，二者也是彼此相连、相互交融的，仿佛一条色谱带上渐次过渡的不同色彩。

同时，事物构成的本质属性，也要求写作者具备一种整体性的目光。对现象的关注早晚会引向对本质的探求，诗意飞扬的尽头会沉淀理性的结晶。这种万物联系的观念，会驱使一个写作者逐渐走入广阔的地域，而不肯长久地居于一隅，尤其是如果他对自己有较高期待的话。

您的散文创作虽少但精，您也说过，自己的每一篇文章都来得不太容易。多年来支撑您持续写作的动力是什么？

比起一些产量很高的同行，我的作品的确不算丰富，但日积月累，也先后出版了十多本集子，这是坚持不懈的结果。写作也是需要用毕生时间从事的劳动，要像过去手工时代的一个木匠，技艺在不断制造家具的过程中提高；

要像一名戏曲演员，每天都要吊嗓子练身段。不要总想着讨巧，没有捷径。不能寄望于灵感的频频闪现，或者说灵感也钟情于诚笃的劳动者。我很惭愧，与一些勤奋踏实的写作者相比，自己在这个方面还有不小差距。如果说某些作品产生了一点影响，很大程度上与曾经精心淬炼过有关。我相信价值是劳动量的凝结，付出心血汗水的多少，决定了作品的质地与成色。

最初投入写作，当然首先是出于热爱，捎带着还有作品发表后的一种成就感，被人称赞的一缕得意感。但如今对后者已经看得淡了，坚持写下去主要是因为喜欢做这件事情，享受写作带给灵魂的安适之感。经由写作，借助语言，能够更好地认识社会和生活，能够让人生的步伐迈得更为坚实一些。在这个意义上，文学的作用仿佛是一双眼睛、一副拐杖。

我尤其看重并切实地体会到了写作的疗愈功能。这种作用真实而确凿。很大程度上，正是写作将我从苦难遭遇中拯救出来，让我获得了生存下去的勇气和心境。

文学创作几十年间，您认为自己的创作历程可以分为几个阶段？不同时期的心境和创作偏好有变化吗？

这一方面不是很明显，没有标志性的、能够拿来作为界标的作品。事实上，我的作品中的若干主题，在写作的早期就大部分都涉及了。此后的写作，很大程度是对这些主题的拓展，是在宽度和深度上的进一步开掘，也仿佛是音乐中一段旋律的不同变奏。年龄和阅历的增加，会让人对同样的事物不断地产生出新的认识，赋予它们更为丰富庞杂的色彩和意味。

这种情形，让人想到南宋词人蒋捷的那首著名的《虞美人·听雨》。同样是听雨，同一个人在不同年龄里，感觉和心情却大为不同："少年听雨歌楼上，红烛昏罗帐。壮年听雨客舟中，江阔云低、断雁叫西风。而今听雨僧庐下，鬓已星星也。悲欢离合总无情，一任阶前点、滴到天明。"又像有人谈到不同年龄的人读塞万提斯《堂吉诃德》的感受：少年人看了会发笑，中年人看了会沉思，老年人看了却想哭。人生的复杂况味，读来令人感慨系之。

在散文集《在母语的屋檐下》的后记中，您提到自己并不属于个性鲜明的写作者，"没有格外倾心和投入的目标题材，诸多方面都有所触及，但却都谈不上深透"。几年过去，您对自身写作的定义有变化吗？现在在创作上的探索方向是什么？

很惭愧，时至今日，我依然还在到处溜达，向四面八方张望，既缺乏能力，也有点儿不情愿驻足在某个专门的题材领域。因此我也对那些目光长期聚焦于一点的作家由衷地敬佩，心无旁骛是一种卓异的素质。

对我来说，这个世界令人感兴趣的地方不少，触动常有，我很想尽量多说出来，就像一个被父母带着去动物园的孩子，本来说好了去熊猫馆，经过狮虎山时，也不由得停住了脚步。前面提到写作涉及话题范围较广，也是这样的意思。

另外，随着生活经验的扩展，今天我越发认识到，个人选择什么并不完全按照自己的设计，而是经常会受到外在力量的支配，脚下的道路时常拐弯分岔。那么，就不妨坦然地跟从随机性的脚步，听从命运的安排，随物赋形,来表达置身其间的感受。不同的境有不同的色相,生出不同的念想。但不论是哪种情况,我都应该努力探索,说出自己的证悟,尽可能多地凸显出主体性、个人化。您的问题里援引的"深透"二字,也正是我对这种标准的一个方面的理解。

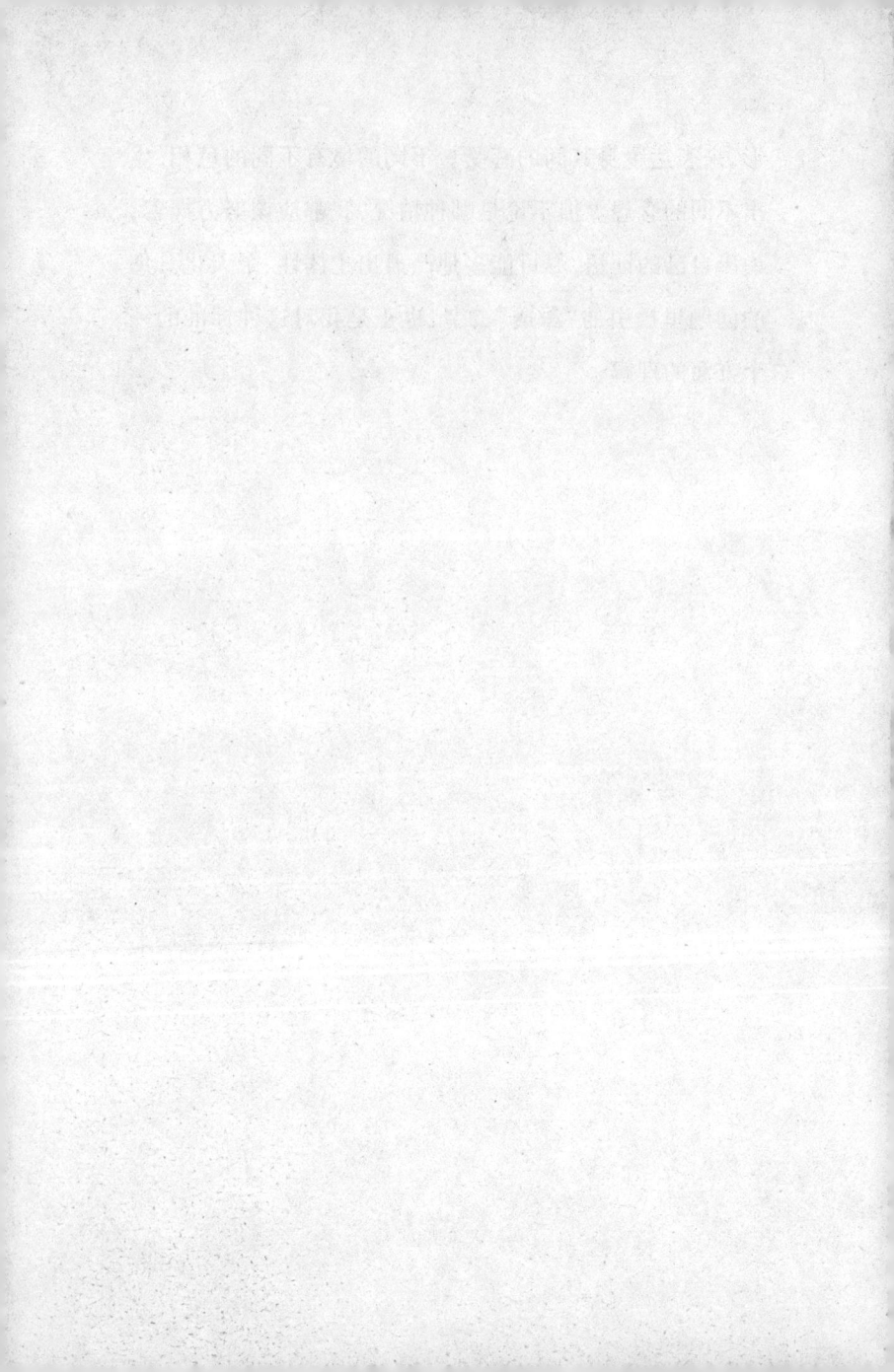